Instinto materno

Barbara Abel

INSTINTO MATERNO

Tradução: Érika Nogueira

GLOBOLIVROS

Copyright da presente edição © 2023 by Editora Globo s.a.
© 2012 by Fleuve Noir, département d'Univers Poche, Paris.

Todos os direitos reservados. Nenhuma parte desta edição pode ser utilizada ou reproduzida — em qualquer meio ou forma, seja mecânico ou eletrônico, fotocópia, gravação etc. — nem apropriada ou estocada em sistema de banco de dados sem a expressa autorização da editora.

Texto fixado conforme as regras do acordo ortográfico da língua portuguesa (Decreto Legislativo nº 54, de 1995).

Título original: *Derrière la haine*

Editora responsável: Amanda Orlando
Assistente editorial: Isis Batista
Preparação: Laize de Oliveira
Revisão: Mariana Donner, Bebeth Lissovsky e Aline Canejo
Diagramação: Douglas Kenji Watanabe
Capa: Miriam Lerner | Equatorium Design
Imagens de capa: Depositphotos

1ª edição – 2023

CIP-BRASIL. CATALOGAÇÃO NA PUBLICAÇÃO
SINDICATO NACIONAL DOS EDITORES DE LIVROS, RJ

A121i

Abel, Barbara
    Instinto materno / Barbara Abel ; tradução Érika Nogueira Vieira. - 1. ed. - Rio de Janeiro : Globo Livros, 2023.
    296 p. ; 23 cm.

Tradução de: *Derrière la haine*
ISBN 978-65-5987-142-1

1. Ficção belga. I. Vieira, Érika Nogueira. II. Título.

23-86607
    CDD: 848.9933
    CDU: 82-3(493)

Gabriela Faray Ferreira Lopes - Bibliotecária - CRB-7/6643

Direitos exclusivos de edição em língua portuguesa para o Brasil adquiridos por Editora Globo S. A.
Rua Marquês de Pombal, 25 — 20230-240 — Rio de Janeiro — RJ
www.globolivros.com.br

Mil obrigadas a Jean-Paul, que, do outro lado do mundo, me deu uma preciosa ajuda.

Laetitia tinha conseguido a vaga perfeita. De primeira. Mas isso não melhorou seu humor.

— Desliga o Nintendo, Milo, a gente chegou — disse ela automaticamente.

No banco de trás, o garotinho estava vidrado no jogo.

A jovem saiu do carro munindo-se de sua carteira com documentos, a mochila de Milo, duas sacolas de compras... Já não tinha mão para abrir a porta para o menino: com uma cotovelada na janela, ela o fez entender que não ficaria esperando.

— Vamos, se mexe, Milo, estou igual a um burro de carga!

— Espera, eu preciso salvar!

A posição desconfortável de Laetitia tinha feito seu sangue ferver, e a indolência de seu filho entornou o caldo.

— Milo! — insistiu ela secamente, porque a vaga era a única coisa que tinha dado certo naquele dia. — Ou você sai agora mesmo desse carro ou vai ficar sem seu Nintendo por uma semana.

— Tá bom! — Suspirou o garoto, sem desgrudar os olhos do jogo.

Ele escorregou o quadril até a extremidade do banco, colocou um pé na calçada e saiu lentamente do veículo.

— E fecha a porta, se não for pedir demais!

— Laetitia! — uma voz atrás dela a interpelou, deixando-a petrificada.

— Podemos conversar um instantinho?

Ela se virou. Tiphaine estava lá, a apenas alguns metros dela, com roupa de corrida. Estava pingando suor, com o rosto reluzente depois do esforço que acabara de fazer, algumas mechas de cabelo grudadas na testa. Ofegante, esperava uma resposta que não vinha. Então, desviando os olhos, aproximou-se de Milo e bagunçou o cabelo dele.

— Como é que vai, rapazinho? — perguntou carinhosamente.

— Oi, Tiatiphaine! — respondeu o menino com um sorriso resplandecente.

Fora de si, Laetitia se juntou a eles rapidamente, agarrou o filho pelo braço com um gesto firme e o posicionou atrás dela.

— Eu te proíbo de falar com ele! — chiou ela entredentes.

Tiphaine recebeu o ataque sem reagir.

— Laetitia, por favor... Podemos conversar?

— Milo, entra já em casa! — intimou a mãe.

— Mãe...

— Já para dentro, estou mandando! — ordenou num tom que pôs fim à discussão.

Milo hesitou e depois, de cara feia, seguiu para casa. Assim que ele se afastou, Laetitia se voltou para Tiphaine:

— Estou te avisando, sua doente mental, se eu te vir mais uma vez perto dele, vou arrancar seus olhos!

— Escuta, Laetitia, se você não consegue entender que eu nunca quis...

— Cala a boca! — murmurou ela, fechando os olhos em sinal de forte exasperação. — Me poupe das suas desculpas baratas, eu não acredito nelas nem por um segundo!

— Ah, não? Então, no que é que você acredita?

Laetitia a fulminou com um olhar glacial.

— Já entendi muito bem o que você está tentando fazer, Tiphaine. Mas estou avisando: da próxima vez que acontecer qualquer coisa com o Milo, eu vou chamar a polícia!

Tiphaine parecia sinceramente espantada. Ela a encarou com um ar de interrogação, hesitando quanto ao sentido que daria a suas palavras. Depois, como se entendesse de repente que nada a faria mudar de ideia, suspirou sem esconder a dor que a atitude da outra lhe instilava:

— Eu não sei em que delírio paranoico você está se afundando, Laetitia, mas o que é certo é que está completamente enganada. Por favor, tente me entender só um pouquinho. E, se não for por mim, que seja pelo Milo. Porque desse jeito você está acabando com ele aos poucos...

Ao ouvir essas palavras, Laetitia ergueu uma sobrancelha debochada enquanto um brilho de crueldade atravessava sua pupila, como um raio cortando um céu de tempestade.

— É verdade que você sabe bem das coisas quando se trata de destruir uma criança — articulou ela, em um tom quase suave.

O tapa estalou antes que Laetitia tivesse tempo de se dar conta. Ela mal tinha pronunciado a palavra "criança" quando a mão de Tiphaine se chocou contra sua bochecha fazendo um grande estampido. Laetitia sentiu o golpe, de olhos arregalados. Na extremidade de seus dois braços, as sacolas de compras e o resto das coisas pesavam toneladas, e ela as soltou para levar a mão à bochecha, sem palavras.

— Você não tem o direito de dizer isso! — fulminou Tiphaine, segurando as lágrimas, como que para justificar seu gesto.

Por um instante, as duas mulheres se encararam, prontas para se lançar uma sobre a outra. E talvez teria acontecido de fato se um grito não tivesse colocado um fim àquele confronto carregado de ódio.

— Laetitia!

Na porta de uma das casas, naquela em que Milo tinha entrado fazia alguns minutos, um homem apareceu. David rapidamente segurou Laetitia pelos ombros e a posicionou atrás dele, num gesto protetor.

— Ela acabou de me dar um tapa! — vociferou ela, ainda em choque com a agressão.

— Algumas alusões, às vezes, ferem mais do que um tapa — balbuciou Tiphaine, agoniada com o rumo que o conflito tinha tomado.

David lançou um olhar duro em direção a ela, procurando as palavras antes de lhe apontar um dedo ameaçador.

— Dessa vez você foi longe demais, Tiphaine! A gente vai dar queixa.

Ela cerrou a mandíbula, dissimulando mal o turbilhão de sentimentos que a assolava. Ainda precisou de alguns segundos para retomar o controle de suas emoções, então, engoliu os soluços e balançou a cabeça com um ar inteligente:

— Como quiser, David. Sabe, a grande diferença entre nós é que eu já não tenho mais nada a perder.

Depois de ter recolhido as sacolas largadas na calçada, David guiou Laetitia até a casa, fechando a porta com força. Plantada sozinha, Tiphaine tremia inteira e teve de esperar ainda um instante antes de seguir o mesmo caminho.

Ela parou diante da porta da casa geminada, tirou as chaves do bolso de sua calça jogging e entrou.

Sete anos antes

1

— Saúde!

Três mãos erguidas que seguravam duas taças de champanhe e um copo d'água se chocaram em uníssono. Gargalhadas, olhares amigáveis, acenos de cabeça e sorrisos cúmplices. Em seguida, David e Sylvain bebericaram pequenos goles, e o espumante desceu borbulhando por suas gargantas. Laetitia, por sua vez, descansou o copo, sem firulas, e então acariciou uma barriga de curvas acentuadas.

— Você não bebeu uma única gota de álcool desde o início da gravidez? — perguntou Sylvain.

— Nem uma gota! — respondeu Laetitia, orgulhosa.

— Minha mulher é uma santa — zombou David, carinhosamente. — Você nem imagina tudo o que ela suporta para dar ao nosso filho o melhor ponto de partida na vida: nada de álcool, nada de sal, nada de gordura, pouquíssimo açúcar, legumes no vapor, frutas à vontade, nada de carne vermelha, muito peixe, yoga, natação, música clássica, dorme cedo... — Ele suspirou, antes de acrescentar: — Tem seis meses que nossa vida está uma chatice!

— Eu não sou santa. Estou grávida, é diferente — devolveu Laetitia, castigando o marido com um tapa na coxa por suas observações zombeteiras.

— Sem contar que ela me chateia com seus ideais de educação... Pobre garoto! Eu te garanto que ele não vai se divertir todos os dias!

— Vocês já discutem sobre como vão educá-lo? — espantou-se Sylvain.

— E como! — afirmou Laetitia com a maior seriedade. — Não vai ser quando a gente estiver enfrentando problemas que a gente vai começar a pensar em como lidar com eles.

— Hum… você está falando de quê?

— De um monte de coisas: unir forças, nunca nos contradizer na frente do menino, nada de balas antes dos três anos, nada de Coca-Cola antes dos seis, nada de Nintendo antes dos dez…

Sylvain assobiou impressionado.

— Acho que vamos logo mostrar pra ele que, se a vida for dura demais na casa de vocês, ele vai poder sempre dar um pulo na nossa!

David olhou no relógio.

— Será que a gente deveria ter esperado sua cara-metade para brindar? — disse ele a Sylvain. — Ela vai ficar chateada com a gente.

— De jeito nenhum. Pra começar, ela detesta champanhe. Depois, ela não queria se estressar e fazer a gente esperar. Ela anda um pouco… cansada esses dias.

— Por falar nisso… Por que champanhe? — perguntou Laetitia. — Uma garrafa de vinho já estaria bom.

A pergunta pegou Sylvain desprevenido. Claramente em busca de uma razão plausível, ele resmungou dois "bem…", um "porque…" e um "sabe…".

— Não, não sei — respondeu de pronto Laetitia, que estava se divertindo muito com o embaraço do amigo.

A falta de jeito de Sylvain a deixou com a pulga atrás da orelha: não é preciso uma razão para oferecer champanhe, menos ainda para beber… Ou talvez sim! As pessoas abrem uma garrafa de champanhe quando têm uma notícia boa para dar!

Laetitia observou Sylvain com um olhar desconfiado, pressentiu o elefante na sala e se preparou para acertar o animal. Então, de repente, ela entendeu.

— Ela está grávida! — gritou, levantando-se de sua poltrona.

— Hã? — gaguejou Sylvain, cada vez mais desconfortável.

— Vocês vão ter um filho? — gritou David, por sua vez, com um sorriso radiante.

— Não! — exclamou Sylvain. — Quer dizer… Na verdade…

A campainha o salvou de um constrangimento incontornável. Laetitia se levantou de um salto e, com a barriga protuberante, correu para o hall.

— Parabéns! — gritou ela, antes de desaparecer.

— Não diga nada a ela! — implorou Sylvain. — Ela me fez prometer que eu ia esperar para contar a novidade.

Depois, lançando um olhar consternado para David:

— Ela vai me matar!

David gargalhou e se levantou para dar um abraço no amigo.

— Bem-vindos ao clube! Ela está com quantos meses?

— Três meses.

Quando Laetitia abriu a porta de entrada, estava mais do que feliz: estava radiante.

— Minha querida! — explodiu ela em uma gargalhada. — Nossos filhos vão crescer juntos. Que maravilha!

Depois, sem lhe deixar tempo de reagir, ela se lançou nos braços de Tiphaine.

2

MAIS TARDE, quando evocavam aquela noite, a primeira coisa que vinha na cabeça de David era a perfeição do momento, a felicidade inacreditável que cada olhar exalava, cada gesto, cada palavra trocada. Os projetos para o futuro, as promessas e as risadas, e depois aquela sensação de certeza, que escolhemos uma família mais do que uma família nos é dada, e também que ele tinha encontrado seu porto seguro, ele, o órfão que crescera sem amarras. A criança abandonada, arrastada de famílias de acolhimento para orfanatos, seu avanço difícil no caminho escarpado da existência, o equilíbrio precário entre o bem e o mal, cem vezes perdido, cem vezes recuperado por pouco, para acabar como ex-condenado e recomeçar do zero.

De volta ao ponto de partida.

Sua casa inicial era ela, Laetitia. E o pequeno que ela carregava na barriga. O girinozinho dele. O filho para o qual ele daria tudo aquilo que nunca teve, cuja mão ele seguraria para ensinar o melhor caminho. Ele dizia "o melhor caminho" porque, para ele, "o caminho certo" não existia, era uma enganação, uma miragem que projetamos nos filhos para que entrem na linha. Não passem do ponto. Não se façam notar. Sigam sempre em linha reta, de cabeça baixa, não olhem para os lados.

Até parece!

Nada é certo na vida. Ela é como um imenso terreno acidentado, polvilhado de obstáculos, de curvas e de retornos, uma espécie de labirinto repleto de ciladas e sem linha reta.

O caminho mais curto entre dois pontos? O conhecido.

Mas qualquer coisa que façamos, sejam quais forem os pontos de referência que estabelecemos, no fim da estrada, sempre vamos encontrar a mesma coisa.

Era nisso que David acreditava.

Pelo menos antes de conhecer Laetitia.

Ele, como todo mundo, pegou o único caminho que se apresentou, uma ponte suspensa sobre o abismo, sem pontos de referência, sem guarda-corpo. Sem as duas barreiras de segurança que o teriam conduzido com paciência e amor até a margem da idade adulta.

Então ele caiu.

Primeiro, nos pequenos delitos. Maconha aos treze anos, cocaína aos quinze; mal tinha entrado na adolescência e já estava na largada da corrida atrás de dinheiro, dos planos que não prestavam, das más companhias. Em seguida, foi a espiral infernal. Os furtos deram lugar aos delitos mais graves: assaltos, invasões de domicílio, agressões.

Dois anos no reformatório.

Quando saiu, uma primeira tentativa de voltar a subir a ponte e seguir avançando. David se agarrou ao que podia, o que não era muito, na verdade, alguns pedaços de corda que cederam muito rápido, mas, sobretudo, tábuas podres. Terreno escorregadio, derrapagem, ele despencou novamente por quatro anos, na prisão, dessa vez, por assalto à mão armada.

Foi ao sair dessa segunda temporada carcerária que ele fez uma promessa para si mesmo: nunca mais voltar para lá. Depois de ser içado mais uma vez para a ponte, ele começou a seguir a qualquer preço: primeiro, se arrastando (lavador de pratos em um restaurante chinês para conseguir pagar trezentos euros por mês por um quartinho de fundos, sem água e sem aquecimento, com banheiro no corredor e baratas nas paredes). Depois, de joelhos (motorista de ônibus, outro quartinho, mais espaçoso dessa vez, com água quente e aquecimento, ainda sem banheiro, mas sem baratas). Pouco a pouco, ele se reergueu, pondo à prova seu equilíbrio a cada etapa, um pé de cada vez, sem forçar. Isso levou alguns anos.

Aos 27, fazia parte da equipe de limpeza de um hospital e alugava uma quitinete com banheiro.

Foi ali que seu caminho cruzou com o de Laetitia. No hospital, não na quitinete nem no banheiro.

O percurso dela foi, em grande parte, uma estrada bem uniforme, bem asfaltada, que serpenteava por uma paisagem bucólica com verde por toda parte, algumas árvores frutíferas, uma ou duas colinas para escalar, e depois prados, campos a perder de vista. Um horizonte bem aberto. Até que as duas barreiras de segurança dela foram atingidas por um caminhão.

Aconteceu de madrugada, ao final de um domingo que se dirigia para uma segunda-feira. E, por falar em dirigir, foi disso mesmo que se tratou. Os pais dela voltavam de uma noite com os amigos, ah!, não muito tarde, era só meia-noite... Em uma estrada, exatamente. Chovia, ainda que esse detalhe não tenha muita importância... Nem a história em si, a propósito; foi um acidente como tantos outros, o lugar errado na hora errada, vítimas do que Laetitia chamaria mais tarde de três "cês": um cruzamento, um caminhão, uma catástrofe.

A mãe morreu no local. O carro deu uma guinada, ela foi projetada para frente e seu corpo foi parar no campo ao lado. Foi ali que morreu, quase na hora.

Seu pai, entretanto, sobreviveu por sete dias. Uma semana entre a vida e a morte, que Laetitia passou em sua cabeceira, saindo do quarto pouquíssimas vezes apenas para dormir algumas horas em casa, tomar um banho e trocar de roupa.

E para encontrar David.

No instante em que ele a viu, assim que colocou os olhos nela, foi amor à primeira vista: estava sentada no corredor enquanto seu pai era operado, e apesar do rosto devastado pela tristeza, dos olhos vermelhos pelas lágrimas e do nariz irritado por tantos lenços de papel, ele não conseguiu deixar de achá-la arrebatadora, comovente, sentindo um incontrolável desejo de lhe estender a mão para ajudá-la a superar aquela prova e talvez acompanhá-la por um tempo no caminho do luto.

Os meses seguintes foram estranhos para Laetitia. A insondável dor de ter perdido os pais travava uma batalha impiedosa com a mais inebriante das emoções, a de amar loucamente. Filha única, tendo um tio distante e dois primos alemães que não via desde a infância, ela segurou a mão que David lhe estendia como alguém, sozinho no meio do oceano, agarra uma boia de salvação. No começo, ela não sabia muito bem aonde tudo aquilo levaria, entre a culpa corrosiva de desejar aquele homem que ela tinha conhecido no leito de morte do pai, pensar nele em vez de chorar por sua família, se surpreender por sorrir, por sonhar... E, no entanto, ficar irritada por ele estar lá, como se David quisesse distraí-la de sua tristeza, e detestá-lo pelo que, na verdade, lhe fazia tão bem.

Estrada sem saída, mão única, desvios e direções erradas, eles pisaram em ovos por algum tempo antes de tomar a decisão de prosseguir, tentar, pelo menos, e percorrer uma parte do caminho.

Dezoito anos depois, eles se mudaram para a casa dos pais de Laetitia, a de sua infância, que ela não conseguia decidir se vendia ou alugava. Era impossível imaginar estranhos tomando posse daquelas paredes que abrigavam a maior parte de suas lembranças e a história de sua família. E como ela não tinha mais família, assim como ele, a propósito, os dois decidiram construir uma. A deles.

David estava firmemente convencido daquele novo começo. Estavam no caminho certo, ele não tinha dúvidas. Juntos, iam escalar montanhas, andar de mãos dadas e fazer uma boa viagem!

Pela primeira vez em muito tempo, David contemplou o futuro com confiança, exceto pelo fato de que omitia um simples detalhe: pouco importa o que fazemos ou quais são os pontos de referência que estabelecemos; no fim da estrada, sempre encontramos a mesma coisa.

3

David e Laetitia Brunelle logo conheceram Tiphaine e Sylvain Geniot. Eles tinham praticamente a mesma idade, trinta e poucos anos, eram vizinhos e seus jardins eram separados por uma simples cerca-viva. Rapidamente, David percebeu que Sylvain escutava King Crimson, Pink Floyd ou Archive, bandas de que ele também gostava, enquanto Laetitia literalmente havia salvado Tiphaine de uma catástrofe culinária em uma noite que esta tinha ficado sem azeite de oliva. Laetitia emprestou então sua garrafa de "primeira prensa a frio", que Tiphaine lhe devolveu na manhã seguinte. Laetitia ofereceu uma xícara de café, Tiphaine aceitou, inaugurando um ritual que elas logo não trocariam por nada no mundo.

Os dois casais se farejaram assim durante algumas semanas: primeiro com prudência, depois com franqueza. E então ficaram amigos.

Suas casas eram idênticas, tanto no exterior quanto na disposição dos cômodos: vistas da rua, eram compostas cada uma de uma fachada branca, uma porta de madeira envernizada e uma grande janela no primeiro andar, duas outras mais estreitas no segundo, um telhado inclinado com uma claraboia. Também tinham uma chaminé que, tanto de um lado quanto do outro, não funcionava mais. Nos fundos, as duas casas tinham uma varanda que dava diretamente para um jardim comprido e estreito, que se estendia por quase vinte metros. O dos Brunelle tinha um simples gramado que David cortava de tempos em tempos. O dos Geniot, por outro lado, fora concebido e executado com muito cuidado e gosto por Tiphaine, que era horticultora e trabalhava no herbário da cidade: canteiros de flores, plantas aromáticas e trepadeiras, arvoretas e arbustos dividiam um espaço que resplandecia cores e cheiros a cada estação. No fundo do jardim, havia até um pequeno pomar do qual Tiphaine se orgulhava sem timidez ou falsa modéstia.

Depois de alguns dias, os casais se tornaram inseparáveis de verdade. O fato de serem vizinhos acrescentava ainda uma cumplicidade de que todos gostavam muito. Era tão fácil se verem, alguns minutos na porta de entrada ou a noite toda em um jantar, bebendo e rindo, trocando opiniões, escutando música ou consertando o mundo...

Depois, quando Laetitia e Tiphaine engravidaram com três meses de intervalo, a alegria deles foi total.

Milo Brunelle soltou seu primeiro choro no fim de tarde de uma terça-feira, disparando a torrente de emoções que se precipitaria sobre o coração e a vida de seus pais. Logo no dia seguinte, Tiphaine e Sylvain foram admirar o recém-nascido. Laetitia estendeu seu minúsculo bebê para a amiga, que o pegou com cuidado...

— Óin, como é pequenininho!

Depois ela o encostou delicadamente em sua barriga. De seus "três meses a menos", o feto, ainda enrodilhado no conforto do ventre da mãe, se agitou imediatamente com o contato de Milo, como se já procurasse se comunicar com aquele amigo que, logo, se tornaria para ele mais do que um irmão.

Finalmente Maxime Geniot chegou. Pela manhã, depois de treze horas de trabalho de parto. Uma dor lancinante atravessava o corpo de Tiphaine. Gritos inúteis não atenuavam o sofrimento, que se tornava mais intenso a cada segundo. "Eu não aguento mais, tenham piedade", e a promessa de que tudo aquilo não aconteceria de novo, que aquele seria o último...

A criança nasceu ao alvorecer. A mãe se calou, o pai também, recuperando as forças, sem desgrudarem os olhos do bebê, emocionados, realizados, encantados.

Aquele dia foi exaustivo. As duas famílias dos jovens pais, ávidas por serem as primeiras a admirar o recém-nascido, foram correndo quando Sylvain telefonou: pais, irmãos, irmãs e até mesmo agregados e crianças pequenas, todos se espremendo em torno da mãe para lhe dar conselhos, fazer comentários e elogios.

David e Laetitia foram mais discretos. Pelo telefone, perguntaram como Tiphaine estava antes de invadirem o pequeno quarto, no dia seguinte, e de se extasiarem diante do bebê.

Eram amigos de verdade.

Além disso, tinham acabado de passar por tudo aquilo.

Naquela mesma noite, enquanto as duas mulheres cuidavam dos bebês, uma na maternidade, a outra em casa, David levou Sylvain para fazer um tour nos bares. Eles brindaram em homenagem a Maxime, depois a Milo, às esposas, à amizade, ao futuro e, já que estavam fazendo um brinde, ao mundo, aos belos dias que estavam por vir, aos pais maravilhosos que eles não tinham a menor dúvida de que seriam... Beberam muito. Beberam e conversaram por muito tempo.

Era o álcool, o cansaço, o excesso de emoções? Um pouco embriagado com tudo aquilo, Sylvain logo acabou por abrir o coração, revelando a David um monte de coisas: suas opiniões sobre a casa, a família, a educação dos meninos, como se comportaria com Maxime, dando a seu papel de pai uma importância fundamental. Ele seria presente de verdade, atento, pronto para ouvir, compreensivo, vigilante, não como o próprio pai, que tinha sido sempre presente, mas que reclamava de tudo: das crianças, do barulho, da música, dos fast-foods, dos videogames, dos amigos... Da vida, ora! Um deficiente da vida: era isso! E também da comunicação! Incapaz de dar uma opinião sem criticar. Porque tudo era melhor antes. Na época dele.

— A época dele era a mesma de hoje, só que mais irritante! — exclamou ele, enrolando as palavras.

— E, hoje, você se dá bem com seu pai? — perguntou David, para quem o assunto era ainda mais sensível quando pensava em seus próprios pais, sobretudo após o nascimento do Milo, tendo a noção do quão vulnerável, frágil e indefeso é um bebê.

E a pergunta angustiante que se fazia quando era pequeno tinha voltado a assombrá-lo desde que ele, por sua vez, se tornara pai: como é que uma pessoa consegue abandonar um filho?

Ignorando os tormentos de seu amigo, Sylvain deu de ombros, o olhar vago.

— Eu lamentei a falta de cumplicidade paterna, ele, a falta da perfeição filial. A gente se vira com o que tem. E não reclama.

David concordou com a cabeça, pensativo. Ele também tinha assumido o compromisso de ser o melhor dos pais, mesmo se, ao contrário de Sylvain, não tivesse nenhum parâmetro.

Os dois homens ficaram um tempo sem dizer nada. Depois, ao se darem conta de que ambos se afundavam em um abismo de pensamentos melancólicos, David pagou mais uma rodada e mudou de assunto:

— E como é que você e Tiphaine se conheceram? Vocês sempre mantiveram tanto mistério sobre o assunto...

A pergunta pegou Sylvain desprevenido. Durante alguns segundos, ele observou David, desconcertado, como se o amigo tivesse demonstrado uma curiosidade indecente.

— É uma história sórdida — soltou ele em um murmúrio.

— O quê?

David pensou que não tinha entendido direito. Ele começou a rir, perplexo e intrigado ao mesmo tempo, antes de encarar Sylvain para tentar detectar a brincadeira na atitude do amigo.

Com o olhar sombrio, Sylvain mexia com seu copo encarando o líquido púrpura como se descobrisse ali um drama.

— Deixa pra lá — acabou por grunhir.

David não insistiu. Dividido entre a curiosidade voraz que aquela reação singular suscitava e o constrangimento que pairava entre os dois, escolheu se calar. O álcool estendia o tempo, conferindo às circunstâncias um clima insólito, entre o mal-estar e a incompreensão. O próprio Sylvain já não reagia. Cada vez mais incomodado, David olhou no relógio.

— Três horas! É melhor a gente ir embora...

Ele se levantou de seu assento, perdeu o equilíbrio, se aprumou apoiando no espaldar da cadeira onde tinha pendurado sua jaqueta, a apanhou e se preparou para ir embora.

— Foi há cinco anos — balbuciou Sylvain, que ainda não tinha se mexido. — Na época, Tiphaine era farmacêutica.

— Hã?

David congelou, desconcertado. Sylvain ergueu um olhar mergulhado na aflição, a mandíbula travada, os lábios contraídos.

Lentamente, David voltou a se sentar.

4

— Meu melhor amigo se chamava Stéphane. Stéphane Legendre. A gente se conhecia desde criança, nós praticamente crescemos juntos, quase como dois irmãos; entre nós, era até que a morte nos separasse. O Stéphane tinha concluído com louvor a faculdade de medicina e acabado de começar a trabalhar como clínico geral. Era uma pessoa muito segura de si, bastante convencida, um cara bonitão, o tipo que não duvida de nada, principalmente do charme que tem... Um idiota! Mas era meu amigo. Um dia, num fim de tarde, ele me telefonou completamente aflito. Três dias antes, tinha prescrito a uma de suas pacientes um remédio cuja dosagem dos componentes era claramente nociva para gestantes. E sua paciente estava com mais ou menos três meses de gravidez. Ele tinha se "esquecido" de perguntar. E ela não se preocupou, um tipo de "confiança cega": se o médico tinha prescrito aquele remédio era porque ela deveria tomá-lo. Resultado: dois dias depois, na véspera da ligação, portanto, ela perdera o bebê. Na hora, o ginecologista dela relacionou o aborto ao medicamento e contatou imediatamente o Stéphane. Pego de surpresa e tomado de pânico, ele negou ter prescrito aquela dosagem, afirmando que a posologia indicada na prescrição não colocava o feto em risco. O tom se elevou, ameaças foram feitas: medidas judiciais, indenização, o pacote completo. Ele tinha acabado de desligar, bem naquele instante, e eu sentia que meu amigo estava prestes a perder o chão, já se via culpado de um erro profissional grave, condenação, indenizações pesadas, proibição de exercer a medicina e talvez até cadeia...

Sylvain se calou por alguns instantes, mordiscando o lábio inferior antes de retomar:

— Ele me explicou que a única coisa que o incriminava diretamente era a receita. E eu, como um idiota, perguntei: "Então, se não houver receita, não existem provas?". Ele confirmou. Era simples. Bastava reavê-la e substituí-la por outra que indicasse a posologia apropriada. Bastava... Era mais fácil falar do que fazer! E a segunda via? O Stéphane me garantiu que ele se encarregaria. Com o endereço da paciente, localizamos as farmácias onde havia chances de ela ter comprado o medicamento. Havia duas. Eu segui para a primeira, a que ficava bem ao lado da casa dela. Não sabia muito bem o que ia fazer lá, não tínhamos muito tempo; se a receita era a única prova da culpa do Stéphane, com certeza ela estaria no centro de toda a questão. Talvez fosse até tarde demais... Eu decidi improvisar. Enquanto esperava minha vez, me inteirei do lugar, observei a farmacêutica, suas atitudes e seus gestos. Ela, corretamente, recebeu a receita do cliente que estava à minha frente, lhe entregou o remédio e guardou o papel em uma gaveta. Então chegou minha vez. Inventei uma dor de garganta, perguntei o que ela achava, ela me aconselhou a ir ao médico, eu resmunguei, falei das minhas desconfianças quanto à categoria médica. "São todos uns charlatões, você vai reclamar de uma dor de garganta e eles acham um câncer de próstata!" Isso a fez rir, e eu pensei comigo mesmo que ela ficava bem bonita quando ria... Ela me vendeu um spray para a garganta, eu paguei e saí.

Sylvain suspirou, deu de ombros e continuou:

— Logo era a hora de fechar. Era tudo ou nada. Voltei para a farmácia e disse a ela que a garganta estava bem melhor, obrigado, mas que eu estava com muita vontade de convidá-la para tomar alguma coisa no barzinho ao lado. Ela riu, hesitou, e eu disse: "Só uma bebida". Ela me disse para ligar para um amigo, eu resmunguei, falei das minhas desconfianças quanto à categoria dos amigos: "São todos uns aproveitadores, você oferece uma bebida e eles já querem um jantar". Isso a fez rir ainda mais, e eu percebi que ela ficava mesmo muito bonita quando ria.

Silêncio. Arrependimento. Ou talvez remorso. David quer saber o que aconteceu depois:

— Você conseguiu pegar a receita de volta?

Sylvain assentiu.

— Enquanto ela se trocava e buscava suas coisas nos fundos. Antes de sair, ela me disse: "Vai levar só um minuto". Tudo aconteceu muito rápido, eu não pensei, fui para trás do balcão e fucei a gaveta. Eu lembro que contava mentalmente os segundos até sessenta. Quando cheguei em sessenta, desisti. Arriscado demais. Além disso, nada dizia que se tratava da farmácia certa, mas a sorte estava comigo. Eu a encontrei bem rápido, as receitas estavam organizadas por data e logo reconheci a letra do Stéphane. Eu estava com a outra receita, aquela que ele deveria ter prescrito à paciente. Eu tive até a presença de espírito de estampar o carimbo da farmácia que estava no balcão ao lado do caixa. Fiz a troca e coloquei tudo de volta no lugar — o que os olhos não veem o coração não sente... Enquanto isso, o Stéphane foi para a casa da paciente, para vê-la, conversar com ela, tentar entender o que tinha acontecido... e trocar a segunda via. A pobre não desconfiou de absolutamente nada, ele entrou de cabeça e ela caiu na armadilha. Quando saiu da casa dela, não havia mais nenhuma prova contra ele.

— E depois?

De novo, Sylvain fez uma pausa. Dava para perceber que ele tinha a consciência pesada. Que as palavras que estava prestes a pronunciar, ainda que evocassem um fato ocorrido havia cinco anos, eram tão amargas quanto um veneno forte.

— A farmacêutica foi condenada por erro profissional grave. A receita inocentava o Stéphane, mas então a dosagem indicada não correspondia ao medicamento que ela tinha vendido à paciente. O problema é que nesse meio-tempo eu tinha continuado a sair com ela. Eu gostava dela cada vez mais e me apaixonei. Eu me apaixonei de verdade. Estava preso em uma espiral infernal. No começo, não tinha pensado nas consequências que meu gesto teria para ela, e, quando me dei conta de que a tinha colocado em uma grande enrascada, pressionei o Stéphane para que ele assumisse sua responsabilidade. É claro que aquele canalha se recusou a se comprometer. Eu o ameacei de revelar tudo, o que também me implicaria no caso, e eu juro que não estava nem aí. Estava pronto para encarar a situação. Mas eu sabia que ia perdê-la. Essa ideia era insuportável. Era a mulher da minha vida. E, quanto mais o tempo passava, menos era possível que eu lhe confessasse o que tinha feito.

Sufocado pela emoção, que os efeitos do álcool reavivavam e amplificavam, Sylvain se calou.

— O que aconteceu? — perguntou David com uma voz suave, encostando a mão no ombro do amigo.

Ele levou alguns segundos para conseguir responder.

— Eu te disse, ela foi condenada por erro profissional grave. Teve que pagar indenizações para a paciente e perdeu sua licença. Na verdade, ela perdeu tudo.

— E você, o que fez?

— Eu fiquei com ela e a ajudei a atravessar aquele martírio. Num primeiro momento, emprestei o dinheiro para que ela pagasse as indenizações, mas depois me recusei a recebê-lo de volta. Nós fomos morar juntos, ela se reergueu, começou um curso de formação em horticultura, o tempo passou, nós mudamos de cidade e viemos parar aqui. O pior, eu acho, é que ela me atribui um reconhecimento sem limites. Às vezes, ela me diz que toda aquela história do processo, é claro que foi difícil, com o veredito de culpa e a incompreensão do que tinha acontecido, mas que, no fim das contas, gosta mais da vida que tem hoje do que da que tinha antes, que...

Sylvain se calou mais uma vez, tentando controlar os soluços que apertavam sua garganta...

— O que é certo é que tenho uma dívida com ela — acrescentou ele, retomando o controle de suas emoções. — Uma dívida que nunca conseguirei saldar. Seja lá o que eu fizer. Ela pode me pedir qualquer coisa. Absolutamente qualquer coisa.

David esboçou um sorriso triste.

— E seu amigo Stéphane? — perguntou.

Sylvain balançou a cabeça e respondeu:

— Rompemos os laços definitivamente. Temos o destino um do outro nas mãos. Ele pode acabar com a minha vida, eu posso destruir a dele. Nós nos tornamos ameaças um para o outro.

— E Tiphaine? Ela ainda não sabe de nada?

— Se nós estamos juntos, é porque ela não sabe de nada.

— Você acha mesmo que ela te deixaria se soubesse?

Sylvain fixou um olhar atormentado no de David.

— Eu tenho certeza de que ela me deixaria, me proibiria de ver meu filho e passaria o resto da vida dela tentando destruir a minha.

David contraiu o rosto querendo dizer que os temores de Sylvain lhe pareciam exagerados. Logo, este retorquiu em um tom implacável:

— E o que é que você faria no lugar dela?

Como resposta, David fez uma tentativa de reflexão que, muito rapidamente, levou às mesmas conclusões, ou pelo menos a consequências parecidas. Longe de satisfazer Sylvain, aquela concordância tácita o mergulhou em um desespero profundo.

Dessa vez, os dois se calaram.

Se a narrativa do amigo tinha deixado David completamente sóbrio, Sylvain, pelo contrário, parecia submergir nas profundezas do álcool. David se deu conta e decidiu colocar um ponto-final naquela noite de revelações estrondosas. Depois de se levantar e contornar a mesa, segurou o amigo pela cintura, passou o braço pelo pescoço dele e o guiou até o carro.

No interior do veículo, enquanto colocava o cinto de segurança dos dois, ele quebrou o silêncio sem esconder certo rancor:

— Por que você me contou tudo isso?

Sylvain deu de ombros como se a história não lhe dissesse mais respeito.

— Quem sabe para correr o risco de ela ficar sabendo por outra pessoa... Eu mesmo já tentei contar, mas nunca consegui.

David teve um ataque de raiva. Colocou a chave na ignição e, depois, se voltou para Sylvain.

— Sinto muito, camarada, mas não conte comigo para meter a colher nessa questão. Se quiser que ela saiba, é você mesmo quem vai ter que contar!

No dia seguinte daquela noite estranha em que a tristeza esteve lado a lado com o drama, David saía de casa para ir trabalhar quando Sylvain o gritou de sua porta:

— Tem tempo para um café?

David hesitou, olhou no relógio e acabou entrando na casa do vizinho. Eles só tocaram no assunto quando se sentaram à mesa:

— Eu queria me desculpar pela noite de ontem — lançou Sylvain, de uma só vez. — Eu... Eu estava bêbado, não calculei o quanto eu te colocaria em uma situação péssima ao te contar tudo aquilo...

— Deixa pra lá — reconfortou David abrindo um sorriso compreensivo. — A gente tinha bebido. Bebido demais. A gente fica idiota quando bebe.

— Não só quando a gente bebe — balbuciou Sylvain.

David concordou com um sorriso.

— Quanto ao que eu te disse no carro... — continuou Sylvain, dessa vez falando em voz alta. — Por favor... Não leve em consideração.

— Do que você está falando?

— Promete que nunca vai dizer nada para ela! Tudo isso tem que ficar entre nós. Não sei por que eu te contei aquilo. Com certeza, o nascimento do Maxime fez toda essa história vir à tona e, com o álcool ajudando, eu precisei colocar tudo para fora... Eu não preguei o olho à noite e...

— Eu te falei — interrompeu David. — Não tenho absolutamente nenhuma intenção de me meter. Nós somos amigos, não é?

Sylvain não pôde deixar de sorrir com sarcasmo.

— Pois é, mas da última vez que tive um amigo, as coisas não acabaram muito bem...

— Escuta, Sylvain. É verdade que eu preferia não saber de nada. Mas agora é tarde demais. Não vamos mais falar disso, tá?

Sylvain concordou com a cabeça.

— E a Laetitia? — ele perguntou.

— O que tem a Laetitia?

— Você...

— Mas de jeito nenhum!

— Obrigado.

CADERNETA DE SAÚDE

6-7 meses
Seu filho passa os brinquedos de uma mão para a outra desde:
4 meses e meio.

Seu filho tenta ficar sentado quando você o ajuda. Desde que idade?
5 meses.

Ele vira a cabeça para identificar de onde vêm os barulhos?
Sim.

Quando estão cansadas, as crianças demonstram. Quais são os sinais de cansaço que seu filho dá?
M. fica muito agitado e chora quando qualquer coisa o contraria.
M. entrou na creche aos 6 meses. Início de um resfriado, algumas crises de tosse sem gravidade e bastante espaçadas.

Anotações do médico:
Peso: 9,580 kg.
Altura: 74,5 cm.
Sapinho: aplicar Daktarin gel 4x/dia depois da refeição.
Resfriado não grave: dormir com a cabeça erguida, assoar bem o nariz com Physiomer infantil, aplicar Nesivine infantil, 1 gota em cada narina 3x/dia, máximo 5 dias.

5

Durante os meses que seguiram, eles só falaram de bebês. As mães confidenciavam suas preocupações, dúvidas e alegrias…

— Ele está com o bumbum vermelho e chorou muito essa noite. Você acha que eu tenho que levá-lo ao pediatra?

— Ele está com febre?

— 37,6°C.

— Pode ter certeza de que são os dentes crescendo.

Enquanto isso, os pais se apoiavam naquela terrível prova de abandono e de castidade forçada.

— O que você acha de uma sinuca esta noite, na casa do Simon?

— Mas é claro, está brincando?! Eu passo para te pegar às oito?

— Combinado!

Eles iam uns na casa dos outros dar a mamadeira ou a papinha, beber alguma coisa no fim do dia, espairecer, se queixar das madrugadas curtas demais. Emprestavam fraldas e supositórios uns para os outros, deixavam seus bebês enquanto faziam compras ou até mesmo a maior delícia de todas, uma pequena sesta. A vida tinha o ritmo lancinante do maravilhamento cotidiano com o remorso não declarado de uma liberdade que agora pertencia ao passado.

Foi por ocasião do primeiro aniversário de Milo que David e Laetitia travaram uma batalha:

— A gente vai, sem dúvida, batizar o Milo...

— Vocês são católicos? — espantou-se Sylvain.

— Eu sou, o David, não — disse Laetitia.

Sylvain se voltou para o amigo com um olhar perplexo. Este se contentou em dar de ombros e olhar para o alto.

— O fato é que nenhum de nós dois temos mais família — explicou Laetitia. — Eu não vou à igreja há muito tempo e é verdade que pus minha fé de lado nesses últimos anos. Mas...

Ela fez uma pausa e suspirou.

— Não quero impor nada, sobretudo as minhas convicções religiosas — continuou ela, sem jeito. — Mas eu sei que meus pais teriam gostado de que o neto deles fosse batizado, e, mesmo que não estejam aqui hoje, quero respeitar esse desejo. Nós conversamos muito, o David e eu, e...

— Já chega! — exclamou Tiphaine. — Você não precisa se justificar. Se quer batizar seu filho, batize! Não sei qual é o problema.

Laetitia lançou um olhar de reconhecimento para a amiga.

— Eu... E você?... Você foi batizada? — perguntou ela.

— Não, por quê?

A resposta de Tiphaine pareceu deixar Laetitia decepcionada.

— E... se eu pedisse, você se batizaria?

— Mas é claro que não! — exclamou Tiphaine. — Eu não acredito em Deus! Mas que pergunta é essa?

David interveio:

— Você está exagerando, Laetitia... Deixa pra lá.

Um silêncio constrangedor se instalou por alguns segundos.

— Mas o que está acontecendo? — perguntou Sylvain. — Qual é o problema?

— Acho que estou entendendo... — murmurou Tiphaine, encarando sua amiga.

Tiphaine sustentou o olhar com tanta esperança que prendeu a respiração.

— Alguém pode me explicar? — insistiu Sylvain, que não entendia absolutamente o que estava acontecendo.

Tiphaine suspirou.

— Está bem — respondeu ela sem desviar o olhar de Laetitia.

O rosto de Laetitia se iluminou, depois ela deu um grito de alegria e se jogou nos braços da amiga. Sylvain se voltou para David.

— E você, está captando alguma coisa? Porque, se for o caso, queria muito que alguém me esclarecesse!

— Sua esposa acabou de aceitar ser madrinha do Milo — respondeu ele com um tom de desculpa. — O problema é que, para poder ser madrinha, ela própria tem que ser batizada.

6

Foi só no dia seguinte que Tiphaine realmente tomou consciência das consequências de seu compromisso.

— Um ano e meio! Você está de brincadeira?

— Eu sei — ponderou Laetitia. — Falando assim parece demais, só que, de fato, no dia a dia, não vai tomar muito do seu tempo e...

— Laetitia! Eu te amo muito e Deus sabe (vale a pena dizer nesse caso...) que quero muito ser a madrinha do Milo. Mas não me peça para fazer catecismo e toda essa história para boi dormir! Um ano e meio de preparação espiritual só para que pinguem umas gotas de água na minha testa...

— Ah, mas não são só umas gotas! — exclamou Laetitia com uma ingenuidade tocante. — No caso dos adultos, é uma imersão total.

— Pior ainda! Está além das minhas forças. E, de todo modo, eu não acredito em nada disso!

Laetitia ficou em silêncio.

— Eu considerei essa possibilidade — suspirou ela em seguida. — Depois que você concordou ontem, fui atrás dos procedimentos para fazer o batismo e descobri diversas coisas: participar do catecismo, seguir as diferentes etapas litúrgicas da iniciação cristã com todas as fases que isso implica... Eu esperava que você fosse voltar atrás na sua decisão. Então eu me informei: não é obrigatório que você se batize se o padrinho já for batizado. Você vai ser então a madrinha civil e, para ficar mais equivalente, nós vamos organizar também um batizado no cartório.

— E isso muda o quê?

— Para a gente, nada.

— Então qual é o problema?

— Não existe problema nenhum.

Tiphaine assentiu com a cabeça, satisfeita. Então, como se ela se desse plenamente conta das palavras de Laetitia, perguntou:

— Aliás... Quem vai ser o padrinho?

— Ernest.

E, parando para pensar, Tiphaine não ficou surpresa ao ouvir o nome dele. Ou melhor, ela ficou surpresa de não ter pensado nele: Ernest era o agente de condicional de David, que o tinha acompanhado desde que ele saíra da prisão e o ajudado consideravelmente durante toda a sua fase de readaptação. Era um homem de 65 anos de traços sulcados pela vida, cuja personalidade tempestuosa era tão evidente quanto sua franqueza. Ele fumava como uma chaminé, praguejava o tempo todo e seus posicionamentos eram tão duros quanto sua conduta: vítima de um sequestro provocado por um de seus "clientes" no início da carreira, ele levou um tiro à queima roupa na tíbia, que o incapacitou e o tornou intransigente em relação a todos os ex-detentos de quem era encarregado. Uma firmeza que havia beneficiado David, funcionando como uma barreira de segurança para que ele não voltasse a se afundar nas drogas e na delinquência.

David devia muito a ele.

Ao longo dos anos, a relação deles evoluiu para uma ligação mais amigável, feita de confiança e de respeito mútuo. Hoje em dia, Ernest personificava, aos olhos de David, o que mais se aproximava de uma figura paterna. De sua parte, o velho não tinha nem esposa, nem filhos. Vivia sozinho em uma quitinete que alugava em Paris, no 20º *arrondissement*, e valorizava sua solidão como a menina de seus olhos.

Intrigada, Tiphaine retomou:

— Ernest é batizado?

Laetitia assentiu.

Tiphaine fez um bico.

— Eu nunca imaginaria.

O batizado religioso foi celebrado três meses depois. Foi uma cerimônia cheia de modéstia e simplicidade. Fora David e Laetitia, apenas três outras pessoas estavam presentes: Tiphaine, Sylvain e, é claro, Ernest, o padrinho. Para a ocasião, ele se arrumou todo, o que contrastava com o modo como costumava se vestir: com um terno de três peças que, claramente, não usava havia muitos anos e cujo tamanho não correspondia exatamente ao seu, ele parecia mais estar fantasiado para o Carnaval. Sua postura, entravada pelo aperto do terno, acentuava certa falta de jeito que as circunstâncias não melhoravam. Dava para perceber que ele estava tenso, constrangido, com a sensação clara de estar deslocado.

Mas o desejo de David de que ele fosse padrinho de seu filho tinha amolecido seu coração duro de solteiro.

— Não tenho jeito com crianças, sabe? — ele tinha respondido para David quando este lhe revelara a ideia. — Esse negócio de fralda, mamadeira, dá-dá... não entendo nada disso.

— Vai ser a oportunidade...

O velho tinha balançado vagamente a cabeça antes de pedir alguns dias para pensar. Durante duas semanas, ele não dera sinal de vida. Depois, no fim da tarde de uma quarta-feira, apareceu na casa dos Brunelle sem avisar, com uma garrafa de vinho tinto em uma das mãos e um ursinho na outra.

— Está combinado! — dissera ele como se tivesse acabado de aceitar uma missão perigosa. — Mas estou avisando: nada de contar comigo para levá-lo ao parque, para dar uma de babá ou para ler as histórias bobas que as pessoas contam para as crianças. Não vai ser na minha idade que vou começar a fazer essas bobagens!

Pouco importava: seu novo status de padrinho tinha feito com que ele tivesse um ponto de vista diferente sobre o garotinho. Aos poucos, suas visitas aos Brunelle foram ficando mais frequentes, durante as quais, quase sem querer, ele multiplicava os sinais de atenção e de afeição para com a criança. E, quando um dia Milo lhe estendera, sem dizer nada, o livro *T'Choupi na fazenda*, o velho sujeito reagiu sem maldizê-lo: pegou o livro enquanto ajudava o rapazinho a sentar em seu colo. Então, com sua voz rude e rouca, ele leu a história meio bobinha sem conseguir dissimular muito bem o prazer que sentia em compartilhar com o afilhado a simplicidade daquele momento.

A voz do padre ressoava na igreja, cujos bancos, alinhados em umas vinte fileiras, só estavam ocupados por Tiphaine e Sylvain. Bem diante do altar, David e Laetitia estavam um de cada lado de Ernest, que segurava Milo no colo.

— Agora eu me dirijo a vocês, pais e padrinho. Para o sacramento do batismo, a criança que vocês apresentaram vai receber do amor de Deus uma vida nova: ela vai nascer da água e do Espírito Santo. Essa vida de Deus vai encontrar muitos obstáculos. Para lutar contra o pecado, para crescer na fé, ela precisará de vocês. Se, portanto, vocês são guiados pela fé e assumem a responsabilidade de ajudá-la, eu os convido, hoje, lembrando de seu próprio batizado, a renunciar ao pecado e a proclamar sua fé em Jesus Cristo.

Seguiu um diálogo protocolar entre o padre, os pais e o padrinho, que rejeitaram em uníssono o pecado, o mal e Satã, antes de confirmar sua crença em Deus, em Jesus Cristo e no Espírito Santo, na absolvição dos pecados, na ressurreição da carne e na vida eterna.

Por fim, Milo foi batizado, não sem exprimir seu descontentamento: a água estava fria e a igreja não estava com o aquecimento ligado.

O batizado civil foi bem menos solene. Ele aconteceu na semana seguinte, no cartório, logo depois dos casamentos, e foi despachado por um funcionário com pressa para almoçar. Assim como Ernest havia feito, Tiphaine portava um traje para a ocasião que, ao contrário daquele do padrinho, lhe caía maravilhosamente bem. Estavam presentes, fora os pais, a madrinha, Sylvain, Maxime, no carrinho, Ernest e um funcionário público, assim como, é claro, o funcionário encarregado da leitura do ato.

Este último mencionou vários compromissos, entre os quais o de proteger a criança, de zelar para que ela recebesse uma educação livre de qualquer preconceito de ordem social, filosófica e religiosa, de criá-la respeitando as instituições democráticas, de inculcar-lhe qualidades morais, humanas e cívicas indispensáveis para um cidadão dedicado ao bem público e à salvaguarda da liberdade e movido por sentimentos de compreensão, fraternidade e solidariedade em relação a seus semelhantes.

Tiphaine se comprometeu com uma gravidade com que ela mesma se surpreendeu. Em seu coração e sua mente, aquela cerimônia era totalmente supérflua: assim que Milo soltou seu primeiro choro, ela já era sua madrinha e nenhum documento oficial mudaria ou acrescentaria o que quer que fosse. No entanto, ao escutar as palavras pronunciadas pelo funcionário do cartório, o lado solene da coisa a comoveu mais do que poderia imaginar. E foi com a mão ligeiramente trêmula que ela assinou o ato de apadrinhamento civil.

À MESA, MAXIME, aos três anos e meio, pede groselha.
Tiphaine o repreende:
— E as palavrinhas mágicas?
— Por favor.
Enquanto verte o xarope no copo, sua mãe lhe explica:
— Está vendo? Assim eu te sirvo com prazer.
— E com água! — especifica Maxime.

7

O DOMINGO É UM DIA CONSAGRADO À FAMÍLIA. Uns toleram o almoço dominical do qual todos sonham escapar, mas que se perpetua com abnegação. Para agradar os pais. E depois porque as coisas são assim; sem isso, a gente não se veria mais. É então a pergunta que nos fazemos quando, às quatro da tarde, tomamos enfim nosso rumo porque no dia seguinte tem aula e porque ainda tem o tempo da volta, sabe, e ainda temos que fazer umas lições de última hora...

Por que é que a gente se encontra? Além disso, por que todos os domingos? Já não temos mais nada a nos dizer, não concordamos a respeito de mais nada, não fizemos as mesmas escolhas. Então por que nos obrigamos àquilo?

Pergunta mordaz que repetimos sem parar no caminho de volta, avivada por observações sobre as vestimentas da cunhada, as reflexões duvidosas do sobrinho adolescente que está indo para o mau caminho, sem contar a surdez da mãe, não dá para dizer que ela esteja melhorando, e ainda quero muito acreditar que o sal faz mal para a saúde, mas não é porque ela tem que tomar cuidado com suas artérias que temos que ser obrigados a comer um prato sem gosto de nada!

A gente suspira, a gente reclama, a gente até briga... A volta para casa de carro depois dos almoços de domingo na casa dos pais (ou dos sogros) é confusão garantida, arranca-rabo até o começo da noite e a promessa de que é a última vez, que não contem com você na semana que vem, não!

E então, no domingo seguinte, lá voltamos nós. Porque é assim que as coisas são.

Outros, aqueles que não têm família, pelo menos não família para cuja casa têm de se deslocar através das estradas por toda parte, esses ficam em casa e cuidam daquela que estão construindo. Brincar de trenzinho, pintar ou mexer com massinha. Depende. Assistir a um desenho animado, sempre o mesmo, a ponto de saber os diálogos de cor, a trilha sonora que se repete a cada domingo; no começo, é divertido, depois ficamos fartos, porque o Bob Esponja tem mesmo uma voz idiota!

Dá para pensar que os domingos foram inventados para que os casais briguem. Os casais com filhos, é claro. Antes, quando não havia crianças, o domingo era o dia do chamego, de acordar ao meio-dia, café da manhã à uma da tarde, depois voltar para a cama para fazer amor. E depois dependia. Do tempo. Passeio ou varanda nos dias de sol, sessão de DVD nos dias de chuva.

Mas isso era antes. Não vamos pensar mais nisso.

Era talvez a razão por que todos os domingos, por volta das cinco da tarde, Tiphaine e Sylvain baixavam na casa de David e Laetitia, a cara esquisita e a discussão a tiracolo. Os Brunelle recebiam os vizinhos com alívio, porque um domingo inteiro cuidando de criança, construindo castelos de blocos de montar e jogando Cata Castor, principalmente quando um dos castores cola mais do que o outro, semeia a discórdia. Crianças e adultos se encontravam então para terminar um longo dia de passividade ativa, de olhares em um relógio que parece ter parado, e dividiam um lanche tarde ou uma bebida cedo.

E, como naquele domingo o tempo estava bom, foi na varanda dos Brunelle que eles foram esfriar a cabeça.

— No próximo sábado, vamos organizar uma festinha para o aniversário do Milo — declarou Laetitia, tirando as taças do armário. — Vocês já têm algum compromisso marcado?

— Já é na semana que vem! — exclamou Tiphaine. — Quatro anos... Passa tão rápido! A gente já marcou alguma coisa, Sylvain?

— Acho que não... — resmungou Sylvain sem nem a olhar.

Depois ele saiu e foi se acomodar na varanda.

— Vocês discutiram de novo no carro? — perguntou discretamente Laetitia enquanto revirava as gavetas da cozinha.

Tiphaine suspirou e olhou para o alto.

— Affff... Domingo que vem eu não vou!

— Você diz isso toda semana — bufou a amiga. Depois, gritando em direção à varanda: — David, não estou achando o saca-rolhas!

— Na gaveta, no lugar dele.

— Se ele estivesse no lugar, eu não estaria te perguntando! — retrucou ela num tom seco.

— As coisas não parecem mais tranquilas por aqui — observou Tiphaine, cochichando.

— Nem me fale — suspirou Laetitia sem esconder sua irritação. Depois, em direção à varanda: — David, se quiser vinho tinto, dê um jeito. Eu não estou achando o saca-rolhas!

David entrou na cozinha irritado e procurou o objeto. Também sem sucesso.

— Quer apostar que o Milo brincou com ele de novo?

— Sem desespero — interveio Tiphaine.

Colocando a cabeça para fora da janela da cozinha que dava para a varanda, ela chamou o marido:

— Sylvain, você pode ir buscar nosso saca-rolhas em casa?

— E por que é que você não vai?

— Sylvain!

Sylvain se levantou com má vontade, revirou os bolsos do casaco, tirou as chaves e se dirigiu para o hall de entrada. Quando ele passou, as duas mulheres trocaram um olhar cúmplice e reprovador. Em seguida, levaram o resto das bebidas para a varanda.

Quando Sylvain voltou, David abriu a garrafa de vinho e encheu sua taça, assim como a de Tiphaine. Depois eles brindaram, Laetitia com um pastis, Sylvain com um vinho do porto. Só então o clima desanuviou e eles trocaram algumas palavras animadas, deixando os problemas de lado.

— Onde estão os meninos? — perguntou Laetitia de repente, se dando conta de que eles não eram interrompidos havia bastante tempo.

— Lá no fundo do jardim.

Tiphaine olhou ansiosa para a direção que seu marido indicara. As crianças corriam ao lado da cerca-viva que separava os dois jardins.

— O que é que eles estão aprontando?

— Uma passagem secreta — declarou David. — Ontem à noite, o Milo me disse que eles queriam fazer uma abertura na cerca-viva para passar diretamente de um jardim para o outro.

— Minha cerca-viva! — reclamou Laetitia.

— Sua cerca-viva, sua cerca-viva... Ela é tanto nossa quanto de vocês — brincou Tiphaine.

Com as taças na mão, os quatro adultos atravessaram o jardim para atestar como seguiam as obras. Quando chegaram aonde os meninos estavam, cada um tinha uma observação a fazer:

— Talvez não seja o lugar mais indicado para fazer um buraco na cerca-viva.

— Pelo contrário! Se o que eles querem é arruinar a cerca-viva, que seja aqui no fundo, onde não dá para ver direito.

— Nesse ritmo, vocês não vão terminar antes do inverno!

— Vamos sim, olha só! — exclamou Maxime. — Já dá para passar.

E, para provar o que dizia, se enfiou no buraco que Milo já tinha destapado; depois ele se remexeu para todos os lados forçando passagem pelo espaço que, sem dúvida, ainda era apertado demais.

— Para, Maxime! — gritou Tiphaine. — Você vai acabar com a cerca-viva da Laetitia!

— A cerca-viva é tanto sua quanto minha — provocou Laetitia, imitando a amiga.

— Sim, mas é do seu lado!

— Mesmo assim, não é uma má ideia — observou Sylvain, pensativo.

— O quê?

— Uma abertura para passar diretamente de um jardim para o outro.

A sugestão de Sylvain foi recebida por um silêncio meditativo, o que lhe permitiu detalhar suas ideias.

— Nós podíamos fazer uma passagem pela cerca-viva. A gente passa mesmo o tempo todo na casa uns dos outros. E, depois, seria mais prático quando a gente não achasse o saca-rolhas, em vez de precisar dar a volta pela rua...

Cada um encarava a cerca-viva imaginando sua própria versão de um acesso direto ao jardim vizinho. A de Laetitia era uma simples cerca branca que, para abrir, bastaria empurrar. Tiphaine a imaginava como um verdadeiro portão ladeado por uma mureta sobre a qual eles poderiam fazer subir trepadeiras, e quem sabe até proteger com uma pequena cobertura de telhas vermelhas. Sylvain, por sua vez, pensava sobretudo em um gradeado de ferro forjado. Já David não imaginava nada porque não tinha certeza se aquela era uma boa ideia.

— O problema é que não tenho certeza se a sra. Coustenoble concordaria — observou Tiphaine para grande alívio de David que, então, não precisou fazer papel de estraga-prazeres.

A sra. Coustenoble era a dona da casa que Tiphaine e Sylvain alugavam. Viúva de Gilbert, que não parecia lhe fazer muita falta, ela era o próprio estereótipo da proprietária que parecia benevolente, cujas tolerância e compreensão encontravam seus limites nas contingências de sua posição. Era uma mulherzinha seca de uns sessenta anos, discreta em geral, mas particularmente desconfiada quando se tratava de realizar algumas transformações em sua propriedade, mesmo que fosse para valorizá-la. Arquiteto de profissão, Sylvain já tinha proposto a ela algumas modificações na disposição dos cômodos, dividindo os gastos, tanto para o conforto pessoal do casal quanto para valorizar um pouco mais a casa, o que ela sempre recusou. O nome da sra. Coustenoble lançava, portanto, uma sombra maléfica sobre os sonhos de reforma dos Geniot sempre que eles tinham vontade de personalizar o interior da casa, o que não acontecia com os Brunelle, já que eles eram os proprietários.

Essa diferença de status entre os dois casais era tema de brincadeiras e de provocações amigáveis. Financeiramente, Tiphaine e Sylvain estavam bem mais arranjados do que David e Laetitia, cujas profissões — ela, assistente social; ele, motorista de táxi — lhe permitiam apenas fechar as contas no fim do mês sem muito aperto. De sua parte, sem nadar em dinheiro, Tiphaine e Sylvain tinham rendas que lhes deixavam bem mais confortáveis. Mas, por outro lado, eram locatários, o que equilibrava as coisas. Não que o dinheiro fosse motivo de bravata entre eles, mas, se os Geniot se permitiam férias mais longas e mais ensolaradas que os Brunelle, seus sonhos de pompa costumavam ser limitados pela covardia da sra. Coustenoble.

— Não custa nada perguntar a ela — insistiu Sylvain.

— Deixa pra lá! — suspirou Tiphaine. — Pode ter certeza de que aquela velha coroca vai recusar antes de a gente terminar de falar.

— Vamos ver... Se ela não quiser, tudo bem, mas a gente pode pelo menos falar com ela a respeito!

Depois, deixando as crianças com a empreitada delas, os quatro amigos voltaram para a varanda conversando sobre os diferentes modelos de portão, sobre o preço da obra e o lugar mais apropriado para colocá-lo.

Já David desejava secretamente que o receio de Tiphaine tivesse fundamento.

8

Laetitia, que tinha nas mãos um magnífico bolo de chocolate enfeitado com quatro velas, começou a cantar parabéns, logo acompanhada pelos convidados. Depois colocou o bolo na frente de Milo, que estava corado de satisfação e orgulho. O menino tomou bastante fôlego antes de soprar ruidosamente as velas. Uma chuva de aplausos explodiu na sala.

Além de Maxime, Tiphaine e Sylvain, seis coleguinhas do maternal tinham sido convidados para a festa, alguns acompanhados da mãe, outros do pai, sem esquecer os irmãos mais velhos e as irmãs mais novas. Reinava então na casa dos Brunelle um animado clima festivo. Como tinha gente por toda parte, David e Laetitia não sabiam o que fazer: servir o bolo, as bebidas, ter cuidado para não derrubar nada, "as colheres estão na segunda gaveta da cozinha", organizar brincadeiras para as crianças, conversar com os pais, "ah, você é jornalista, que interessante. Quer mais uma xícara de café?".

Ernest também passou para desejar feliz aniversário ao afilhado. Ele lhe deu de presente um par de luvas de boxe incrível que tinha pertencido a um lutador profissional obscuro cujo nome não tinha marcado a história do esporte, o que provocou a admiração e a inveja dos coleguinhas, assim como a reprovação de Laetitia.

— Mas, Ernest, não se dá luvas de boxe de presente para um garoto de quatro anos!

—Ah, não? E por quê?

Laetitia estava pronta para responder, mas gritos a impediram: Milo tinha acabado de colocar uma luva e testá-la em um dos convidados.

— Por isso! — respondeu ela, correndo até um menininho que chorava com vontade.

Ela consolou o garoto e confiscou o presente. Milo ficou revoltado, Laetitia ergueu a voz, algumas crianças quiseram se apossar das luvas... Era quase uma rebelião.

— Quem quer brincar de dança das cadeiras? — lançou David, alto o suficiente para que todos o escutassem.

Os amotinados logo abandonaram seu projeto de revolta e caíram na armadilha de David. Dez segundos depois, tudo voltou aos conformes e Laetitia ofereceu uma xícara de café para Ernest.

No fim do dia, enquanto os últimos convidados desapareciam atrás da porta de entrada, Laetitia, David, Tiphaine e Sylvain despencaram nas poltronas e no sofá da sala, não sem pisar, no caminho, em um pedaço de bolo ou em uma bala.

— A próxima festinha de aniversário vai ser para comemorar os vinte anos do Milo, e ele mesmo é que vai organizar! — gemeu Laetitia reparando na fenomenal bagunça que tomava o cômodo.

— Você ainda não viu o quarto do Milo! — murmurou David massageando a nuca.

— Quer que o Milo fique com a gente até amanhã? — propôs Tiphaine. — Para ter tempo de arrumar tudo sem ter que cuidar dele.

— Pode ficar com ele a semana toda! Estou por aqui de crianças por um bom tempo.

Eles riram da tirada e depois comentaram o aniversário. "É impressionante como o Grégoire se parece com o pai dele, é como se fosse um clone!" "Já a mãe do pequeno Firmin não parece ser uma pessoa muito fácil." "Qual deles é mesmo o Firmin? Ah, é! O loirinho estrábico..."

De repente Sylvain se endireitou na poltrona:

— Com toda essa confusão, a gente se esqueceu de contar para vocês uma boa notícia! A sra. Coustenoble concordou! Sobre a cerca-viva.

Reunindo o pouco de energia que lhe restava, Laetitia comemorou. Eles falaram do portão, Laetitia se lembrou de sua ideia da cerca branca, como no campo: quanto mais simples, melhor... Um gradeado de ferro forjado? Sim, também é bonito. Mas vai sair mais caro, não?

— Quanto à mão de obra, não se preocupem. É por minha conta — argumentou Sylvain.

— E quanto você acha que custa uma grade de ferro forjado?

— Ah... Nada de mais... Deve ser uns mil euros.

— Mil euros! — exclamou Laetitia. — A gente não tem condições!

— Dividido por dois — especificou Tiphaine.

— Mesmo assim...

— E você, David? O que acha? — perguntou Sylvain.

David contorceu o rosto constrangido e, depois, contestou.

— Não sei se é uma boa ideia — declarou ele com um tom grave que contrastava com a vivacidade das negociações.

— Uma boa ideia o quê?

— Esse acesso direto de um jardim ao outro.

— E por que não seria uma boa ideia?

— Se a nossa amizade funciona, é justamente porque cada um está na sua casa. A gente não pisa nos canteiros uns dos outros, não passa dos limites. Se a gente toca a campainha da casa de vocês e vocês não estão com vontade de abrir, não abrem. A mesma coisa com a gente. E as coisas funcionam bem assim.

— Nós nunca fingimos não estar em casa quando vocês bateram na nossa porta sob o pretexto de não querer ver vocês — argumentou Sylvain com uma lentidão desconcertante.

— Nós também não! — respondeu avidamente Laetitia em um tom de desculpas.

— E então?

— É um exemplo ruim — suspirou David. — Dá para entender.

Suas reticências foram um balde de água fria e, durante alguns segundos, Laetitia, Tiphaine e Sylvain o encararam com surpresa e incompreensão.

— E você só diz agora? — emendou Laetitia, que descobria com surpresa a opinião do marido sobre a questão.

— Não entendo como um portão entre os nossos jardins vai mudar isso — contestou Tiphaine, decepcionada.

— Teoricamente, não muito, sem dúvida. Mas, de fato... nós vamos ficar mais inclinados a passar por lá, já que vai ser mais simples.

Esse argumento confirmou para os três outros que a discussão sobre os preços e modelos de portão estava terminantemente encerrada. Um novo silêncio revelou o descontentamento deles. Sylvain acabou por quebrá-lo em tom de brincadeira, para deixar o clima mais descontraído:

— Seria melhor ter dito que você e a Laetitia adoram dar uns amassos no sofá da sala e que, como as janelas dão para o jardim...

— Tem isso — respondeu David na maior seriedade.

— É uma boa razão — respondeu Sylvain dando uma piscadela para Laetitia.

Tiphaine, que estava justamente afundada no sofá, se levantou de repente e foi tomar uma xícara de café.

— Tudo bem — aceitou ela, contrariada. — Mas você poderia ter nos dito antes que a gente fosse perder nosso tempo tentando convencer a sra. Coustenoble.

Depois ela pegou uma cadeira, que aproximou dos amigos, e se sentou.

David concordou com a cabeça.

— Desculpe. Você parecia ter tanta certeza de que a sua proprietária ia recusar que eu não quis fazer papel de estraga-prazeres.

Eles trocaram olhares por um breve instante, e dava para sentir que Tiphaine hesitava em tentar convencer David... Depois ela esboçou um sorriso resignado e deu de ombros.

— Que pena!

CADERNETA DE SAÚDE

4-5 anos
Seu filho já começou a se vestir sozinho?
Sim, com alguma ajuda.

A linguagem de seu filho é compreensível para alguém que não o conhece?
M. se expressa muito bem e fala bastante!

Seu filho participa das atividades na sala de aula?
Quando quer... M. parece não gostar das atividades psicomotoras... Mas adora todos os jogos de montar, assim como de desenhar e de cantar.

Anotações do médico:
Peso: 18,300 kg. **Altura:** 110 cm. Dor de garganta forte, temperatura 39,6°C.
Amoxicilina, 5 ml 3x/dia junto às refeições durante 1 semana.
5 ml de ibuprofeno se passar de 38,5°C.
Acúmulo de cera na orelha esquerda.

9

Naquele ano, o outono se anunciou com dias cinzas prolongados. Outubro mal começara e eles já tinham arrumado as varandas, guardado as espreguiçadeiras, recolhido as cadeiras do jardim e coberto a mesa. O mau tempo tinha definitivamente enterrado a história da cerca-viva. Eles continuavam então a tocar a campainha para ir à casa uns dos outros.

Uma terça-feira, no começo da tarde, David terminava de ler o jornal em seu táxi, na frente da estação, esperando que o trem de Paris das 14h09 quem sabe lhe trouxesse algum passageiro. Quando terminou a seção de esportes, dobrou o jornal e guardou-o no porta-luvas. Então, depois de olhar no relógio, voltou sua atenção para a porta principal da estação, de onde logo saiu uma fila esparsa de viajantes. Uma mãe e sua filha seguiam sem hesitação para o ponto de ônibus. Dois homens correram para um carro estacionado bem na frente do táxi de David, enquanto uma mulher na casa dos cinquenta anos avançava tranquilamente pela calçada acendendo um cigarro. Depois de dar uma longa tragada, que ela soprou com satisfação, olhou para a esquerda, depois para a direita, e esperou. David decidiu aguardar até o fim do cigarro antes de oferecer seus serviços, se até lá ninguém tivesse aparecido ainda. Ele nunca soube se alguém tinha ido buscá-la, já que, alguns instantes depois, um homem abriu a porta de trás e entrou no táxi.

— Rua Edmond-Petit — anunciou ele, de pronto.

David assentiu, colocou o taxímetro para rodar e deu partida. Ele conhecia bem a rua Edmond-Petit: era a dele, o que se absteve de contar para o passageiro para não puxar papo.

Em seu táxi, David não era muito falante. Conversas inúteis, que só serviam para quebrar o silêncio, o irritavam. Não tinha interesse em criar laços com completos desconhecidos que continuariam sendo estranhos a ele quando a corrida tivesse terminado. E, principalmente, não ganhava para falar.

Por outro lado, David amava observar a fisionomia das pessoas que levava no banco traseiro do carro. Com os olhos concentrados na rua, bastava desviar o olhar alguns centímetros para a direita para flagrar no espelho retrovisor o rosto de seus passageiros, suas expressões, a maneira como olhavam para fora, curiosos ou contemplativos, o modo como falavam ao telefone, tratando de sua vida profissional ou até mesmo particular sem pudor algum, como se ele, David, não existisse. Sempre o impressionava constatar a que ponto a maioria das pessoas parecia convencida de que os motoristas de táxi não tinham ouvidos nem opinião, como se eles fossem reduzidos a ter apenas olhos para guiar, mãos agarradas ao volante e pés para dar a partida, acelerar ou frear.

David tinha certo talento para espiar os passageiros sem que soubessem. Quando encarava o reflexo deles, sabia exatamente em que momento se sentiriam observados e voltariam por sua vez o olhar para o espelhinho retangular. Antes mesmo que os olhos do passageiro focalizassem o retrovisor, David já tinha desviado o olhar e fixava a rua diante de si. Os mais desconfiados verificavam várias vezes. David era sempre mais rápido que eles. Ele percebia o microssegundo preciso em que o olho do passageiro piscava antes de se voltar para o espelho. No instante seguinte, voltava a dirigir com indiferença.

Aquele cliente não escapou de seu gosto por observação. Era um homem da mesma idade que ele, mais ou menos 35 anos, de boa aparência, terno elegante e bem cortado. Certeza ideológica e conforto financeiro. O indivíduo era um homem até bonito apesar de um rosto marcado cujos traços revelavam uma imensa fadiga: tez pálida, olheiras, bochechas fundas. Quanto ao olhar, era evasivo, com breves movimentos de cabeça, para a direita, para a esquerda, escrutinando as ruas, reconhecendo as redondezas, memorizando o caminho. Nervoso e apressado. Fora isso? Fora isso, nada.

Quando terminou de examiná-lo, David voltou toda a sua atenção para a rua.

— Chegamos — informou ele, entrando na rua Edmond-Petit depois de ter virado à direita.

— Número 26 — especificou o homem.

A informação divertiu David porque se tratava da casa de Tiphaine e Sylvain. Ele deu uma olhada mais longa no passageiro e se perguntou qual dos amigos ele visitaria. Apostou que seria Sylvain, cujo trabalho de arquiteto o levava com frequência a encontrar colegas da capital.

Por um breve momento, quase contou ao homem que conhecia Sylvain Geniot pessoalmente, que era até um amigo muito próximo, que ele mesmo morava na casa vizinha, porque a coincidência era engraçada, pelo menos curiosa... Ele não contou. Para quê?

David parou o táxi bem na frente da porta dos Geniot. Ele indicou o valor da corrida, colocou o dinheiro no bolso e esperou o cliente sair do carro. Por alguns instantes ficou tentado a dar um pulo em casa por cinco minutos para tomar uma xícara de café, mas consultou o relógio digital do painel e adiou o intervalo para mais tarde.

Quando deu a partida, pelo retrovisor viu o homem tocar a campainha da porta de Tiphaine e Sylvain.

10

David não contou para Sylvain da corrida que tinha feito indiretamente para ele. Não de imediato pelo menos. Não que tivesse procurado esconder o caso nem que tivesse esquecido... A oportunidade de abordar os detalhes do dia a dia não tinha se apresentado, apenas isso. Para começar, ele só voltara a ver Sylvain na sexta-feira seguinte, para o happy hour.

No dia anterior, quando lia o jornal, um terrível mal-estar despontou nele.

Enquanto estava diante da estação, esperando algum passageiro, David estava prestes a passar os olhos na seção de esportes quando uma foto chamou sua atenção. Ele observou a fisionomia do homem que aparecia na foto e reconheceu, surpreso, o passageiro da terça-feira anterior, o que ele tinha deixado na porta da casa de seus amigos. Mas era, sobretudo, a legenda que o perturbara. O homem, um clínico-geral parisiense chamado Stéphane Legendre, que sofria de câncer no pâncreas e estava, portanto, condenado, fora encontrado morto em seu consultório na manhã de quarta-feira, com uma seringa cheia de cianureto no braço. Crime por motivação financeira logo foi descartado pelo fato de não haver nenhum indício de arrombamento, nem mesmo de violência, e de nada ter sido roubado. Além do mais, a polícia não tinha encontrado nenhuma impressão digital suspeita no lugar.

Os investigadores tendiam, portanto, para a tese do suicídio, reiterada pelo diagnóstico de um câncer incurável.

Claramente, o homem tinha feito a escolha de se poupar da longa e dolorosa agonia que o esperava.

O artigo trazia o testemunho da secretária: sem saber da doença de que o patrão sofria, ela contava mesmo assim que nos últimos tempos o médico lhe parecia bastante deprimido. Tendo um relacionamento estritamente profissional com ele, a pobre mulher não podia imaginar nem por um instante que ele estivesse abatido a ponto de colocar um fim em seus dias. Como ela se sentia mal!

Stéphane Legendre, clínico-geral em Paris. As confidências de Sylvain a respeito de como ele e Tiphaine tinham se conhecido voltaram à memória de David: era ele, o melhor amigo, convencido demais para assumir a responsabilidade por seus erros. Ele, que levava na consciência a tragédia de ter provocado um aborto. Ele, que tinha feito Tiphaine ser condenada por um erro que ela não tinha cometido. Sem dúvida alguma.

David deixou o jornal, pensativo, com as palavras de Sylvain fazendo eco.

"Temos o destino um do outro nas mãos. Ele pode acabar com a minha vida, eu posso destruir a dele. Nós nos tornamos ameaças um para o outro."

Revirando suas lembranças, ele tentou recordar mais precisamente a atitude do passageiro dois dias antes, lançando mão de seus dons de observação... O homem, de fato, lhe parecera preocupado, obscuro, fechado, e o que ele tinha tomado por um enorme cansaço eram, na verdade, os sinais da doença...

— Avenida Victor Hugo, por favor — declarou uma jovem que se sentava no banco de trás.

A porta bateu, arrancando David de seus pensamentos. Ele balançou a cabeça, colocou o taxímetro para rodar e deu a partida na hora.

No dia seguinte, como todas as sextas-feiras, os quatro amigos se encontraram para uma bebida. Encontro semanal que não precisava mais de confirmação e que eles tinham batizado de "happy hour da sexta-feira". O fim de semana tocava o alarme do descanso, Maxime e Milo podiam assistir à televisão por mais tempo do que de costume, permissão generosa dada pelos pais principalmente interessados na possibilidade de tomar uma bebida sem serem importunados. Todo mundo achava o que fazer e todos aproveitavam um respiro merecido.

Tinha passado uma noite desde que ele lera o jornal. A surpresa da revelação tinha morrido. Em um primeiro momento, David decidira não se meter no que não lhe dizia respeito, mas a curiosidade foi mais forte. Aproveitando um momento em que Tiphaine e Laetitia conversavam na cozinha, ele chamou o amigo de lado.

— Eu tinha prometido não tocar mais no assunto — atacou ele de pronto, falando em voz baixa —, mas fui eu que trouxe seu amigo médico no táxi para a sua casa na última terça-feira.

— Do que você está falando? — perguntou Sylvain encarando David, perplexo.

E é verdade que ele parecia não entender o que David lhe dizia. Sem se fazer de rogado, este esclareceu.

— Stéphane Legendre, seu velho amigo, aquele que...

Logo que esse nome foi pronunciado, Sylvain empalideceu. Com um gesto de pânico, ele pediu que David se calasse antes de se voltar para a cozinha, olhando ansiosamente.

— Está tudo bem, ela não está ouvindo — cochichou David.

Depois de ter se certificado, Sylvain voltou toda a sua atenção para o amigo:

— O quê? Stéphane Legendre? — perguntou ele, nervoso.

— Fui eu que o trouxe para a sua casa na terça-feira.

— Que droga, David! — irritou-se Sylvain. — O que é que você está tentando me dizer?

— Nada! — Ofendeu-se David. — Quer dizer... Não posso fingir que não estou sabendo de nada! Terça-feira, eu o levo no meu táxi e o deixo na frente da sua casa, e quarta-feira de manhã ele é encontrado morto no consultório dele.

— Hã?

O rosto de Sylvain ficou mais lívido ainda. Ele se apoiou na mesa próxima e lançou um olhar horrorizado para David.

— Mas que história é essa? — soltou ele em um murmúrio que mal dava para ouvir.

David não escondeu a surpresa: evidentemente, Sylvain não estava sabendo nem da visita de seu antigo cúmplice nem de sua morte brutal e prematura.

— Você... você não marcou com ele na sua casa, na terça-feira, por volta de duas e meia da tarde?

— Terça-feira? Eu...

Sylvain parecia abalado demais para pensar. Ele continuava a encarar David, boquiaberto, o olhar alucinado, e dava para perceber que seu cérebro estava explodindo com o peso de uma descarga de pensamentos, uns mais explosivos do que os outros. Sem saber muito o que dizer, David ficou em silêncio, testemunha impotente do abatimento no qual parecia se debater seu amigo, cujo olhar errava de um lado para o outro do cômodo.

De repente, Sylvain franziu as sobrancelhas.

— Eu não estava em casa na terça-feira à tarde! — declarou ele com uma voz vazia.

Depois, voltando-se para a cozinha, observou com o olhar lívido a silhueta de Tiphaine, cuja risada ingênua lhe chegava em trancos hesitantes.

David entendeu o receio de Sylvain, que resumiu em uma pergunta curta:

— E Tiphaine?

Sylvain balançou a cabeça.

— Não que eu saiba — respondeu ele.

David deu de ombros.

— Então, eu só vejo uma explicação: sabendo que estava condenado, seu velho amigo veio te ver uma última vez. Talvez para pedir desculpas. Aliviar a consciência e morrer em paz. Como não encontrou ninguém, voltou para casa e se matou.

— Ele se suicidou?

— É a teoria dos investigadores. Injeção de cianureto.

Sylvain fez uma careta de desgosto.

— Sinto muito — murmurou David. — Eu achei que você estivesse sabendo.

— Vocês estão com uma cara! — exclamou Laetitia, entrando na sala. — Querido, Tiphaine está se oferecendo para nos dar mudas de tomate e verduras. A gente podia fazer uma hortinha com o Milo no fundo do jardim, para ele começar a se familiarizar com os orgânicos. No fim das contas, a gente é burguês ou não é?!

David reagiu rápido, ciente de que era preciso dar um pouco de tempo para Sylvain se recompor. Ele se antecipou à esposa e abriu um grande sorriso.

— Ideia excelente! Depois disso vamos criar umas galinhas e uns coelhos e nos declarar autossuficientes!

Depois, quando Tiphaine entrou no cômodo, ele lhe perguntou:

— Estou enganado ou não é a melhor estação para plantar legumes?

Ela concordou.

— Para os tomates, vai ser só lá para março do ano que vem. Mas a gente está se desfazendo de um monte de sementes e de mudas no trabalho, e, quanto às verduras, vocês já podem começar em janeiro. Só vão ter que mantê-las em um lugar fechado.

— Então vamos lá! — declarou David, animado.

— Do que vocês estavam falando? — perguntou Laetitia, observando o marido com curiosidade.

— Nada de especial. Por quê?

— Eu não imaginava que a ideia de fazer uma horta ia te animar a esse ponto...

— E o que tem a ver?

Laetitia sorriu para ele com carinho.

— Nada.

Ela lhe deu um beijo na boca e se voltou para Sylvain.

— O que acham de jantar com a gente?

Sylvain tinha se recomposto. Ele aceitou o convite com um entusiasmo um pouco forçado que sua mulher não deixou de notar.

— Você quer ir embora?

— De jeito nenhum! — defendeu-se, sem jeito. — Tiphaine o observou com um olhar suspeito.

— Você não está se sentindo bem?

Conhecendo seu péssimo talento para ator, Sylvain lançava mão do fingimento apenas quando era urgente.

— Acho que minha pressão baixou um pouco...

— Ah, coração! — exclamou Tiphaine, preocupada. — Você está trabalhando demais, eu já disse. Deita um pouco no sofá. A Laetitia e eu cuidamos da comida.

— David, você pode desgrudar os meninos da televisão? — pediu Laetitia dando meia-volta. — Faz mais de uma hora que eles estão na frente dela.

No fim das contas, se elas estavam presas na cozinha, não havia razão alguma para que os homens não ficassem presos com os meninos.

David fez um gesto com a cabeça dizendo que cuidaria de tudo. Ele esperou que as mulheres voltassem para a cozinha antes de se juntar a Sylvain no sofá.

— Está tudo bem?

Sem a presença de Tiphaine, não disfarçou mais seu suplício.

— Não é do feitio dele!

— O que não é do feitio dele?

Perdido em seus pensamentos, Sylvain não respondeu na hora. Depois, ergueu o rosto e olhou, abalado, para David.

— Vir me pedir desculpas antes de acabar com a própria vida... Ele devia ter outra razão para querer me ver...

— Mas que tipo de razão?

— Não faço ideia... Mas, sem dúvida, não era para me desejar o bem.

Na piscina.

Tiphaine e Laetitia batem papo na borda enquanto Maxime e Milo brincam na piscina infantil.

Milo, que está com quase cinco anos, sai da água e tira na hora sua sunga.

Laetitia se assusta:

— Mas, Milo, por que está tirando a sunga?

— Porque ela está toda molhada, mãe!

11

— Já chega! — afrontou Laetitia ao entrar no quarto de Milo.
Ela abriu a boca para dar livre curso à sua exasperação, pedir aos garotos para fazerem um pouco menos barulho.
— Dá para ouvir vocês lá na cozinha, então baixem o tom, por favor...
O espetáculo que se apresentou a seus olhos a deixou sem palavras.
A prateleira de brinquedos estava vazia. Totalmente vazia. Todo o seu conteúdo cobria o carpete, do qual não se via sequer a cor. Não teria sido tão grave se os brinquedos em questão tivessem ficado dentro das caixas, mas Maxime e Milo tinham achado que seria divertido esvaziar tudo e espalhar no chão, mais engraçado ainda, misturar todas as peças dos jogos para fazer uma espécie de conglomerado disforme e multicolorido no qual, à primeira vista, era possível identificar as peças dos diferentes quebra-cabeças, as do Lig 4, do jogo da loto, todos os Playmobil e seus diversos acessórios, os blocos de madeira, os dominós, as varetas, o circuito de madeira completamente desmontado para a ocasião, as canetinhas e os lápis de cor, sem esquecer todos os jogos de cartas de que Milo tanto gostava, como o Uno, o Jogo das Sete Famílias e o mais clássico, o Jogo do Mico...
Os dois garotos, surpresos com a chegada imprevista de Laetitia, congelaram em pleno movimento. Mesmo de costas para a porta, não havia dúvidas de que Maxime estava escarranchado em cima de Milo, em uma posição muito confortável para pintar o rosto do coleguinha com uma canetinha — permanente,

não é preciso dizer — e desenhar nele um bigode grosso, óculos dos anos 1970, uma barba cheia, sem se esquecer do que vagamente pareciam cicatrizes.

Laetitia se aproximou da balbúrdia que cobria o chão do quarto de Milo, se dirigiu para a cama em que estavam as duas crianças e descobriu o novo visual do filho. Isso deu tempo para Maxime se voltar para ela e apresentar, por sua vez, o rosto ainda mais colorido que o de Milo.

— Vocês ficaram loucos?

Foi tudo o que ela conseguiu dizer. Os dois meninos começaram a gargalhar.

— Viu como a gente está bonito, mamãe? — exclamou Milo, se erguendo para que a mãe pudesse admirar melhor sua maquiagem.

— Milo! Maxime! Mas o que foi que vocês fizeram?!

— A gente está se fantasiando de velho — respondeu Maxime, orgulhoso.

Laetitia então entendeu que as linhas desenhadas no rosto do filho não eram cicatrizes, mas rugas.

— Mas isso não está certo! Me dá agora mesmo essa canetinha!

Ela avançou em direção aos garotos, quase torceu o tornozelo tropeçando nos brinquedos e tentou, em seguida, abrir passagem em meio àquele chiqueiro. Quando chegou aonde estavam, ela apanhou um depois do outro e os arrastou à força fazendo o caminho de volta. Depois, ela os levou ao banheiro, onde ensaboou bem o rosto deles, o que diminuiu bastante os estragos.

— A sua mãe vai me matar! — murmurou ela, contemplando resignada a carinha de Maxime.

— Você não gostou? — perguntou Milo encarando a mãe com uma mistura de surpresa e decepção.

— Não, eu não gostei! — disparou Laetitia. — Eu não gosto quando vocês fazem coisa errada, eu não gosto quando vocês bagunçam tudo, eu não gosto quando vocês parecem dois pestinhas incontroláveis! É isso, Milo! O que é que passou na sua cabeça? Você viu o estado do seu quarto? Se vocês continuarem assim, vai ter castigo!

— Que castigo? — perguntou Maxime.

Laetitia refletiu por alguns momentos.

— Mais tarde, quando forem adultos, vão ter filhos tão difíceis quanto vocês.

— E como é que você sabe?

— Porque, quando eu era pequena, fazia um montão de coisa errada. E a minha mãe sempre me dizia que eu ia ter um filho tão difícil quanto eu e que então eu ia entender. E que esse ia ser o meu castigo. Pois bem, aconteceu: tenho um menininho terrível.

— Não está certo esse negócio — afirmou Milo.

— Ah, não? E por quê?

— Porque, se eu for comportado para não ter um filho difícil quando eu crescer, quer dizer que você nunca vai ter o seu castigo por todas as coisas erradas que fez quando era pequena.

Laetitia considerou o filho com um olhar um pouco cansado, hesitando entre fazer uma tirada mordaz — que acabaria com a vontade dele de se fazer de espertinho — e botar um ponto-final na conversa. De início, optou pela primeira possibilidade e pensou ainda alguns bons segundos para encontrar um argumento de peso que fizesse aquele danadinho fechar a boca. Ela acabou voltando para a segunda opção e colocou um desenho animado para não se desgastar ainda mais.

— E então, para recompensá-los por terem feito uma baderna e ter pintado a cara toda, você deixou eles assistirem à televisão? — surpreendeu-se Tiphaine quando foi buscar Maxime. — Princípio educacional bastante original!

— Eu não ia bater nos dois! — defendeu-se Laetitia. — Eles só têm cinco anos... É um pouco normal que eles façam besteiras...

— E é normal que eles recebam algum castigo pelas coisas erradas que fazem — respondeu secamente Tiphaine. — Eles estão fazendo o papel deles; a gente, o nosso.

Laetitia suspirou.

— Você está me enchendo, Tiphaine! O que está tentando me dizer? Que eu estou criando mal o meu filho?

Tiphaine hesitou e depois decidiu colocar o dedo na ferida.

— Acho que vocês não botam muito limite nele. Mas é verdade! Sempre que eu deixo o Maxime aqui, eles fazem besteira! E sempre que isso acontece, a sua resposta é colocar os dois grudados na frente da televisão.

— Eu "grudei os dois na frente da televisão", como você diz, porque eu sabia que você ia chegar em meia hora!

— E, depois, eu não sei... Eu não deixaria os dois sozinhos no quarto do Maxime sem alguém olhando.

— O que você acha que poderia acontecer?

— Isso! — respondeu Tiphaine apontando o dedo para o rosto do filho.

— Ah... Eles não estavam em perigo, de qualquer maneira! Você dá um bom banho nele esta noite e pronto.

Tiphaine suspirou fundo, largou o corpo em uma cadeira da cozinha e acendeu um cigarro.

— Desculpa. Eu ando meio no limite.

— O que está acontecendo? — perguntou Laetitia, se sentando ao lado dela.

— Nada. Tudo. O trabalho. Minha mãe. O Sylvain.

— Bom... Começa pelo começo.

— Sem vontade de falar disso. Você me serve um café?

Laetitia se levantou, pegou duas xícaras no armário e colocou debaixo da máquina de expresso. Em seguida, abriu um pouco a janela para arejar o cômodo. Tiphaine, entendendo a mensagem, olhou-a de lado, mas não apagou o cigarro.

— Você está irritada! — observou Laetitia, colocando os dois cafés sobre a mesa.

— Cansada. Precisando de férias.

— Vocês vão para algum lugar este ano?

Tiphaine olhou para o alto.

— Os pais do Sylvain estão insistindo para que a gente encontre eles na Normandia.

— E?

— Você fala como se isso me animasse!

— Não faz o tipo do Sylvain querer passar as férias com a família dele. Estou enganada?

— Como o pai dele não anda muito bem, ele está quase aceitando. Diz que pode ser o último ano...

— Se isso é tão ruim para você, por que não diz para ele ir com o Maxime ficar uns dias com os pais? Depois, vocês três saem de férias de verdade. Dessa forma, todo mundo fica feliz.

Tiphaine soltou uma gargalhada irônica.

— Coitada! Você não imagina o incidente diplomático que isso provocaria se eu não fosse com os dois. Daqui a dez anos ainda falariam disso! E depois o Sylvain está batendo o pé que, se eu não aguentar os pais dele neste verão, na Normandia, ele não vê por que deve aguentar os meus durante o inverno no Natal. E, como no ano passado a gente passou o Natal com a família dele, a minha mãe vai ter uma síncope se a gente não passar as festas de fim de ano na casa dela. Então estou sem saída.

Tiphaine deu de ombros sondando a xícara de café como se fosse encontrar ali a solução para todas as suas questões.

— O problema é que o Sylvain não se dá bem com a família dele — acrescentou ela. — Até quando era pequeno, as coisas não corriam bem com os pais nem com os irmãos. Resultado: aos olhos dele, "família" rima com "gritaria". Você não imagina o clima quando eles estão juntos, brigam sem parar, se repreendem por qualquer coisa. Não têm carinho nenhum, nenhuma cumplicidade, nenhuma afinidade. É uma tensão constante, e eu odeio isso.

— Você já conversou com ele a respeito?

— O problema não é esse...

— Qual é o problema então?

— O Sylvain tem o mesmo tipo de relação conflituosa e desagradável com o meu "lado", por se tratar do meu, justamente. Ele é incapaz de imaginar que nós possamos ter um bom relacionamento e que eu fique satisfeita de estar com eles.

— Não estou entendendo.

— O Sylvain não suporta nem minha mãe, nem meu pai, nem meu irmão. Não porque não se entendam... Enfim, não se entendem, mas só porque são membros da minha família. Eu estou convencida de que, se ele os conhecesse de outra maneira, em outro contexto, ia gostar deles.

Ela refletiu por um instante sobre o que tinha acabado de dizer, depois consertou:

— Seja como for, ele não os detestaria tanto.

Laetitia balançou a cabeça para mostrar que entendia.

Tiphaine continuou.

— Estou começando a pensar que ele tem ciúme da cumplicidade que meus pais, eu e meu irmão temos. E que, inconscientemente, fica bravo comigo. Um pouco como se, pelo fato de ele não ser feliz com a família dele, eu não pudesse ser com a minha. E isso me enche! Eu que, em geral, fico tão contente de ver meus pais, estar com eles, conversar, dividir as coisas... Hoje, quando somos convidados para ir à casa deles, fico o tempo todo na defensiva porque eu sei que chateia o Sylvain, que nada vai ter graça para ele, nem o que a minha mãe cozinhar, nem os comentários do meu pai e muito menos as opiniões do meu irmão. E, é claro, ele não liga que percebam! E eu sei também que tudo o que eles disserem e tudo o que fizerem vai ser criticado assim que a gente voltar para casa. E nunca falha: ele sempre tem que soltar alguma sordidez que deixa todo mundo sem jeito. Com ele, não consigo aproveitar. Então, eu evito me encontrar com eles com tanta frequência quanto gostaria e começo a ficar com raiva dele. — Tiphaine suspirou antes de balbuciar: — Você não sabe como tem sorte! Quando se trata de família, você tem sorte!

Seu comentário, claramente feito sem pensar e sem maldade, atordoou Laetitia, que voltou para a amiga um rosto pálido. Tiphaine se deu conta — tarde demais — do peso do que tinha acabado de falar.

— Desculpa! — exclamou ela. — Me desculpa, querida, perdão, perdão, perdão. Eu não pensei, sou uma pessoa terrível, fico aqui me lamentando para você...

Laetitia permanecia imóvel, petrificada, encarando Tiphaine com uma mistura de sofrimento e incompreensão...

— Não me olhe assim! — sua amiga suplicou. — Eu falei sem pensar, não quis dizer, eram só palavras.

Abalada demais para responder, Laetitia se levantou e seguiu para a pia, onde se apoiou de costas para Tiphaine.

— Quero ficar sozinha, por favor — murmurou ela entredentes.

— Desculpa?

— Pega o Maxime e vai pra casa — repetiu ela no mesmo tom.

Tiphaine se levantou e se aproximou. Quando chegou atrás dela, segurou-a pelos ombros e a virando delicadamente de frente, as bochechas da amiga estavam banhadas de lágrimas.

— Eu sinto tanta falta deles... Se você soubesse! — balbuciou ela, soltando os soluços.

Mortificada, Tiphaine a abraçou continuando a lhe pedir desculpas.

— Você não pode imaginar como isso faz você se sentir sozinha — continuou Laetitia sem parar de soluçar —, sem família alguma para te ajudar, te amparar, compartilhar felicidade, as dúvidas ou as provações da vida. Sempre que penso em meus pais, é como se uma mão de ferro arrancasse meu coração... Pensar que eles nunca conheceram o David nem o netinho deles... Eles teriam amado tanto os dois!

— Eu sei, eu sei — murmurou Tiphaine sem deixar de pensar que, se os pais da Laetitia ainda estivessem neste mundo, com certeza existiriam problemas de relacionamento entre eles e a filha ou divergências, como em todas as famílias.

Além do mais, Tiphaine não estava certa, ao escutar Laetitia falar sobre os pais, que eles realmente gostariam de David: um ex-condenado sem nenhuma formação profissional que teve problemas com drogas e uma ficha criminal estava longe da figura do genro ideal com que um casal católico praticante e bastante conservador devia sonhar. Na verdade, quanto mais ela pensava, mais se convencia de que, se os pais de Laetitia ainda estivessem vivos, eles nunca teriam aceitado que David encostasse um dedo em sua filha.

Já de bico calado, Tiphaine se absteve de dividir sua opinião.

— A gente teria sido tão feliz — concluiu Laetitia, assoando o nariz com o lenço de papel que a amiga lhe tinha dado.

Ela balançou pensativamente a cabeça. Depois, em um último esforço para reconfortá-la, declarou:

— Vocês são felizes! É tudo o que conta, Laetitia! Você e o David se amam, têm um garotinho maravilhoso, uma casa linda... E, depois, a gente está aqui! Sylvain, Maxime e eu, a gente é um pouco a sua família. Você pode contar com a gente como se fosse parente de sangue.

Laetitia olhou cheia de reconhecimento para a amiga. Depois, as duas se abraçaram.

12

A AMIZADE É UMA FORÇA que ninguém pode fingir ser capaz de ficar sem. Nós precisamos de amigos, assim como precisamos comer, beber e dormir. A amizade é como o alimento da alma: ela revitaliza o coração, sustenta o espírito, nos enche de alegria, de esperança e de paz. Ela é a riqueza de uma vida e o símbolo de uma certa ideia de felicidade.

Na sexta-feira seguinte, na hora da bebida do fim do dia, e enquanto todo mundo aproveitava o respiro do fim da semana, Laetitia foi tomada de uma emoção tão repentina quanto inexplicável. Desses momentos triviais que, de repente, se revestem de um valor inestimável, sem que a gente saiba por quê. Ou simplesmente por eles serem perfeitos. Tiphaine tinha acabado de chamar os meninos que brincavam no andar de cima, no quarto de Milo. O jantar deles estava pronto. Em cima da mesa, estavam em destaque dois pratos cheios de espaguete tradicional, presunto e queijo, que os meninos adoravam, uma refeição sem legumes, e, portanto, sem discussões e ameaças. David e Sylvain bebericavam em seus copos na sala e tiravam sarro um do outro a respeito de alguma coisa que ela não sabia direito o que era, como costumava ser.

Quando os meninos por fim desceram, depois que Tiphaine os chamou pela terceira vez, eles invadiram a sala de jantar correndo e rindo.

— Do que é que vocês estão rindo assim? — perguntou ela, intrigada.

Diante dessa simples pergunta, Maxime e Milo começaram a rir ainda mais, atraindo no olhar do outro a cumplicidade divertida de uma alegria compartilhada. Eles morriam de rir sem conseguir parar, e cada olhar que trocavam parecia alimentar ainda mais as gargalhadas. Alertados por esses rompantes de alegria, os pais também perguntaram o que estava havendo. Não adiantou: os meninos riam tanto que não conseguiam responder.

— Como eles são bobos! — comentou Sylvain começando também a rir.

É verdade que era engraçado vê-los morrer de rir daquele jeito. Seus acessos tinham efeito dominó e não paravam. Logo, e apesar de não saberem o que tinha causado aquela bagunça divertida, os quatro adultos não conseguiram deixar de sorrir depois de segurar o riso para, em seguida, se juntar aos meninos e gargalhar sem saber por quê.

As crianças riam ainda mais ao ver os adultos darem risada com elas.

Laetitia sentiu, de repente, uma emoção intensa, a de ser feliz e estar consciente disso. O que importava que David e ela não tivessem mais família, apesar de um destino que não os poupara. A família deles não era aquela ali, diante dela, dividindo com os dois uma alegria que tinha como única força a de estar lá, sem causa aparente? Duas crianças unidas por uma mesma cumplicidade e que desfrutavam plenamente da falta de preocupações de sua idade. Milo estava feliz, e a imagem dessa felicidade infantil fez com que seus olhos ficassem cheios de lágrimas — o que todo mundo colocou na conta das gargalhadas generalizadas. Com que direito ela se queixava de ser solitária? Tiphaine e Sylvain tinham suas famílias que, no entanto, não pareciam satisfazê-los o suficiente...

Laetitia voltou a pensar no ressentimento que tinha experimentado em relação a Tiphaine quando, no fim de semana anterior, tinha sido insensível ao falar de famílias. Então ficou chateada. Ela se repreendeu por sua intransigência com aquela mulher com quem compartilhava tudo, exceto os laços de sangue; ela que, ao longo do tempo, tinha se tornado mais do que uma irmã.

A calma voltou aos poucos e a noite retomou seu curso. Mais tarde, quando colocou os meninos para dormir, logo antes de se juntar novamente aos amigos, Laetitia pegou um pedaço de papel no qual rabiscou duas palavras: "Me perdoe". Mas foi só por volta de meia-noite, com Tiphaine e Sylvain se preparando para ir embora, quando sua amiga a ajudava a tirar a mesa, que ela teve oportunidade — e coragem — de lhe entregar o bilhete. Tiphaine, intrigada, desdobrou o pedacinho de papel para ler a mensagem.

Surpresa, ela ergueu a cabeça:

— Te perdoar por quê?

— Eu sei, é idiota! — desculpou-se Laetitia. — É por causa do que aconteceu no último fim de semana. Eu estou me sentindo mal por ter pensado mal de você...

— Você está louca?

Laetitia sorriu.

— É preciso reconhecer os erros...

— Fui eu que errei. Eu é que tenho que te pedir desculpas.

— A gente nunca vai sair disso assim!

As duas explodiram de rir. Depois, sem conseguir disfarçar bem as emoções, Tiphaine dobrou cuidadosamente o bilhete da amiga e o guardou na carteira.

13

No DOMINGO SEGUINTE, nem a luz fraca que lutava contra as cortinas opacas para entrar no quarto, nem o despertador do celular que, em geral, ficava programado para tocar às 6h45 acordaram Laetitia. Arrancada do sono pela desagradável sensação de que ainda não era hora de abrir os olhos, tateou com a mão cega a mesa de cabeceira em busca do celular, o encontrou e o apanhou: 7h10. Por um instante quase pulou da cama e correu para o banheiro, antes de se perguntar por que o despertador não tinha tocado...

Então ela se lembrou de que era domingo.

Um barulho surdo martelando do outro lado da parede a informou sobre o porquê de ela ter acordado àquela hora, quando, exatamente naquele dia podia dormir mais do que nas outras manhãs. Laetitia resmungou alto e enfiou o rosto no travesseiro enquanto outro golpe ressoava atrás da parede que dividia com a outra casa. Já era difícil aguentar Milo deixando os braços de Morfeu às sete da manhã de um domingo, mas que outra criança, que não era sua e pela qual ela não era responsável, se permitisse atrapalhar o sono dela era completamente exasperante.

O culpado só podia ser Maxime, cujo quarto dividia a parede com o deles. Não só o garotinho tinha o hábito irritante de madrugar aos domingos, mas se ocupava com atividades barulhentas e intrusivas. Ela já tinha dado a entender a questão de forma delicada e compreensiva aos pais dele, que tinham prometido que aquilo não se repetiria.

Mas, a cada domingo, Laetitia era violentamente tirada de seu sono pelas atividades matinais de Maxime.

Naquele dia ele tinha escolhido jogar uma partida de futebol cujo gol adversário era representado pela parede em comum. Como conhecia a disposição do quarto, ela entendeu que havia poucas chances de que o garoto chutasse em direção a outra parede, pois todas estavam ocupadas por estantes, janela ou aquecedor.

Ao lado dela, David dormia o sono dos justos, a respiração regular, ritmada por um leve ronco, o que irritou ainda mais Laetitia.

Por um instante ela ficou tentada a bater na parede, sem ter certeza se a mensagem seria entendida, e menos ainda que produzisse o resultado que esperava. Uma sequência de chutes acompanhados pelo eco distante dos gritos de comemoração a deixou em um estado de exasperação que afastava cada vez mais o seu sono. Agora, muito bem acordada, Laetitia se levantou, desceu até a sala e tirou o telefone do gancho. Depois de tocar pela oitava vez, uma voz sonolenta respondeu.

— Desculpe te acordar, Sylvain — declarou ela, de pronto. — Maxime está jogando futebol no quarto dele, e eu não consigo dormir.

Um tempo de hesitação, o necessário para que a informação chegasse aos neurônios letárgicos de seu dono...

— Ah? Ok. Desculpa... Vou pedir para ele parar.

— Obrigada.

Ela desligou e foi ao banheiro — já que estava de pé — antes de voltar a se deitar. Do outro lado da parede, ouviu a voz seca e autoritária de Sylvain tomando a bola de Maxime, que, por sua vez, protestava vigorosamente, o que só fez aumentar o seu mau humor. Alguns gritos de revolta de Maxime, ameaças de Sylvain e, depois, o silêncio mais uma vez.

Com um suspiro de alívio, Laetitia, por fim, relaxou.

Milo, aos seis anos, se maravilha diante do desenho de uma estrela cadente:
— Ah! Uma estrela de corrida!

14

Quando os dias ensolarados voltam depois de longos meses de inverno, é como se fosse o fim de um longo túnel escuro que se abre em uma luz intensa: o horizonte fica limpo, os corações se aquecem, os desejos despertam e logo estamos divididos entre aquela vontade de fazer mil coisas e a de não fazer absolutamente nada. De qualquer forma, este último foi o programa para que Laetitia deu prioridade naquela tarde. Ela abriu a espreguiçadeira que tinha acabado de tirar do quartinho e a colocou de frente para o sol. Em seguida, voltou à sala para apanhar uma almofada e passou pela cozinha para pegar uma bebida gelada. Depois, passou pelo quarto para buscar seu livro, um suspense intenso. Quando se acomodou, Laetitia suspirou de satisfação: o relógio marcava 13h30; ela ainda tinha três belas horas antes de buscar Milo na escola. Três horas só para relaxar, durante as quais os únicos tremores permitidos seriam aqueles proporcionados pela leitura.

No entanto, quinze minutos depois, ela cochilou. Afundando-se em um torpor prazeroso que o doce calor do sol de primavera provocava, Laetitia logo deixou o livro cair na grama.

O tempo congelou naquele estado de êxtase, antes que a perfeição do momento chegasse ao fim.

Ela foi violentamente tirada de sua morosidade. Nenhum barulho estranho, nenhum movimento, apenas a sensação de uma agitação indefinível que abriu seus olhos. Alguns segundos para voltar a si, se lembrar de que dia era, de onde estava, de que horas eram, e Laetitia se ergueu preguiçosamente, se apoiou nos cotovelos e olhou ao redor. O jardim estava tão vazio quanto no momento em que ela se acomodara ali, e a casa também parecia deserta, mas, para garantir, ela chamou:

— David? É você?

Depois, de orelha em pé, esperou. Com o turno do dia, David só devia voltar para casa por volta das cinco da tarde.

Laetitia franziu as sobrancelhas.

Então, depois de ter olhado para todas as direções, mais para ouvir do que para ver, ela estava pronta para voltar para seu banho de sol.

Foi quando se deitou pela segunda vez na espreguiçadeira que ela o viu. Pelo canto do olho. Uma presença insólita, cuja pequena silhueta, emoldurada pela janela, chamou imediatamente sua atenção. De onde estava no jardim ela conseguia enxergar os fundos das duas casas. Mesmo que a cerca-viva tapasse a varanda dos vizinhos e as janelas do primeiro andar, tinha uma vista livre do segundo. À direita, ficava o quarto de Tiphaine e Sylvain. À esquerda, o de Maxime.

E era o próprio Maxime que estava debruçado perigosamente para fora da janela aberta de seu quarto.

Laetitia ficou de pé num salto. Durante alguns instantes, ela se perguntou por que o menino estava em casa em um dia de escola. Depois se lembrou de que ele estava doente, que Tiphaine tinha telefonado para ela no dia anterior pedindo xarope para tosse.

— Laringite, o médico disse. É só baixar a febre e dar xarope para tosse à noite... O resto é com a homeopatia: Aconitum, Spongia Tosta, Hepar Sulfur. Tenho tudo em casa, menos o xarope...

Tiphaine era uma adepta fervorosa da homeopatia e costumava cuidar mais do menino com grânulos e chás que ela mesma fazia. Ela também lançava mão com frequência de plantas medicinais, cujas propriedades conhecia bem, e sua formação em farmácia lhe dava uma boa ajuda. Laetitia era mais moderada, mas o fato era que Maxime raramente ficava doente.

Ela se aproximou da cerca-viva para que o menino a ouvisse.

— Maxime! — chamou ela, com uma voz seca. — Volta agora mesmo para dentro!

— O quê?

Assustada, ela se deu conta de que estava conseguindo o efeito inverso: em vez de se afastar, o garotinho se debruçava ainda mais para ouvir o que ela estava dizendo.

— Que droga, Maxime! Volta para dentro agora mesmo! — gritou ela, fazendo gestos com os braços como se o empurrasse para trás.

— Eu estou com calor — gemeu o menino.

Ele estava pálido, com olheiras, e parecia vacilar para frente e para trás. Laetitia entendeu que, por causa da febre, ele tinha ido para a janela por instinto a fim de tomar ar.

— Mas que droga! Cadê a sua mãe? Tiphaine! Tiphaine! — berrou ela por sobre a cerca-viva em direção à casa.

Ficando na ponta dos pés, ela pôde constatar que a porta da varanda estava aberta. No intervalo de um momento interminável, esperou entrever Tiphaine, mas ela não apareceu. Depois, erguendo os olhos para a janela, Laetitia abafou um grito de estarrecimento enquanto o pavor tomava seu coração: Maxime agora estava com a metade do corpo debruçada para fora, como se tentasse alcançá-la.

— Eu quero a minha mãe — choramingou ele, estendendo os braços em direção a ela.

Ela teve a impressão de que todos os fluidos de seu corpo tinham congelado de uma só vez. Em um lampejo de lucidez que lhe pareceu durar uma eternidade, ela se deu conta de que, se ninguém interviesse nos instantes seguintes, o irremediável poderia acontecer. Laetitia lançou um olhar suplicante para o menino antes de gesticular inutilmente... Se seu sangue estava congelado, sua mente fervia e mil questões passavam por sua cabeça: a urgência de agir, de tomar uma decisão e, sobretudo, a correta... Berrou mais uma vez o nome da amiga, entendeu que por alguma razão ela não estava ouvindo e decidiu, por fim, agir. Em uma fração de segundo, Laetitia voltou a si e entrou correndo em casa, disparando pela sala. Já no hall de entrada ela ainda hesitou em perder alguns segundos preciosos para pegar a cópia das chaves dos Geniot — cada casal tinha um molho da casa vizinha para o caso de necessidade. Ela pesou os prós e os contras, decidiu que o tempo que perderia para achar a chave seria logo compensado ao entrar sem esperar que alguém viesse abrir e parou na frente do móvel da entrada, do qual literalmente arrancou a gaveta. Suas mãos reviravam a bagunça de objetos inúteis que eles entulhavam lá havia séculos, procurando com os olhos o molho de chaves cuja ausência aumentava ainda mais sua ansiedade. Laetitia engoliu um xingamento, largou, por fim, a gaveta, voltou a correr em direção à porta de entrada e se precipitou para a rua como se a casa tivesse acabado de expulsá-la. No instante seguinte, ela afundava o dedo na campainha dos vizinhos frenética e repetidamente.

— Mas o que é que está acontecendo? — gritou Tiphaine, abrindo enfim a porta depois de uns bons segundos esperando.

Ela estava de roupão de banho, com os cabelos enrolados em uma grande toalha cor-de-rosa, e tinha claramente saído do chuveiro.

A raiva foi tomada pela incompreensão quando ela se deparou com a vizinha em sua porta. Laetitia saiu correndo pelo hall de entrada e seguiu para a escada.

— Maxime, a janela aberta! — exclamou ela, tentando se explicar.

Essas três palavras ressoaram na mente de Tiphaine como o clique do horror absoluto. Ela berrou o nome do filho e disparou atrás de sua amiga, subindo os degraus de quatro em quatro, as mãos agarradas no corrimão para ir mais rápido, ganhando impulso com a força dos braços e pernas antes de empurrar Laetitia para passar na frente dela.

Quando chegaram ao segundo andar, sem desacelerar a corrida, as duas mulheres avistaram a porta do quarto do garotinho. Fechada. Tiphaine foi a primeira a agarrar a maçaneta e se lançou na hora contra a porta, que se abriu fazendo um barulho enorme.

Depois, fez-se o silêncio.

O sol banhava o cômodo, imprimindo na parede oposta a sombra das cortinas furtivamente embaladas por um leve vento. A cama estava desarrumada. Vazia. Assim como a janela, completamente aberta para o inferno no qual as vidas de Tiphaine e Sylvain acabavam de afundar.

E a de Maxime de se encerrar.

15

Um grito sem fim. Um grito cujo eco ressoa por muito tempo, em segundos de eternidade, como se a luta cruel entre o silêncio e o barulho pudesse ainda deter o curso do destino. Uma torrente de águas revoltas se chocava contra a estrutura bastante rígida de um dique, ondas volúveis que iam e vinham sem descanso, apesar da corrente que se esgotava, para logo emitir apenas marulhos tênues como um suspiro final.

Laetitia se debruçou na janela.

Para saber.

A imagem que se imprimiu em sua retina tão dolorosamente como uma marca de ferro quente lhe dizia que não havia mais nada a fazer.

Quando ela virou, cruzou com o olhar perdido de Tiphaine, seus olhos que a interrogavam, atormentados, que já berravam, antes que brotasse de sua garganta um grito expelido pelo horror, pela negação e pela dor.

Um grito sem fim.

E mesmo quando finalmente ele se abafou, quando o fôlego acabou, houve um arquejo, que irrompeu até o fim, no momento em que o silêncio parecia triunfar, e um sobressalto de consciência reavivou a insuportável evidência, e, de repente, o grito ricocheteou nas paredes ocas de um coração puído para estremecer para sempre até as profundezas de uma lembrança congelada no tempo.

Tiphaine titubeou até a janela. Laetitia a agarrou, a segurou, quis impedir que ela olhasse para baixo.

Os giroflexes rodavam diante da casa na qual homens vestidos de branco entraram. Brancas também eram as luzes, as vozes, os gestos que se esboçavam, se congelavam, voltavam ao ponto de partida e retomavam seu curso. Repetiam-se para sempre. Palavras lançadas aos ares, que erravam sem alvo. Hora da morte: por volta de catorze horas.

Por volta de...

Números soturnos que boiavam em um oceano de aproximações, se chocavam uns contra os outros, se desintegravam para deixar apenas uma solidão cruel.

Maxime não existia mais.

O corpinho em que os halos azulados da ambulância se refletiam foi levado. Na entrada de suas casas, os vizinhos estavam imóveis, de braços cruzados, tiritando e cochichando. O horror tinha acabado de golpear muito perto, a morte tinha vindo roçar seus trapos fúnebres à beira da vida deles. Eles tremiam como se tivessem escapado por pouco. Murmúrios. "É o menininho do 26 que caiu da janela." "O que chupa o dedo o tempo todo?" "Não, esse é o outro, o do 28." "Ah, sabe, o loirinho que nunca cumprimenta, o de óculos azul... Parece que a mãe estava tomando banho..."

Quando o silêncio ataca, os barulhos correm e se transformam em rumor. Eles fogem e se esgueiram, correm como o vento, de uma boca que fala demais a um ouvido maldoso.

"Qual deles morreu?" "O do 26, parece que a mãe tinha ido comprar pão. Quando viu que estava sozinho, o menino ficou com medo e se jogou pela janela." "Mas que inteligência deixar uma criança de seis anos completamente sozinha!"

Depois das palavras, depois dos números, restam as lágrimas. E o silêncio. Ainda e para sempre. O silêncio de uma ausência que urra na cabeça, no coração, no fundo das entranhas, que não deixará mais nem descanso nem paz, a não ser a umidade dos arrependimentos.

"Ele não tinha nem seis anos, a mãe dele não prestava atenção, tinha um problema com bebida, a prova é que deixou o garoto sozinho para ir comprar vinho. O menino não aguentou, se suicidou."

"Vaca!"

— Por que você está chorando, mãe?

Laetitia deu um pulo como se tivesse sido pega em flagrante. Sem saber como, tinha tirado forças para ir buscar Milo na escola, para realizar os gestos do cotidiano, responder às perguntas triviais do menino, perguntar a ele como tinha sido o dia, se tinha comido direitinho no refeitório, se tinha se comportado. Ela estava no piloto automático, e, para aqueles que não a olhavam muito de perto, até enganava. Fingir, só um pouco mais, porque depois, ela já tinha um pouco de consciência, nada seria como antes.

Tiphaine e Sylvain estavam no hospital, e Laetitia não sabia muito bem quando eles iam voltar. Não valia a pena absorver o pesar de outra pessoa quando o seu era tão grande e doloroso. Ela também não tinha telefonado para David, temendo que o choque o perturbasse a ponto de provocar um acidente. Assustada com a ferocidade da vida, preferia esperar que ele voltasse, talvez a fim de deixá-lo ter algum sossego. Antes que, também para ele, o mundo caísse no horror do vazio.

Na verdade, ainda que durante alguns minutos, Laetitia queria prolongar o tempo de antes, o da alegria e da despreocupação, no qual as únicas inquietações ligadas às crianças eram as suscitadas por uma tosse persistente, uma insolência de um olhar rebelde, uma bagunça inconfessa. O eco das lamentações ressoava em sua mente: quando Tiphaine e ela se queixavam de seus problemas comuns, de uma noite maldormida, de repetir dez vezes a mesma coisa, das manhãs preguiçosas de antigamente, de brigar todos os dias para que aqueles meninos avessos a todas as fontes de vitaminas comessem frutas e legumes...

Logo que chegaram em casa, Milo pediu para ir brincar na casa de Maxime. Sentira falta do amigo na escola, queria contar a ele que Solenne tinha caído da mureta do pátio no recreio, tinha ralado o joelho e chorado muito. E também que a professora tinha deixado Léon de castigo porque ele não podia conversar durante a aula.

— Ô, mamãe, posso ir brincar na casa do Maxime?

Maxime...

Com o olhar perdido, Laetitia encarava Milo sem o ver. Então, pouco a pouco, as consequências da morte do garotinho estenderam seus tentáculos tortuosos, invadiram seu espírito, seus pensamentos, se enrolaram ao redor de seu coração, a agarraram, estreitando sem dó a empunhadura sem que ela conseguisse se livrar daquele aperto impiedoso que logo a oprimiria até sufocá-la.

— Por que você está chorando, mamãe?

Com o dorso da mão, Laetitia limpou as lágrimas que banhavam suas bochechas. Ela já sabia que seria difícil para Milo superar a ausência de Maxime. E que naquele dia, por volta das duas da tarde, soara a sentença de morte de um tempo que se fora para sempre: o dos dias felizes.

16

Quando David chegou, Milo brincava na banheira. Aproveitando que o menino não podia aparecer de repente, Laetitia lhe contou tudo, o banho de sol no jardim, Maxime debruçado na janela, a tentativa desesperada de evitar a catástrofe, depois a queda fatal... Eles choraram agarrados um ao outro, e foi como se a morte do garoto, de repente revestida de palavras, se materializasse ao longo do relato, tornando-se concreta, palpável, irreversível.

Mais tarde, depois de colocar Milo, que ainda ignorava tudo a respeito do destino de seu amigo, para dormir, David saiu para a varanda para dar uma olhada por sobre a cerca-viva. A luz que vinha da casa vizinha lhe indicava que Tiphaine e Sylvain tinham voltado. Ele se ergueu um pouco mais, esticou o pescoço para avistar o interior da casa... Pelo número de silhuetas que pareciam se mover lá dentro, ele supôs que as duas famílias tinham se reunido em torno da tragédia.

— Não acho que seja a hora de ir lá — disse ele, voltando para a sala.
— O melhor é esperar até amanhã cedo.

David não pôde deixar de constatar o poder insólito da infelicidade, que volta a organizar a hierarquia das relações humanas. Havia quase dez anos, Tiphaine e Sylvain eram seus amigos mais próximos e essa ligação era recíproca, ele sabia: além dos sinais cotidianos da amizade e do monte de episódios que os aproximava cada dia mais, Sylvain um dia tinha lhe confidenciado se sentir mais próximo deles do que dos membros de sua própria família. Basta, no entanto, que um acontecimento "extraordinário" tumultue o curso normal da existência para que a família biológica retome seus direitos sobre aquela que escolhemos. A força do clã era impressionante, e os laços de sangue, inegáveis, constatou David, sem deixar de sentir a amargura de um lamento.

Lamento, a princípio, por sua família, que ele nunca tinha conhecido.

Lamento também pela de Laetitia, que se fora cedo demais.

Lamento, enfim, por seu filho, Milo, órfão daquelas aventuras familiares ricas de laços e de entraves, que nos criam ou nos destroem, mas que sempre nos alimentam.

Laetitia saiu de seu torpor.

— Preciso ver os dois — murmurou ela.

— Eu sei.

David a abraçou.

— Mas o que você precisa não pode ser levado em conta hoje. Eles é que importam. E o que eles precisam é ficar juntos para chorar.

— Eu preciso ver Tiphaine — tentou ainda Laetitia.

— Esta noite não... A família toda está lá. Vamos ser como um cabelo na sopa.

Lamentando, Laetitia cedeu.

— O que vamos dizer para o Milo?

— A verdade.

— Quando?

— Amanhã. Vamos fazer tudo isso amanhã. Esta noite a gente só pode chorar.

Então eles choraram até tarde da madrugada.

No dia seguinte, fizeram o que tinha sido decidido. Ainda que fosse dia de semana e Milo tivesse que ir para a escola, David e Laetitia ficaram com ele em casa. Eles queriam contar a notícia cruel com tempo.

A criança os escutava atentamente, mais intrigada pela hesitação dos pais do que pela sucessão de frases cujo significado não entendia muito bem.

— Mas o que é morrer de verdade?

David e Laetitia trocaram um olhar perplexo.

— Quer dizer que ele dormiu para sempre — respondeu David, com doçura.

— E quando é que ele vai acordar?

Laetitia segurou os soluços.

— Ele não vai acordar.

O menino se calou, tentando claramente visualizar uma realidade abstrata demais para ele.

— E ele está onde agora? — perguntou ainda o garoto.

— Por enquanto, ele ainda está no hospital, mas logo vai ser enterrado no cemitério.

— Então ele vai dormir no cemitério? — exclamou o menino, com os olhos arregalados.

— Sim... É lá que ficam os mortos.

— Mas ele não pode ir pra lá! O Maxime odeia cemitério. Ele me contou!

— Quando ele te disse isso?

— Um dia. Quando ele foi ver o vovô do papai dele.

Depois, voltando às suas preocupações:

— Ele se machucou quando caiu?

— Sim. Bastante. Mas agora ele não está sentindo mais nada.

— Então ele sarou?

David não conseguiu conter um suspiro.

— Não, querido, ele não sarou. A gente sara quando está vivo. Mas, com certeza, o Maxime está bem lá onde ele está, não está sentindo dor.

Milo observou seus pais com um olhar preocupado. Depois, como se tivesse acabado de decidir que as explicações do pai lhe convinham, seu rosto relaxou.

— Posso assistir à televisão? — perguntou ele, com uma voz quase alegre.

David e Laetitia pareciam preocupados.

— Você entendeu o que está acontecendo? — perguntou Laetitia, inquieta.

O menino assentiu rápido com a cabeça.

— Posso, mamãe? Por favor.

— Vamos dar um tempo para ele digerir a notícia — propôs David em voz baixa.

Depois, voltando-se para Milo:

— A que desenho animado você quer assistir?

— Achei que nós três íamos à casa da Tiphaine e do Sylvain — objetou Laetitia, murmurando.

— É muito cedo para ele!

Conscientes de que nem uma palavra escapava ao garotinho, cujo olhar passava de um para o outro com curiosidade, David e Laetitia se calaram sem deixar de se olhar. Foi David quem tomou a decisão:

— Escuta, rapazinho. Sua mamãe e eu temos que dar um pulinho na casa da Tiphaine e do Sylvain. Mas não vai ser divertido, porque eles estão muito, muito tristes. Então, que tal se eu colocar um desenho animado, ligar a babá eletrônica na sala e, se você precisar de qualquer coisa, você fala no aparelho? Está bem? A gente vai ouvir tudo o que estiver acontecendo aqui e volta na hora. Combinado?

— Combinado — respondeu Milo, com um grande sorriso.

Enquanto David testava o volume da babá eletrônica, Laetitia foi ao segundo andar verificar se todas as janelas estavam bem fechadas. Depois olhou seu rosto e sua postura no espelho do hall de entrada. Ela não queria parecer abatida demais, imaginando que devia ser forte para ajudar os amigos da melhor maneira que pudesse. E, ainda que a vontade de explodir em soluços antes mesmo de entrar na casa dos vizinhos ameaçasse perigosamente, Laetitia se forçou a controlar suas emoções.

Quando David se juntou a ela, bem antes de sair de casa, ela o reteve por alguns instantes.

— Você não acha que ele levou tudo bem demais?

— Quem? O Milo?

Laetitia confirmou com a cabeça.

— Ele mal franziu as sobrancelhas — acrescentou ela para especificar o que estava pensando. — Quer dizer... Era como um irmão para ele!

— O Milo tem seis anos. A ideia de morte é abstrata demais para ele. Você o ouviu: ele nem sabia o que significa "estar morto"! Só o tempo vai poder fazer com que tome consciência da morte do Maxime. Enquanto isso, ele não pode chorar por uma coisa que não conhece.

Laetitia fitou David com carinho e admiração.

— Às vezes, eu tenho a impressão de que você fez faculdade de psicologia... Tudo é tão simples quando você está aqui — acrescentou ela, envolvendo-o nos braços. — Não sei o que eu faria sem você.

Eles se abraçaram e depois saíram. Logo em seguida, tocavam a campainha da casa dos Geniot.

Laetitia não pôde deixar de pensar que, da última vez que tinha pressionado o indicador para tocar a campainha, Maxime, sem dúvida, ainda estava vivo. Ali, na entrada da casa de seus amigos, no mesmo lugar em que na véspera ela sentia uma náusea que a deixava com o coração na mão.

Sylvain abriu a porta.

— Meu Deus... — murmurou ela ao ver o amigo, cujos traços estavam marcados pela violência do tormento.

O rosto de Sylvain tinha envelhecido dez anos em uma noite. Seu olhar estava ao mesmo tempo apagado e severo, suas mandíbulas pareciam travadas o tempo todo, ele estava com a tez acinzentada e a barba por fazer, o que não era comum para ele e terminava por lhe deixar irreconhecível.

Quando os viu na porta, Sylvain ficou tenso. Ele os fitou por um breve instante com um olhar sombrio sem fazer o menor movimento para deixá-los entrar. Laetitia não percebeu imediatamente o constrangimento que a presença deles causava. Abalada, ela se lançou nos braços de Sylvain e deixou sua tristeza correr solta. Ele ficou congelado antes de afastar um pouco o braço, como se o abraço da amiga o incomodasse. Laetitia, no entanto, se afundava em seus braços. Foi só depois de uns bons segundos que a rigidez glacial de Sylvain e sua ausência total de reação a desconcertaram. Ela se afastou dele, deu dois passos para trás e o olhou surpresa.

— Olá, meu velho — murmurou David. — A gente... A gente veio ver como vocês estão.

— Mal — respondeu Sylvain lançando um olhar aflito para Laetitia.

— Tiphaine está em casa? — perguntou ela, percebendo claramente dessa vez que alguma coisa não estava certa.

Alguma coisa que, em todo caso, não tinha a ver exatamente com a morte de Maxime.

Sylvain ignorou sua pergunta e se dirigiu diretamente a David.

— A gente precisa ficar um pouco sozinho por enquanto. Sinto muito.

Em seguida, fechou a porta sem dizer mais nada.

17

Durante um bom tempo, David e Laetitia ficaram parados diante da porta, sem falar nem se mexer, com a incompreensão e a dor confundindo suas emoções. Depois, lentamente, Laetitia lançou para David um olhar arrasado pela angústia.

— O que está acontecendo? — balbuciou ela, soluçando. — Por que... Por que eles não querem nos ver?

— Vamos voltar, vai — murmurou David com as mãos em seus ombros.

Voltar... Impossível! O coração de Laetitia se dilacerou só de pensar em ter que dar meia-volta, retornar para entre as paredes em que estava feito barata tonta desde o dia anterior, porque lá, na casa dela, ela se sentia inútil, saturada de tristeza e de piedade. Ela precisava agir, se mexer. Estar lá. Presente. Falar, ouvir, misturar suas lágrimas às de seus amigos, velar sua dor e tentar, na medida do possível, atenuar o calvário deles. Ocupar-se das coisas. Encontrar palavras que tranquilizassem, as que se escondem no coração, nas entranhas ou ainda nas dobras de seu próprio sofrimento, como numa brincadeira de esconde-esconde cuja contagem desfia o tempo para desembocar por fim o unguento que anestesiará, mesmo que por um breve instante, aquela ferida monstruosa.

Ela se livrou com violência.

— Não! Eu quero saber por que eles não querem ver a gente!

— O Sylvain nunca disse que eles não queriam ver a gente — retrucou David. — Ele só falou que eles precisavam ficar sozinhos por enquanto. A gente tem que respeitar esse desejo. Vamos voltar agora.

A determinação de David superou o tormento de Laetitia: apenas alguns minutos depois de terem saído de casa, eles estavam de volta, abismados com a brevidade da conversa com Sylvain.

Durante a hora seguinte, ela não parou de repassar as poucas palavras trocadas com ele, se lembrando de cada gesto, de cada frase, de cada olhar. E, quanto mais pensava, mais se convencia de que a dor não era a única razão da frieza de Sylvain.

Havia outra coisa.

Essa coisa errava em sua consciência, tão corrosiva quanto a intuição de um erro. E a impossibilidade de expressá-la a deixava com os nervos à flor da pele. Mil vezes ela pegou o telefone para falar com Tiphaine, esclarecer a situação e assegurá-la de sua amizade incontestável... Mil vezes ela desligou antes de ter teclado o número, ciente da trivialidade de seu estado de espírito comparada à virulência dos tormentos com que lutava sua amiga.

Então, pela primeira vez desde a tragédia, Laetitia voltou a pensar no que tinha realmente acontecido. A primeira coisa que lhe veio à mente foi uma questão tão simples em seu enunciado quanto terrível em sua resposta: como Tiphaine pôde deixar o filho de seis anos sozinho no quarto com a janela completamente aberta? Abalada com esse pensamento, Laetitia mal teve tempo de correr para o banheiro e botar para fora o pouco que tinha conseguido comer desde a véspera. O vazio de seu estômago não lhe trouxe nenhum alívio, a não ser o de entender a atitude de Sylvain a seu respeito. Como Tiphaine conseguiria superar a culpa intolerável de ser responsável pela morte de seu filho? Imprudência, distração, despreocupação? Qualquer que fosse a origem de tal inconsequência, Laetitia entendeu que, aos olhos de sua amiga, havia se tornado, a partir de então, a única testemunha de sua omissão culpável. E que, por essa razão, ela representava para Tiphaine, dali em diante, a personificação de seu erro.

Como sobreviver àquela prova?

Apesar do horror de suas reflexões, Laetitia se sentiu um pouco tranquilizada por sua análise. Pelo menos agora entendia a razão por que Tiphaine e Sylvain não queriam, não podiam vê-los imediatamente.

Mais uma vez, David tinha entendido direito: a única coisa a fazer era lhes dar tempo.

— Posso ir brincar na casa do Maxime?

Laetitia estremeceu. Ela voltou para o filho um olhar de proibição e, diante da candura da criança, não soube que atitude tomar.

— Milo, eu... Você se lembra do que o papai e eu falamos sobre o Maxime?

O garotinho baixou a cabeça murmurando algumas palavras que Laetitia não entendeu. Delicadamente, ela levantou o rosto dele pelo queixo e pediu para ele repetir.

— Eu não disse que queria brincar COM o Maxime... Eu disse que queria ir brincar NA CASA do Maxime — especificou ele, em um tom de voz amuado.

Aquele pedido tão inesperado deixou Laetitia ainda mais vulnerável.

— É impossível, amorzinho...

— Por quê?

— Porque... Porque, por causa do que aconteceu ontem, a Tiphaine e o Sylvain estão tão tristes que precisam ficar sozinhos. Você entende?

Como única resposta, Milo explodiu em soluços. Abalada, Laetitia o pegou no colo e tentou consolar a criança, embalando sua tristeza na doçura de suas palavras.

— Chora, meu pequeno — murmurou ela. — Chora, faz bem, você não pode guardar a tristeza dentro de você...

Ela abraçou o filho junto de si, ao mesmo tempo arrasada com sua dor e aliviada por vê-lo enfim exprimir sua tristeza. Naquela manhã, quando lhe contaram sobre a morte de Maxime, ela se sentira perturbada pela falta de reação de Milo, quase decepcionada por não ter podido apaziguar seu sofrimento.

Enfim, ela se sentia útil para alguma coisa.

— O Maxime vai fazer muita falta para a gente — continuou ela, sem deixar de estreitar o corpinho que soluçava. — E ninguém nunca vai poder substituir ele. Mas eu prometo, meu amor, eu prometo que com o tempo esse nó grandão e pesado que está no seu peito vai ficar mais leve. E depois, um dia, ele vai sumir completamente. E isso não quer dizer que você não vai mais gostar do Maxime. Vai querer dizer só que...

— Eu não tenho nó nenhum no meu peito — observou o menininho entre dois soluços.

— Talvez não um nó como você conheça, mas sei que está triste. Eu também estou triste. E o papai também. É normal, coração. Todo mundo gostava muito do Maxime.

— Mas não é por isso que eu quero ir brincar na casa dele — declarou Milo, secando as lágrimas.

— Então por que você quer ir brincar na casa dele?

— Eu tenho que ir buscar o Coelhico.

— Coelhico? O Coelhico está na casa do Maxime?

Coelhico era um coelho de pano com orelhas compridas que usava um macacão jeans e um boné na cabeça, e estava entre os bichinhos com que Milo mais gostava de dormir. Não era o mais caro nem o mais amado, mas o garoto gostava dele o bastante para que Laetitia fechasse os olhos e suspirasse enquanto ele balançava a cabeça afirmativamente.

Não era raro que os meninos emprestassem brinquedos um para o outro ou que os esquecessem na casa do outro desde que tinham idade para conseguir transportar suas coisas. Nada de extraordinário nisso. Até aquele dia, esses empréstimos e esquecimentos não tinham consequência alguma: assim que um deles expressava o desejo de buscar seu brinquedo ou sua pelúcia, a mãe telefonava e, alguns minutos depois, o pequeno proprietário recobrava seu bem.

— Eu quero o Coelhico! — gemeu Milo.

Laetitia não se imaginava telefonando para Tiphaine para pedir que ela fosse buscar Coelhico no quarto de seu filho que tinha morrido na véspera e levasse para ela.

— Escuta, Milo, a gente vai pegar o Coelhico de volta, eu prometo. Mas não hoje.

— Mas o Coelhico é meu! — revoltou-se ele com uma vozinha instável, mirando a mãe com um olhar carregado de incompreensão.

— Eu sei, meu anjo. Mas eu realmente não posso ir lá buscar ele agora. A gente tem que esperar um pouquinho.

Ao ouvir essas palavras, o queixo do menino voltou a tremer enquanto suas bochechas se banhavam de lágrimas, cuja abundância partiu mais uma vez o coração de Laetitia, fazendo suas certezas vacilarem. E se ela telefonasse mesmo assim para Tiphaine? Que o Coelhico fosse o pretexto para falar com sua amiga, para forçar a barra do sofrimento como se conserta uma fratura, dolorosa mas necessária?

— Calma, coração — retomou ela, secando as lágrimas do filho. — Vou ver o que eu posso fazer.

Tomando toda a coragem que tinha, ela se aproximou do telefone.

Depois, lentamente, ligou para o número de Tiphaine e Sylvain.

Quando os primeiros toques ressoaram, ela sentiu um pânico surdo invadi-la. O que diria à sua amiga? Que palavras escolher? Como justificar a insistência de querer se impor, com uma obstinação que beirava a perseguição?

Os toques se sucediam, tão idênticos quanto indiferentes, prolongando o martírio de Laetitia. Seu coração martelava; ela logo se deu conta de que temia ouvir a voz de Tiphaine tanto quanto seu silêncio. Eles estavam em casa, ela sabia, e essa certeza piorava o suplício.

A secretária eletrônica foi ativada depois do décimo segundo toque.

18

IMÓVEL DIANTE DO TELEFONE, Tiphaine encarava sem de fato ver a inscrição indicada na tela digital, que lhe informava a origem da chamada:

"Brunelle." O aparelho ressoava seu toque estridente, cortando o silêncio que reinava na casa. Um silêncio ainda mais implacável do que as manifestações estridentes da chamada telefônica.

Cada toque era como uma lâmina afiada que a atravessava de um lado ao outro. Uma sucessão de descargas elétricas a deixando pálida entre cada uma delas. E cada toque a atirava no abismo de um universo hostil, do qual ela agora era prisioneira. Como encontrar a força para se mover quando o ser que lhe era mais caro havia desertado para sempre?

Ela nunca tinha imaginado que um sofrimento emocional fosse, a tal ponto, físico.

Não pensar. Afastar as palavras, as ideias, as imagens que giravam sem parar na dança infernal de uma aflição impiedosa. Voltar no segundo seguinte à consciência de uma verdade culpada. Calar-se. Não se mexer. Guardar ainda por alguns segundos a ilusão de um objetivo a alcançar. E, quando esse segundo passar, recomeçar, em *looping*.

O telefone se calou por fim. Então, como se ele tivesse sido aquilo que liga os fios da marionete à sua cruz, Tiphaine afundou no chão e chorou, surpresa por ainda ter lágrimas.

19

Nunca Laetitia tinha sentido tão dolorosamente o tempo passar em sua lentidão e inação. Era possível dizer que o sofrimento tinha se materializado em uma espécie de melaço que engolfava tudo, os segundos e os gestos, congelando-os em uma imobilidade da qual era difícil, quase doloroso, se livrar. As diferentes etapas do dia tinham perdido toda a noção de ordem, e ela tinha a sensação de estar condenada a errar eternamente em uma cela suspensa no meio de um tempo morto que ela se esforçava para abater com pensamentos e afazeres. Mas era impossível para Laetitia realizar o que quer que fosse, muito menos completar com êxito uma reflexão coerente e sensata.

Uma única ideia a obcecava: estar junto de Tiphaine. Todo o resto estava mergulhado em uma futilidade odiosa e exasperante. No entanto, ela precisava cuidar de Milo que, percebendo a agitação da mãe, mobilizou mundos e fundos para chamar sua atenção: bagunça, provocação e acessos de raiva levaram, enfim, Laetitia ao fim daquele interminável dia.

A madrugada não foi mais relaxante. Vítima de um sono caótico, ela se viu de novo no quarto de Maxime, nas mesmas condições que na tarde da tragédia: a cama desarrumada, a luz do sol brincando com a sombra das cortinas e a janela aberta. Ela era a única no meio do quarto e, por uma razão que desconhecia, uma força a fazia caminhar até a janela. Lá, ela se viu debruçada sobre o vazio, convencida de que encontraria o corpo inerte de

Maxime... Só que, no lugar do menino, um Coelhico em escala humana jazia sobre a superfície de cimento da varanda. Sua primeira reação foi sentir um enorme alívio até que, quando se virou, viu Milo encolhido, com as mãos escondendo o rosto e o corpo sacudido por soluços.

Esse pesadelo a assombrou até o amanhecer, quando ela acabou por afundar no torpor de um descanso que não tinha nada de reparador. Quando acordou, o significado daquele sonho absurdo não parava de atormentá-la. Felizmente, a corrida da manhã espantou logo seus demônios para dar lugar a preocupações bem mais pé no chão: preparar o café da manhã, acordar Milo, que dizia ter dormido bem, vesti-lo e levá-lo para a escola.

Ao entrar no hall da escola, Laetitia prendeu a respiração: em um cavalete, estava exposta a foto de Maxime, enfeitada com um laço preto. Ao lado, uma mesa com um caderno elegante que convidava todos os que quisessem a escrever algumas palavras de condolências. Diante daquele artigo fúnebre, diversos pais se demoravam, perguntando ou contando o que sabiam, o que tinham ouvido falar. De sua parte, a direção organizara bem as coisas: estava previsto que ao longo do dia uma psicóloga iria ver as crianças da sala de Maxime para conversar com elas e falar do acidente no qual o coleguinha tinha perdido a vida.

Conhecendo os laços estreitos de amizade que ligavam os dois meninos, a professora recebeu Milo com uma atenção toda particular. Em seguida, perguntou a Laetitia como ele tinha reagido ao saber da morte do amigo. Ela contou em algumas palavras como as coisas tinham acontecido, sem deixar de mencionar o episódio "Coelhico".

— Eu tive quase a impressão de que a ausência do Coelhico era mais difícil para ele do que a do Maxime — declarou ela, com uma voz melancólica quando terminou seu relato.

— Não interprete as coisas assim — tranquilizou a professora. — A ausência do Maxime ainda é muito abstrata para ele, mas a do Coelhico é bastante real. Tomar consciência da morte do melhor amigo, nessa idade, é um processo violento demais, e seu filho está se defendendo como pode. Por enquanto, ele está substituindo essa ausência pela falta do bichinho. É mais suportável. Precisamos ficar particularmente atentas ao longo das próximas semanas. Temos que ajudá-lo a viver o luto do Maxime, e não do Coelhico.

Pensativa, Laetitia concordou com a cabeça enquanto o pesadelo da noite passava por sua cabeça.

— Sra. Brunelle — continuou a professora —, eu gostaria de saber: com a permissão dos pais do Maxime, nós vamos levar alguns dos coleguinhas mais próximos para o enterro, pelo menos os que quiserem e cujos pais tiverem dado autorização. Alguns representantes dos funcionários da escola também vão estar presentes, como eu. Quanto ao Milo...

— O enterro do Maxime? — espantou-se Laetitia. — Já está marcado?

A professora não escondeu sua surpresa.

— O Maxime vai ser enterrado no cemitério municipal na próxima segunda-feira às dez horas. Você não está sabendo?

Laetitia encarou a professora. Descobrir que a escola inteira tinha conhecimento de uma informação tão importante como a data e o horário do enterro de Maxime, enquanto ela mesma — que fazia parte do círculo próximo do menino — não estava a par, a deixou sem ar. Muito perturbada com a notícia, Laetitia assentiu, apressada para ir embora.

— Imagino que vocês irão ao cemitério por conta própria — continuou a professora, ciente de um mal-estar com o qual queria acabar o quanto antes. — Mas o que me interessa saber é se vocês querem que o Milo também vá e, nesse caso, se ele vai com vocês ou com os coleguinhas da escola.

Pega de surpresa, Laetitia não soube o que responder.

— Para nos organizar, precisamos saber quantas crianças levaremos ao cemitério — insistiu a professora. — Você entende?

— Nós é que vamos levar o Milo — respondeu Laetitia por fim. — Com certeza, ele não vai vir para a escola. Vamos ficar com ele o dia todo.

Assentindo, a professora deu a entender que tinha captado a informação. Depois, com diplomacia e alívio, ela se despediu de Laetitia antes de voltar para a sala de aula.

Já na rua, Laetitia encarou a torrente de perguntas que assolavam sua mente: por que Tiphaine e Sylvain não lhes tinham passado as informações do enterro de Maxime? O que aquilo significava? Tratava-se de uma simples negligência devido à tristeza, à confusão da dor, ao abatimento? Ou era uma omissão muito bem pensada?

E, nesse caso, por quê?

De repente, a recusa de recebê-los e até de atender ao telefone desde o ocorrido lhe pareceu a expressão de uma clara rejeição. Todas as interpretações que ela dera à atitude de Tiphaine e Sylvain se desintegraram na estagnação de suas dúvidas. Laetitia apertou o passo enquanto digitava no celular o número de seu escritório: avisou que chegaria atrasada e, sem esperar mais, partiu para a casa dos vizinhos.

20

Tiphaine abriu a porta. Ao ver Laetitia, ela se fechou como uma ostra. Era como se uma armadura invisível tivesse se materializado instintivamente, como um animal ferido se refugia em sua carapaça.

— O que você quer? — perguntou ela, com uma voz que mal dava para ouvir.

Aquela introdução na defensiva confirmou os receios de Laetitia.

— Tiphaine, que droga! O que está acontecendo? Por que... Por que você está nos afastando assim?

A pergunta pareceu funcionar como um eletrochoque em Tiphaine. Seu rosto se contraiu sob o efeito da dor. Antes mesmo que Laetitia se desse conta do que estava acontecendo, ela botou seu sofrimento para fora. E sua raiva.

— Você está me perguntando o que está acontecendo? — articulou ela como se cada palavra fosse uma lâmina que a cortava lenta e minuciosamente. — Meu filho morreu, Laetitia! Meu garotinho, o ser que eu mais amo no mundo, sem o qual eu não sou mais nada, morreu praticamente diante dos seus olhos. Talvez você até tenha visto ele cair. Como é que eu vou saber? Onde você estava quando ele se desequilibrou? O que você fez para impedir que ele se matasse? Ah, é! Deixa eu me lembrar: você estava tomando um solzinho!

O terremoto que balançava o chão sob os pés de Laetitia quase a fez vacilar. Quando, por fim, conseguiu recuperar o equilíbrio, ela se sentiu tomada pelo tormento de uma vertigem que, durante segundos intermináveis, pensou que não teria fim.

— Você ficou louca?! — exclamou ela, arregalando os olhos enquanto seu corpo inteiro tremia. — Eu... eu te proíbo de me fazer sentir responsável pelo que aconteceu! Eu fiz de tudo para que ele não caísse!

— É mentira, Laetitia! A única coisa que você fez foi abandonar o Maxime, deixar ele sozinho na janela completamente aberta! Uma criança de seis anos, sozinha, de frente para uma queda de mais de quatro metros! E tudo o que passa pela sua cabeça é vir tocar a campainha? Você acha mesmo que é isso que devia fazer?

Laetitia ficou pálida e, pouco a pouco, se dava conta do inferno em que fatalmente se metia. Tiphaine a acusava do pior. Sua amiga mais querida, sua fiel aliada, sua quase irmã lhe atribuía o que ninguém no mundo poderia desejar a seu pior inimigo.

— Eu precisava te avisar! — tentou ela, em um grito que parecia um arquejo de agonia.

— Não! — berrou Tiphaine virando os olhos desvairados. — Você só tinha que ficar junto dele para que ele não caísse. Conversar com ele, tranquilizar, fazer com que ele entendesse.

— Eu tentei! — revoltou-se Laetitia em um esforço de vã confiança de que Tiphaine retomasse o juízo. — Mas foi pior: ele se debruçava ainda mais para ouvir o que eu estava falando!

Laetitia não conseguia superar. As acusações de sua amiga a congelavam no lugar e, mais uma vez, ela foi dominada pela incompreensão.

— E quem é que pode me dizer que não foi a campainha que você tocou loucamente que o assustou e o fez cair? — prosseguiu Tiphaine sem nem escutar as justificativas de Laetitia.

— Tiphaine! Você não pode dizer isso!

— De qualquer jeito, você nunca devia ter se afastado, deveria até ter ficado debaixo da janela e segurar ele, amortecer a queda. Se você tivesse feito isso, se tivesse reagido direito, ele ainda estaria vivo!

— E como é que você queria que eu fizesse isso? A cerca-viva não me deixava chegar ao seu jardim!

Esse último comentário acendeu um clarão de loucura no olhar de Tiphaine.

— É você que me faz essa pergunta? — urrou ela se entregando à histeria. — Por causa da cerca-viva, você não consegue mesmo chegar ao nosso jardim! Só que, no lugar daquela merda de hera, deveria ter um portão, lembra? Um portão que teria permitido que você salvasse o meu filho!

O argumento deixou Laetitia boquiaberta, e ela por fim se deu conta da impossibilidade de ter uma conversa sensata com a amiga naquela situação. Não conseguiu encontrar uma resposta. Então, no silêncio de seu confronto, Tiphaine a mediu com olhar doloroso e carregado de rancor.

— Não estou dizendo que a culpa é toda sua — murmurou ela, explodindo em soluços. — Mas eu tenho certeza de que você poderia ter impedido o pior.

21

Os cinco infelizes metros necessários para voltar à sua casa pareceram intransponíveis para Laetitia. Depois de ter claramente a acusado de ser a responsável pela morte de Maxime, Tiphaine tinha batido a porta sem dó nem piedade em sua cara, deixando-a sozinha na calçada, devastada pela agonia e pela incompreensão. De uma hora para a outra, ela quase cedeu à tentação de bater na porta, tomada por uma esperança violenta de fazer a amiga reagir, ou pelo menos falar com ela, se explicar ou até jogar coisas horríveis em sua cara, tudo a não ser aquela rejeição insuportável.

Um resto de dignidade a retinha.

Ela titubeou até a porta e começou a abri-la colocando a chave na fechadura, mas teve de se segurar várias vezes de tanto que suas lágrimas a cegavam. Sozinha no interior, desabou no corredor e ficou ali prostrada. Por muito tempo. Ou talvez apenas por alguns segundos. As repreensões de Tiphaine giravam em torno dela, palavras assassinas cujo eco se repetia sem parar, ricocheteando primeiro nas paredes da entrada, depois nas paredes de seu crânio, sem lhe dar respiro algum.

"Por causa da cerca-viva, você não consegue mesmo chegar ao nosso jardim! Só que, no lugar daquela merda de hera, deveria ter um portão, lembra? Um portão que teria permitido que você salvasse o meu filho!"

Se o portão tivesse sido instalado como Tiphaine e Sylvain queriam, ela poderia ter salvado Maxime? Ou será que a dor era tanta que Tiphaine, incapaz de ter uma visão realista dos eventos e por uma questão de sanidade mental, só podia negar que a culpa era dela? Em um surto de coerência, Laetitia tentou se agarrar a essa ideia, mas a virulência dos ataques da amiga a tomou por fim: à medida que a ideia se insinuava, ela sentia o pânico dominá-la a tal ponto que logo foi convencida de seu envolvimento, mesmo que indireto, na tragédia.

Devastada, ela se arrastou até a mesa onde ficava o telefone e digitou o número do celular de David. Ele demorou alguns minutos para entender as razões daquele sofrimento tão grande, de tanto que os soluços de Laetitia assolavam seu raciocínio e suas palavras.

— Não saia do lugar, estou chegando! — ordenou ele antes de desligar.

Quinze minutos depois, era ele quem tocava a campainha da casa dos vizinhos.

O confronto foi tão curto quanto impiedoso. Quando Tiphaine abriu a porta, David exigiu entrar para esclarecer as coisas.

— Deixe a gente em paz! — gemeu ela, já fechando a porta diante dele.

Mas, antes que ela completasse o gesto, David esticou rapidamente o pé na pequena abertura, bloqueando o fechamento da porta.

— A gente tem que conversar! — intimou ele, em um tom mais seco do que pretendia.

A intrusão forçada de David, assim como sua entonação, foi tomada por Tiphaine como um ataque. Logo na defensiva, ela ficou tensa e lhe lançou um olhar feroz.

— Tira o pé, David, ou eu vou chamar a polícia.

— Você vai fazer isso? — retrucou ele, com amargura.

— Sem sombra de dúvida.

David avaliou o rigor de sua vizinha e entendeu que ela não estava raciocinando direito.

— Onde está o Sylvain? Eu quero falar com ele! — tentou.

Como única resposta, Tiphaine enfiou a mão no bolso, tirou o celular e o balançou na frente de David.

— Se em cinco segundos você não tirar o pé, vou chamar a polícia.

David a encarou sem esconder sua incompreensão.

— Eu sei que a morte do Maxime é uma coisa insuportável, Tiphaine, mas...

— Quatro segundos.

— Você não tem o direito de responsabilizar a Laetitia pelo que aconteceu — continuou ele, imperturbável.

— Três segundos.

David a olhou com sofrimento. De seu lado, Tiphaine sustentou seu olhar como se estivesse fora da realidade, uma simples espectadora de uma rusga que não tinha nada a ver com ela. Depois de alguns instantes, ela suspirou e começou a digitar no celular.

— Deixa pra lá, Tiphaine — murmurou então David, tirando o pé.

Ela o encarou por um instante, cansada. Depois, sem tirar os olhos dele, voltou a fechar a porta secamente.

Sozinho na calçada, David cerrou a mandíbula, dominado por um sentimento de impotência, mais insuportável que as acusações delirantes de Tiphaine. Ele encarou o problema de todos os pontos de vista e soube por instinto que não poderia fazer nada de imediato, a não ser voltar para casa e se juntar a Laetitia, confortá-la, tentar apaziguar suas angústias, tirar o veneno da culpa que Tiphaine tinha injetado em sua consciência.

Lamentando, ele deu meia-volta.

No entanto, logo antes de entrar em casa, David ergueu os olhos para as janelas do segundo andar da casa dos Geniot. Uma silhueta se mantinha atrás da janela esquerda, imóvel, meio escondida atrás de uma folha da cortina. Reconheceu Sylvain, cuja postura falava por si só: ele o espiava.

David se afastou da calçada para ficar de frente para Sylvain. Por um segundo, pensou que o amigo fosse abrir a janela e falar com ele... Mas nada aconteceu.

Sylvain continuou lá por uns bons segundos, sem se mexer, como transformado em estátua... Os dois homens se observaram por alguns instantes, depois Sylvain baixou a cabeça.

Então, ele deu um passo para trás e fechou a cortina com um gesto seco.

22

NEM A LUZ FRACA QUE LUTAVA contra as cortinas opacas para entrar no quarto, nem o despertador do celular que, em geral, ficava programado para tocar às 6h45 acordaram Laetitia. Arrancada do sono pela desagradável sensação de que ainda não era hora de abrir os olhos, ela tateou com a mão cega a mesa de cabeceira em busca do celular, o encontrou e o apanhou: 7h10. Por um instante ela quase pulou da cama e correu para o banheiro, antes de se perguntar por que o despertador não tinha tocado. Então ela se lembrou de que era domingo.

Laetitia levou a mão à testa gemendo. Ao lado dela, David dormia o sono dos justos, a respiração regular, ritmada por um leve ronco, o que a irritou.

Por que estava acordando tão cedo? Tudo estava calmo, nenhum barulho perturbava a tranquilidade serena daquela manhã de domingo...

De repente, Laetitia ficou tensa na cama. Tinha acabado de entender o que a tinha tirado do sono: o silêncio, justamente. O nada. O vazio.

A morte.

Normalmente, era a barulheira provocada pelas atividades matinais de Maxime que a tirava da cama. Naquele dia, foi sua ausência insuportável, contra a qual ela não podia bater na parede e muito menos telefonar para Tiphaine e Sylvain para que dessem um jeito no filho.

Ela teve que se decidir a ficar com os olhos bem abertos, lamentando a época abençoada em que Maxime, todos os domingos, às sete horas da manhã, jogava futebol em seu quarto, fazendo de gol a parede que dividia as duas casas.

23

David e Laetitia hesitaram sobre a conveniência de ir ou não ao enterro de Maxime: de um lado, a atitude de Tiphaine e Sylvain em relação a eles revelava claramente que não eram bem-vindos, sobretudo por não terem sido pessoalmente convidados. De outro, sua ausência poderia ser tomada como prova da culpa de Laetitia, o que era totalmente falso.

David era da opinião de que deviam ir, de cabeça erguida, sem provocação, mas com dignidade. Já Laetitia temia que sua presença provocasse uma cena; ela não tinha mais certeza de nada, muito menos da sanidade mental de sua amiga. A questão era ainda mais delicada pelo fato de Milo estar lá, e nem David, nem Laetitia queriam que ele fosse testemunha dos delírios insensatos de sua madrinha. Como reagiriam se Tiphaine os expulsasse? Como explicar para o filho o desentendimento que os opunha, eles que sempre tinham sido próximos e cúmplices? Sem contar que a tudo isso se juntava a imensa tristeza da morte de Maxime: eles o tinham visto nascer, crescer, evoluir, desabrochar. Eram ligados ao menino, o amavam quase tanto quanto seu próprio filho... Não ir ao enterro dele era simplesmente inconcebível.

Este último argumento pesou na balança: iriam ao enterro.

De fato eles foram, David na defensiva, Laetitia entorpecida. Tinham conseguido os detalhes do desenrolar da cerimônia com a professora das crianças: o rito começaria às dez horas, na funerária, onde pais, família e amigos prestariam uma última homenagem ao menino.

Ao entrar, Laetitia se esforçou para não trocar olhares com Tiphaine. Da última vez que tinha ido a um enterro, fora o de seus pais, e a atmosfera particular do lugar fechou sua garganta. Seu coração começou a martelar no peito com tamanha violência que ela diminuiu o passo sem querer, enquanto David pressionava levemente suas costas para incentivá-la a seguir em frente. Ela obedeceu corajosamente, apressada para se camuflar na multidão o quanto antes para que não fosse notada. Quando se aproximou da reunião, Laetitia parou.

— Continua — sussurrou David em sua orelha. — Vamos nos aproximar do caixão.

Instintivamente, ela balançou a cabeça. Tinha a sensação de ser incapaz de dar um passo além.

— Continua! — intimou David.

— Eu não consigo — gemeu ela, voltando para o marido um olhar varrido pela angústia.

David a agarrou pela mão, passou na sua frente e a puxou atrás de si. Ela se deixou levar, Milo junto dela. Quando chegaram às primeiras fileiras, David avistou três cadeiras vazias, onde se acomodaram.

No meio do cômodo se impunha o caixão, cujas medidas adaptadas ao tamanho da criança devastavam qualquer um que o via pela primeira vez.

Mas o que comoveu profundamente Laetitia foi que o caixão ainda estava aberto, exibindo o corpinho rígido em sua postura final. Em um terno escuro, Maxime jazia lá, com as mãos bem-comportadas cruzadas sobre a barriga, os olhos fechados, os traços relaxados. Parecia que ele estava dormindo. Ao vê-lo assim exposto, Laetitia sentiu sua cabeça girar. Ela se apoiou no ombro de David que, inquieto, a questionou com o olhar.

— Está tudo bem, tudo bem — cochichou ela, depois de um grande suspiro.

— Não é hora de perder o controle — declarou ele, num murmúrio.

Ela concordou com a cabeça e esboçou um sorriso fraco antes de voltar sua atenção para Maxime.

Ela não o tinha visto depois da dramática tarde, e o fato de não ter podido chorar seu corpo tinha tornado sua morte quase abstrata. Naquele momento, vê-lo ali, diante dela, a apenas alguns centímetros, pálido, rígido e sem vida, partiu seu coração. De repente, suas pálpebras se inflaram com lágrimas sem que ela conseguisse controlar o fluxo, enquanto seu corpo era sacudido por soluços incontroláveis.

Ao lado dela, David chorava em silêncio.

Laetitia se concentrava no caixão, tentando desesperadamente apaziguar seu sofrimento. Para além das lágrimas, percebia a presença de Tiphaine e Sylvain junto do caixão, sem ousar encará-los. Enquanto isso, as silhuetas deles queimavam sua retina, atraindo-a em direção a elas, como um impiedoso canto de sereia. Laetitia não conseguiu resistir muito tempo: voltou ligeiramente a cabeça e cruzou com o olhar de Tiphaine. Esta a encarava com tanto tormento que Laetitia teve de se obrigar a não vacilar. Ela se forçou a não desviar os olhos, embora estivesse aterrorizada com a ideia de que sua amiga pudesse sucumbir à histeria.

Mas não foi o que aconteceu.

Depois de alguns instantes intermináveis, Tiphaine baixou os olhos, livrando assim Laetitia de mil tormentos. Foi só então que ela pôde botar para fora toda a sua dor sem reserva.

A cerimônia começou. O irmão de Sylvain leu um texto no qual evocava a vida muito breve do menino, a injustiça de sua partida prematura, a dor infligida por sua ausência. Seu timbre foi revestido de soluços contidos que o pobre homem tentava controlar em vão. Em seguida, foi a vez da avó paterna de dizer algumas palavras, que ela dirigiu ao corpo e em que contava a relação que tinha nutrido com ele, o menininho que ele tinha sido a seus olhos e em seu coração: seu temperamento, seus gostos, seus sonhos...

— Você, que queria ser piloto de avião — revelou ela —, quero acreditar que, na verdade, você não caiu. Não! Você voou, e eu sei que nesse momento você está *planado* em algum lugar do céu. Você realizou seu sonho.

"Piloto de avião?", perguntou-se Laetitia. "Maxime nunca quis ser piloto de avião!" Ela se deu conta amargamente de que aquela senhora que falava de Maxime com tanta segurança, na verdade, sabia poucas coisas a respeito dele.

— Ele não quer ser piloto de avião, ele quer ser jogador de futebol! — declarou Milo em voz alta.

A avó ficou desconcertada, algumas risadas nervosas escaparam do público, Laetitia fez o filho ficar calado, dizendo a si mesma que a verdade saía mesmo da boca das crianças. No entanto, ela notou que Milo se exprimira no presente; em sua cabecinha, Maxime ainda estava vivo.

Os testemunhos seguiram: a mãe de Tiphaine, sua irmã, a professora de Milo, uma de suas primas que tocou uma melodia no violão. Em seguida, a pedido dos pais, dos alto-falantes saiu a música de abertura de *Bob Esponja*, que era o desenho animado preferido do menino. Foi um momento estranho, dados o ritmo animado e o tema hilário da canção. No entanto, muita gente chorava.

A emoção chegou ao auge quando Sylvain tomou a palavra. Ele começou dizendo que falava também em nome de Tiphaine que, como era compreensível, não estava em condições de se expressar em público. Depois de um longo silêncio durante o qual as pessoas se perguntavam se ele mesmo estava em condições, ele limpou a garganta e começou a falar. Como sua própria mãe tinha feito antes, Sylvain se dirigiu diretamente ao filho, para lhe falar de todo o seu amor, a que ponto seu nascimento tinha mexido com sua vida, lhe revelando dotes paternos de que nunca se imaginara capaz. Depois, ele evocou a relação pródiga, fabulosa, mágica, intensa, insubstituível que os três tinham mantido, se descobrindo, se revelando, todos se nutrindo de emoções excepcionais. Entre as pessoas, se cada um prendia a respiração, as lágrimas por outro lado corriam abundantes. Por fim, foi Sylvain quem perdeu o controle: ele se aproximou do caixão, acariciou com uma ternura infinita a cabeça do filho e chorou um bom tempo, murmurando para ele palavras de despedida.

Em nenhum momento as circunstâncias em que o menino tinha morrido foram evocadas.

A cerimônia chegava ao fim. As pessoas foram avisadas de que era a hora de, para aqueles que desejassem, dar um último adeus ao menininho. Elas se levantaram e começaram a se dirigir para o centro do espaço. David, Laetitia e Milo seguiram o movimento e tomaram lugar na primeira fila. Quando chegou sua vez, Laetitia pegou Milo no colo para que ele pudesse ver seu amigo, cujo caixão era alto demais para ele. Ela esperava que assim, confrontado com o corpo sem vida de Maxime, Milo tomasse enfim consciência de que ele não voltaria nunca mais.

Todos os três se aproximaram. Em um fundo de seda, Maxime descansava em paz. Ao redor dele, seus pais tinham colocado seus brinquedos preferidos, um caminhão, um carrinho, um boneco do Bob Esponja, dois bichinhos de pelúcia...

— Coelhico! — berrou Milo, quebrando assim a contemplação que se impunha no lugar.

Laetitia estremeceu. Sem pensar, ela tapou a boca do filho com a mão, mandando-o ficar calado com um "shhh!" autoritário. Depois, se dando conta, por fim, da razão que tinha provocado a reação do menino, observou os objetos ao redor de Maxime.

Coelhico estava, de fato, entre eles.

Surpresa, ela tirou a mão. Assim que foi liberado, Milo exprimiu francamente sua revolta:

— É o Coelhico! Ele é meu!

E, combinando o gesto às palavras, ele se debruçou para apanhá-lo.

Segurando-o firme nos braços, Laetitia só teve tempo de dar um passo para trás para evitar o maior sacrilégio de todos.

— É o meu bichinho! — protestou Milo. — Eu quero o meu bichinho!

David tentou conversar com ele, mas o menino já não ouvia. Ele estendia as mãos para o coelho de pano, se debatendo nos braços da mãe sem parar de repetir o nome do bichinho. Cada vez mais em pânico, Laetitia se afastou do caixão, tentando também acalmar o filho. Só que, quanto mais ela se afastava, mais Milo soltava gritos de revolta, cobrindo-a de murros e chutes, tentando se livrar de seu controle.

Em volta, todas as pessoas murmuravam consternadas.

Laetitia hesitou, sem saber que atitude tomar. Na confusão, seus olhos cruzaram com os de Tiphaine, que agora estava postada na frente do caixão, como para defender seu acesso. Ela a encarou com um ar rude e ameaçador. Então, Laetitia se dirigiu para a saída e, com o olhar fixo, apertou o passo. Milo continuava gritando, o corpo rígido com a energia do desespero em direção ao caixão, tornando assim o avanço de sua mãe, que agora se esforçava para segurá-lo, cada vez mais difícil. Exausta, ela diminuiu a pressão por alguns poucos segundos. Milo aproveitou para se esquivar, escorregando ao longo do corpo de Laetitia, logo correndo rumo ao caixão.

David interceptou o garotinho. Ele o pegou no colo, o prendeu firmemente sobre seu ombro e, tomando a mão da esposa ao passar, se apressou para a saída.

Depois, foram embora como fugitivos.

24

Foi só quando se viu dentro do carro que Laetitia perdeu o controle. David tinha colocado Milo na cadeirinha. No banco de trás, o menino continuou expressando sua insatisfação com firmeza, e seus gritos acabaram com o sangue-frio da mãe. Sentada no banco da frente, ela soltou um berro que congelou o menino. O método não era dos mais sutis, mas mesmo assim foi eficaz: Milo se calou na hora. Depois, se virando para ele em fúria, ela rugiu sua raiva e sua humilhação.

— Você tem ideia do que fez?! — vociferou ela, com olhos desvairados. — Você agiu como um menino mal-educado pra caramba no enterro do seu melhor amigo! Todo mundo estava olhando pra gente! Você me deixou com vergonha, Milo! Eu nunca vou te perdoar por isso!

— Se acalma, Laetitia! — mandou David, apavorado com as palavras da mulher.

— Era o Coelhico! — defendeu-se Milo, com muito mais hostilidade ao se sentir apoiado pelo pai. — Ele é meu, é o MEU bichinho!

— E daí? — vociferou mais forte Laetitia sem levar em consideração a ordem de David. — Que se dane o seu bichinho! O Maxime morreu, está ouvindo? Ele foi embora para sempre, acabou, ele nunca mais vai voltar! Você entende isso? Entende?

— Já chega! — tentou mais uma vez David.

Mas ela parecia não o ouvir.

— E não é para acreditar que ele está planando em algum lugar no céu e olhando para a gente cheio de amor e bondade! Esse é o tipo de besteira em que a avó dele quer acreditar para não ir para o túmulo junto com ele. O Maxime não existe mais, nem no ar, nem em outro lugar!

— Mas isso nem é verdade! — gemeu Milo, assustado com o comportamento da mãe. — Ele não foi embora, ele tava lá, ele só tava dormindo um pouquinho numa cama esquisita!

— Não, ele não estava dormindo um pouquinho! — berrou ela, beirando a histeria.

— Laetitia! — gritou por sua vez David para que ela se calasse.

O garoto escondeu o rosto com as mãos, como para se proteger dos gritos da mãe.

— Olha para mim, Milo! — urrou Laetitia. — Olha para mim quando eu estou falando com você!

Contra sua vontade, o menino ergueu para ela um olhar duro, com a mandíbula cerrada e a sobrancelha franzida.

— O Maxime não estava dormindo um pouquinho — articulou ela, frisando cada uma das sílabas separadamente. — A cama esquisita era um caixão. E, daqui a uns minutos, ele vai ser enterrado no cemitério. Ele vai para debaixo da terra. E vai ficar lá para sempre!

— Mas que droga! Fica quieta! — vociferou David. — Você ficou louca por acaso?

— Ele tem que entender, David! — sibilou ela, voltando-se por fim para o marido. — Ele tem que saber que foi a última vez que viu o Maxime!

— Ele sabe!

— Não, ele não sabe! Ele fala sempre do Maxime no presente, como se nada tivesse acontecido.

— É difícil demais para um menininho da idade dele expressar isso. A gente só tem que dar um tempo para ele.

— Dar um tempo para quê? Para ele imaginar coisas que não existem? Para acreditar nas suas próprias mentiras, porque é mais fácil que encarar a realidade? Ele não para de se concentrar no Coelhico, como se aquele coelho fosse mais importante do que o Maxime!

— Ele está tentando se proteger!

— Sim, e é exatamente o que eu não quero que ele faça! A gente é que tem que proteger o Milo, David, não ele!

O argumento desestabilizou David, que não soube o que responder. Ele a fitou em silêncio, depois assentiu muito de leve com a cabeça.

— Ok. Mas não é berrando com ele que você vai protegê-lo. Você está lidando mal com a situação, Laetitia. E, depois, não é a hora certa. Todo mundo está no limite.

Ela concordou fazendo um gesto com a cabeça, e a calma tomou o interior do carro. Milo, que durante toda a discussão tinha ficado em silêncio, observava os pais com um olhar desconfiado. David se virou para ele e abriu um sorriso fraco. Então o menino explodiu em soluços e começou a chorar.

Mortificada, Laetitia passou para o banco de trás e pegou o filho no colo.

— E agora, por que você está chorando? — perguntou ela com doçura, convencida de que, enfim, ele se dava conta da morte de Maxime.

— Eu não quero que o Coelhico seja enterrado no cemitério com o Maxime — respondeu ele, gemendo.

David e Laetitia trocaram um olhar preocupado. Depois, David pareceu tomar uma decisão. Ele colocou o cinto de segurança e pediu que Laetitia fizesse o mesmo depois de reacomodar Milo na cadeirinha... Em seguida, deu a partida e arrancou.

— Aonde a gente vai? — perguntou ela, intrigada.

— Comprar um novo Coelhico! — declarou David.

25

Alguns minutos depois, ele estacionava o carro na frente da maior loja de brinquedos da cidade. Milo tinha recuperado o sorriso e, acompanhado dos pais, ia e vinha pelos corredores da loja cheio de si. As prateleiras tinham todo tipo de brinquedos: de atividades de aprendizagem iniciais para os menores, cubos de madeira para empilhar, formas para encaixar, fazendinhas em miniatura com todos os animais, casas de bonecas, teatros de marionete, livros que tocavam música ou ainda quebra-cabeças. Mais adiante, jogos de tabuleiro educativos ou eletrônicos para os maiores estavam lado a lado com um inacreditável grupo de bonecos famosos de heróis de filmes ou de desenhos animados: *Transformers, Pokémon, Star Wars, Dragon Ball* ou estrelas da luta livre americana para os meninos; Barbie, Moranguinho, Hello Kitty ou Dora, a Aventureira para as meninas.

Quando chegaram ao corredor das pelúcias, David se virou para Milo.

Lá também havia brinquedos para todos os gostos: grandes e barrigudos, compridos e estreitos, pequenos e atarracados, gentis, engraçados, coloridos, cabeludos... Alguns eram animais de estimação e outros representavam espécimes de uma raça improvável.

— E ele pode ser grandão? — tentou o menino, ainda sem acreditar de verdade na sua sorte.

— Ele pode ser grandão! Desde que caiba no carro — acrescentou David, bagunçando os cabelos do menino.

Milo mal podia acreditar. Ele varreu com um olhar alucinado as dezenas de pelúcias expostas e soltou um suspiro de satisfação. Sua primeira opção parecia ser um coelho de tamanho médio, que vestia um macacão e usava um boné, assim como Coelhico. Depois mudou de ideia. Colocou o coelho de volta no lugar e seguiu sem hesitar até um ursão todo molinho que tinha um sorriso esperto.

— É aquele ali que eu quero! — declarou ele, voltando-se para o pai.

— Tem certeza?

O menino confirmou balançando a cabeça vigorosamente.

— Tudo bem! — declarou David. Ele pegou o urso e o estendeu para o menino.

Milo o agarrou, com os olhos arregalados de encanto. Depois, David, caminhando decidido, e Milo, caminhando triunfante, se dirigiram para o caixa da loja. Laetitia os seguiu, um pouco mais para trás, dividida entre o consolo de ver seu filho irradiar alegria e a intuição de que aquela compra não resolvia em nada os problemas cuja importância ela pressentia. Mas a culpa que carregava depois de ter berrado com ele era forte demais. Por enquanto, só contava para ela o sorriso de Milo e aquele brilho nos olhos dele.

Assim que saíram da loja, ela comentou, rindo:

— Um ursão com o nome de Coelhico... Engraçado, né?

— Ele não se chama Coelhico! — exclamou Milo de pronto.

— Ah, é? E qual vai ser o nome dele, então?

— Maxime! — respondeu contente o menino abraçando forte o seu novo bichinho.

26

Eles passaram o resto do dia em casa, tentando relaxar e encontrar certa serenidade. As emoções da manhã tinham sido intensas demais, e David, assim como Laetitia, almejava um tempo livre de angústias e de conflitos. Milo brincou no quarto com seu bichinho novo por uma boa meia hora; depois sua mãe contou algumas histórias e desenhou com ele. Os dois evitaram falar de Maxime e de seu enterro. Em seguida, os três comeram um prato de macarrão feito às pressas, que o menino devorou. Ele era, aliás, o único com apetite. Logo depois do almoço, enquanto David e Milo assistiam a desenhos animados na televisão, Laetitia foi para a varanda. O dia estava bonito. O sol, que uma brisa leve deixava bastante suportável, brilhava em um céu sem nuvens.

A jovem cochilava fazia uns vinte minutos quando foi tirada do torpor por vozes altas, cadeiras sendo dispostas, copos se batendo. No jardim ao lado, os Geniot tinham voltado do funeral e recebiam a família e os amigos próximos para um breve lanche.

Laetitia se sentiu desconfortável de repente. Como ilícita. Deslocada. Clandestina. Ela ouvia as conversas, percebia os movimentos através da cerca-viva, testemunha involuntária de uma intimidade da qual ela não fazia parte. "Eu estou na minha casa", murmurou ela para se convencer de que não estava fazendo nada errado. No entanto, sua posição lhe parecia incongruente e, instintivamente, ela se levantou em silêncio e voltou para dentro de casa na ponta dos pés.

Como para não denunciar sua presença.

O incidente a tinha perturbado. Pela primeira vez desde que vivia naquela casa, a proximidade da vizinhança a tinha incomodado, a ponto de impedi-la de aproveitar seu jardim. Com o coração apertado, ela se deu conta então de que, além da dor provocada pelos acontecimentos recentes e o conflito que desde então enfrentavam com seus — ex? — amigos, a casa geminada não ia facilitar as coisas. Pior, tinha a impressão de que sua própria intimidade tinha sido violada. Se ela mesma era capaz de ver e ouvir tudo o que acontecia ao lado, o inverso também era verdadeiro, e as vozes que a alcançavam do jardim vizinho a agrediam com seus murmúrios; tinha a impressão de estar exposta abertamente a pessoas que não lhe desejavam o bem.

Essa constatação lhe causou um estresse a mais. Como eles iam fazer para viver lado a lado? Como fariam para cruzar na rua, assistir — mesmo que involuntariamente — a suas idas e vindas, vê-los seguir em frente em seus respectivos jardins? A bagagem deles era pesada demais para poderem ignorar tudo o que tinham vivido juntos: uma amizade intensa e recíproca, com tantas alegrias compartilhadas e, no presente, essa raiva que Tiphaine e talvez Sylvain lhes dirigiam... Por um instante, Laetitia desejou de todo coração que seus vizinhos se mudassem. No fim das contas, isso era, de fato, concebível: será que conseguiriam continuar a morar na casa onde seu filhinho tinha perdido a vida? Será que eles seriam capazes de passar todos os dias diante do quarto dele, daquele pequeno cômodo no qual tinha se desenrolado a tragédia mais insuportável que pais poderiam viver?

— Você não vai mais descansar? — espantou-se David ainda sonolento na frente da televisão.

— Vou tomar um banho — respondeu Laetitia sem vontade de lhe contar a verdadeira razão de sua presença no interior da casa.

Depois, subiu para o segundo andar.

No fim da tarde, houve um acontecimento inesperado. Milo estava no banho, David preparava a comida e Laetitia dava uma arrumada no segundo andar quando a campainha tocou.

— Você abre? — gritou David, que não podia se afastar do fogão.

Laetitia desceu para o hall de entrada e abriu a porta.

Segurou um grito de susto quando se deparou com Tiphaine e Sylvain. Logo na defensiva, ela recuou e virou a cabeça para avaliar a distância que a separava da cozinha, onde David estava.

— Está tudo bem, Laetitia, a gente não vai te repreender por nada — declarou de supetão Sylvain, esboçando um gesto de apaziguamento.

Cada vez mais surpresa, ela os encarou, estupefata.

— A gente pode entrar um pouquinho? — acrescentou ele, num tom quase suplicante.

E, como para convencê-la de que suas intenções não eram belicosas, Tiphaine tirou da bolsa algo que Laetitia reconheceu na hora.

— A gente veio entregar isso para o Milo — murmurou ela, estendendo Coelhico.

Pasma, Laetitia apanhou o bichinho num gesto ausente. Durante alguns breves instantes, eles ficaram frente a frente sem dizer nada, depois Laetitia pareceu abandonar seu torpor e saiu do caminho para deixá-los entrar.

Quando David os viu na sala, sua reação foi praticamente idêntica à da esposa. Ele congelou em seu lugar, soltou a colher de pau cheia de molho bechamel e arregalou os olhos, espantado.

— O que vocês pensam que estão fazendo aqui? — perguntou ele, com um tom mais agressivo do que pretendia.

— Está tudo bem — assegurou Laetitia com doçura. — Eles vieram devolver o Coelhico para o Milo.

— E nos desculpar — acrescentou Sylvain.

Laetitia voltou para ele um olhar ainda mais pasmo que ao abrir a porta, ao que Sylvain respondeu voltando-se para Tiphaine: evidentemente, era ela quem deveria tomar a palavra.

Um silêncio pesado e opressivo pairava na sala. Tiphaine parecia perdida numa dor abissal e continuava sem reação...

— Tiphaine? — murmurou Sylvain, segurando a mão dela.

Ela estremeceu e pareceu acordar de um pesadelo. Depois, olhou para David e Laetitia com certo espanto.

— Tudo bem, querida? — retomou Sylvain, agitado.

— Sentem-se — propôs David para deixar o clima mais leve.

— Vocês querem beber alguma coisa? — acrescentou Laetitia, apressada.

Ela seguia para a cozinha quando Tiphaine impediu sua passagem. Surpresa, Laetitia se virou para ela, e as duas mulheres ficaram de frente. Depois, como se estivesse no limite das forças, Tiphaine caiu nos braços da amiga e chorou todas as lágrimas que tinha.

— Perdão — murmurou ela soluçando, aflita. — Eu fui terrivelmente injusta com você. Mas é tanta dor, se você soubesse...

— Eu sei — respondeu Laetitia simplesmente, passando os braços ao redor da amiga.

27

Eles conversaram por muito tempo e choraram bastante. Laetitia sentia como se nunca tivesse chorado tanto na vida, nem quando seus pais morreram. Havia cinco dias que eles só trocavam palavras para falar horrores; era estranho retomar uma relação amigável, ao menos bondosa, mesmo que David e Laetitia estivessem alerta, ainda surpresos demais por aquela mudança repentina de situação.

Quanto a Tiphaine e Sylvain, eram apenas a sombra de si mesmos. Primeiro, em sua postura: os dois estavam curvados nos assentos, com o olhar apagado na maior parte do tempo, e quando se animavam era para revelar um sofrimento e um tormento insuportáveis. Às vezes, um deles começava uma frase que ficava em suspenso, os olhos perdidos no nada, e, quando David ou Laetitia perguntava sobre a continuação com um pigarreio ou com uma palavra de incentivo, o fio estava perdido e a ideia tinha ido embora.

As circunstâncias da morte de Maxime foram evocadas. Com uma voz fraca, Tiphaine contou que ao longo da tarde a temperatura do menino tinha chegado a 39,5 °C. Tinha colocado um supositório nele para que a febre baixasse, depois o botou na cama. O garotinho logo caiu no sono, e Tiphaine ficou junto dele por uns bons quinze minutos. Estava calor no quarto. O sol batia nos vidros da janela e, ao avistar gotas de suor se formando em seu nariz e em sua testa, ela o descobrira um pouco. Depois, tinha aberto a janela um pouco para arejar. Como a respiração do menino estava regular e ele parecia dormir profundamente, Tiphaine tinha decidido ir tomar um banho.

E, pronto, foi isso. Ela só queria tomar uma chuveirada.

Quando seu relato terminou, ela se calou e ficou muitos minutos imóvel, de cabeça baixa, os ombros curvados. Uma única coisa revelava as ruínas por que passava seu espírito devastado: ela retorcia as mãos freneticamente.

David, Laetitia e Sylvain ficaram em silêncio.

Foi Laetitia que retomou a palavra. Ela contou sua versão dos fatos, o que tinha acontecido enquanto Tiphaine estava no banho. Relatou com precisão como as coisas tinham acontecido, exceto por um detalhe: ela foi incapaz de revelar para a amiga o fato de que Maxime, sem dúvida, ainda sob influência da febre, chamava pela mãe. Um detalhe inútil que, naquele estágio do processo de luto, só lhe causaria sofrimento e desolação. Ela contou, então, que tinha visto o menininho se debruçar perigosamente na janela, que ele estava falando com ela, mas que ela não entendia nada do que ele dizia.

O que contou em seguida correspondia exatamente à realidade.

Depois, para acabar com o mal-entendido que desde o acontecido os tinha dilacerado, ela perguntou com sinceridade:

— Você acha que eu poderia ter salvado o Maxime?

Sylvain respondeu:

— Você fez o que pôde, Laetitia.

Pensativa, ela concordou com a cabeça. Estranhamente, não era a resposta que esperava.

De repente, ela se lembrou de que Milo ainda estava na banheira e que a água já devia ter ficado fria tinha um bom tempo. Ela subiu apressada para o segundo andar, empurrou a porta do banheiro e descobriu que o menininho não estava lá.

Ela perdeu o chão.

— Milo! — berrou ela, beirando o pânico imediato.

Laetitia saiu em disparada e entrou correndo no quarto. O menino estava lá, embrulhado em uma toalha fina e deitado na cama, onde tinha caído no sono, segurando nos braços seu novo bichinho. Enquanto isso, alertados pelo grito, David, Tiphaine e Sylvain saíram correndo pela escadaria e deram no corredor, logo atrás dela.

— Calma, está tudo bem — murmurou Laetitia. — Ele caiu no sono.

— Você está completamente louca de gritar assim! — repreendeu David. — Eu quase tive um ataque do coração!

— Desculpa. Eu fiquei com medo. Quando entrei no banheiro e ele não estava lá, achei que...

Ela não terminou sua frase e, quase sem querer, voltou os olhos para Tiphaine. Esta a olhou com tanta dor que Laetitia sentiu vergonha. Vergonha de ter gritado, de ter sentido medo.

Vergonha de ainda ter seu filho.

Tiphaine desviou o olhar e deu um passo em direção a Laetitia. Depois, outro. Instintivamente, ela fez um movimento de recuo, como para se proteger. Mas Tiphaine seguiu em frente e, ao passar por sua amiga, entrou no quarto de Milo. Ela continuou avançando até a cama do menino, ao lado da qual se ajoelhou. Depois, com carinho e cuidado imensos, ela acariciou delicadamente sua bochecha.

Sem realmente saber por que, Laetitia sentiu um nó nas entranhas e teve que se forçar a não pedir que Tiphaine saísse do quarto.

"Não encosta nele!"

Ela estava com essas palavras na ponta da língua, prontas para sair de sua boca, como se a amiga representasse uma ameaça para seu filho. Uma ideia absurda! Tiphaine era madrinha de Milo e o amava. Disso, Laetitia tinha certeza. Então por que esse sentimento de perigo latente?

De repente, o olhar de Laetitia foi atraído para o novo bichinho de Milo. Maxime!

Um tremor frio percorreu sua espinha: o temor de que Milo acordasse e contasse a Tiphaine o nome do bichinho assolava seu coração.

Ela entrou no quarto e ficou logo atrás da amiga.

— Vamos deixar ele dormir — propôs ela, controlando na voz a urgência de sair do quarto. As emoções do dia a tinham exaurido. — Ele precisa descansar.

Tiphaine concordou com a cabeça e, sem tirar os olhos do menino, se ergueu.

Depois, todo mundo desceu para o primeiro andar.

28

Os dias passaram.

Tinham que passar.

E a vida retomou seu curso, a duras penas. Desde a morte do garoto, Tiphaine e Sylvain acordavam por hábito, comiam por distração, continuavam vivos por acaso. O tempo tinha se dissolvido em uma espécie de labirinto que não levava a lugar algum. Então, para que continuar? Sua vida, desde a ocasião confinada em uma falsa terra de ninguém, parecia agora uma realidade falsificada que de todo modo não valia mais nem menos do que qualquer outra.

Aquilo ou nada, qual era a diferença?

Na escala de sofrimento psicológico, há um grau em que a dor atinge tais picos que parece fantasioso procurar superá-la. Privado de normalidade, o casal parecia mal sobreviver, como exilados de uma existência desintegrada em mil pedaços tão ínfimos que acabavam por ser impossíveis de encontrar. Por que razão absurda tinham colocado na cabeça tentar colá-los?

Corações machucados, almas dilaceradas…

Para David e Laetitia, o tempo voltou a andar, só que mais arrastado, sem impulso, sem alegria. Os gestos se seguiam: acordar, comer, trabalhar, dormir… Ou melhor, não dormir… Por mais estranho que fosse, desde que Tiphaine e Sylvain pararam de acusá-los, Laetitia sentia uma culpa surda e perniciosa, que se resumia a uma única pergunta: ela teria podido, de fato, evitar o pior se tivesse reagido de outra maneira? As repreensões mordazes de Tiphaine vinham atormentá-la durante a noite. Em uma espécie de pesadelo acordado, ela revivia sem parar a tragédia, se forçando em cada versão a reagir de modo diferente. No começo, correu em direção ao fundo do jardim para passar pelo buraco da cerca-viva, aquele que os meninos tinham feito com as próprias mãos; depois, quando já estava no jardim ao lado, ela refazia, arrastando a barriga no chão, o caminho no sentido inverso.

Todas as vezes, ela chegava tarde demais: Maxime, àquela altura, jazia na varanda.

Da vez seguinte, ela optou pela mesma solução, mas aumentou a velocidade para chegar embaixo da janela da criança antes que ela caísse. Não adiantou: quando chegou, o corpinho já estava estendido nas pedras frias.

Outra noite, ela tentou um salvamento distinto: apanhar uma cadeira, colocá-la junto da cerca-viva para poder passar por cima dela, ganhando assim segundos preciosos. Vitória! Ela havia conseguido se colocar debaixo da janela antes que Maxime caísse. Mas, quando ele despencava no vazio, ela nunca conseguia segurá-lo. Ele se espatifava violentamente ao lado dela, e o baque da queda a torturava até o amanhecer.

Após uma semana, ela abandonou essas tentativas absurdas e vãs. Então, suas noites passaram a ser de um claro diáfano, ela continuava lá, deitada na escuridão, com os olhos arregalados, sem dizer uma palavra, para cair num sono sem sonhos, por apenas algumas horas, antes de ter que se levantar, se obrigar a tomar café da manhã e ir para o trabalho.

Era esse sentimento de culpa que impelia Laetitia a passar na casa dos vizinhos todos os dias quando voltava do trabalho, antes de ir para a escola buscar Milo? Era evidente que, desde o acontecimento e da reação caluniadora de Tiphaine em relação a ela, a amizade delas tinha ficado comprometida. É claro, Laetitia tinha logo colocado as acusações da amiga na conta do tormento... Mesmo assim! Depois daquele episódio injusto, ela mantinha uma desconfiança prudente que, sentia, tinha destruído alguma coisa entre elas. A rejeição de Tiphaine logo depois do acidente tinha afrontado sua dor, desviando sua legitimidade para um tormento mais lamentável.

Ao acusá-la do pior, Tiphaine tinha lhe roubado a dignidade de seu luto.

Ainda que a gravidade dos acontecimentos pudesse pesar na balança como circunstâncias atenuantes, Laetitia ainda tinha dentro de si um rancor confuso.

Talvez fosse por essa razão que suas visitas cotidianas nunca duravam muito tempo: apenas uma meia hora para ter notícias deles, saber como estavam, se precisavam de alguma coisa. Quebrar a rotina deles com uma visita amigável. Ela também se forçava a evocar Maxime. Tinha lido na internet que o luto de uma criança, processo já longo e penoso em si, não podia acontecer se a lembrança do menino morto fosse enterrada em um silêncio de dor. Tentar curar as feridas da alma ao negar a origem da dor podia acabar sendo danoso. Ela logo entendeu que a única coisa que impedia os amigos de afundar no vazio de uma existência desprovida de objetivo era a lembrança do filho. Privá-los dela teria sido um crime.

De seu lado, Tiphaine e Sylvain a recebiam sem alegria nem rechaço, alguns dias como uma obrigação salutar, outros como um mal necessário. Para eles não era questão de brigar, muito menos de virar a página: só a dor lhes dava forças para seguir, tropeçando de olhos fechados rumo a um futuro inexistente. Eles deviam sentir dor, provar o calvário da ausência, suportar esse suplício como a prova irrefutável do amor que sentiam pelo filho. Sofrer tinha se tornado sua única razão de viver.

Laetitia ia lá por instinto. Muitas vezes, ela lhes levava recados de vizinhos e de comerciantes com quem cruzava no bairro, de professores ou pais de outras crianças que queriam notícias deles na escola e desejavam manifestar, por meio de sua intermediária, toda sua compaixão. Parecia-lhe importante fazer Tiphaine e Sylvain ouvirem que estavam pensando neles. E, mais que tudo, que ninguém esquecia Maxime.

Sempre que ela entrava na casa deles, o silêncio opressor que se impunha a golpeava com toda a força, ainda amplificado pelo hábito do casal de só se expressar murmurando, como se eles tivessem medo de acordar alguém. Falar baixo, andar na ponta dos pés, se mover com um cuidado apreensivo. No começo, Laetitia baseava sua atitude na de seus amigos, talvez em sinal de respeito, ou simplesmente para não perturbar a ordem das coisas.

Muito rápido, ela se sentiu inútil.

Suas visitas diárias se tornaram, no entanto, um ritual que ela se esforçava para não interromper, ainda que, ao longo dos dias, a vontade de fugir da prostração lúgubre dos vizinhos fosse ficando cada vez mais presente. Sempre que ia embora da casa deles, com o coração pesado e o moral no zero, ela precisava de uma energia louca para dar conta da noite que se anunciava e para não submeter Milo à melancolia do ambiente. Laetitia sempre tivera em alta estima a amizade da qual, segundo ela, só se fazia ideia do verdadeiro valor na adversidade. Ela havia estabelecido para si a missão de ajudá-los a se recompor, pouco importava quanto tempo isso levasse. Mas, ao longo dos dias, começara a se perguntar se não era o oposto que estava ocorrendo, se não eram eles que a jogavam irremediavelmente para o fundo.

David os visitava de tempos em tempos, ainda que menos que a esposa, considerando seus horários de trabalho. Acontecia mais aos sábados e domingos do que durante a semana, dias em que ele chegava tarde e cansado.

Logo, Laetitia se deu conta de que eles nunca mais se reuniam na casa dos amigos. Quando era David quem ia, ela se permitia um respiro, prometendo a si mesma voltar a partir do dia seguinte. Ela acreditava no começo que se tratava de uma espécie de divisão de labuta, já envergonhada de uma ideia que era preciso admitir: não tinha prazer nenhum em vê-los.

Prazer? Laetitia estremeceu: tinha acabado de evocar a ideia de prazer...

De fato, a vida retomava seu curso na casa dos Brunelle. E, com ela, os desejos, os momentos de descontração, as conversas, os sorrisos e, às vezes, até as gargalhadas, que eles logo abafavam, sem jeito e encabulados.

E depois, sobretudo, havia Milo.

O menino reclamava escandalosamente a despreocupação a que ele tinha direito, a fluidez do cotidiano e a leveza de uma existência da qual ele acreditava ter direito a aproveitar. Como para combater o remorso que poluía seu ambiente, ele transbordava uma energia quase excessiva, principalmente quando chegava em casa depois de um dia inteiro na escola, e, ainda mais, Laetitia tinha muito rápido observado, quando ia brincar no jardim. Pulando, gritando o mais alto que podia, gargalhando, a mensagem era claramente destinada a Tiphaine e Sylvain. Ele lhes dizia: eu estou aqui.

Eu estou vivo.

— Milo! — repreendeu-o Laetitia da primeira vez que tomou consciência de seu joguinho. — Entra já em casa!

— Por quê? Está fazendo sol!

— Entra, estou dizendo!

Com a cara amarrada, o garoto voltou de cabeça baixa, passou diante da mãe sem lhe dirigir o menor olhar e subiu para seu quarto.

— Aonde você vai? — perguntou Laetitia, com uma voz mais doce.

— Brincar com Maxime.

Maxime. O novo bichinho de Milo. Uma obsessão de pelúcia que tinha tomado um lugar excessivo no mundo do menino. O urso lhe dava a oportunidade de pronunciar cinquenta vezes por dia aquele nome coroado com um halo de proibição.

Vou brincar com o Maxime. Cadê o Maxime?

Vou dormir um pouquinho com o Maxime.

Posso ir para a escola com o Maxime?

O Maxime não se comportou hoje. Maxime.

Maxime.

Maxime.

Um dia, sem saber o que fazer, Laetitia tomou uma atitude drástica:

— Nós dois precisamos conversar — disse ela colocando-o diante de si.

Milo a olhou com gravidade. Laetitia foi direto ao ponto:

— O seu bichinho não pode se chamar "Maxime".

— Por quê?

— Porque Maxime não era um bichinho. O Maxime era um garotinho, como você, e ele era seu melhor amigo. O Maxime era o filho da Tiphaine e do Sylvain. E, depois, o Maxime morreu, e sempre que você diz o nome dele você lembra a gente de que ele não está mais aqui e que a gente sente saudade dele.

Milo arregalou os olhos, atordoado.

— Você quer esquecer o Maxime?

— Não, mas eu quero poder pensar nele quando eu tiver vontade, e não quando você decidir ou só porque você está brincando com o seu bichinho. Você entende o que eu estou tentando dizer?

O menino refletiu por alguns instantes. Depois, assentiu com a cabeça, sério como um papa. Agitada, Laetitia observou sua reação, sem jeito também por invadir o mundo dele daquele modo.

— Eu não estou te pedindo isso para te chatear, nem para te deixar de castigo, querido. Mas um dia Tiphaine e Sylvain vão acabar ouvindo que o seu novo bichinho se chama Maxime, e eles vão ficar muito tristes.

— Tá bom — respondeu o menino, simplesmente.

— E como é que ele vai se chamar agora? Quer que eu te ajude a escolher um nome novo?

Dessa vez, Milo negou com a cabeça. Laetitia o abraçou e depois deixou ele ir embora.

Na manhã seguinte, quando ela preparava o café, pela janela da cozinha, avistou o urso jazendo no chão da varanda, bem debaixo da janela do quarto de Milo.

29

Para Tiphaine e Sylvain também, os dias passaram com aquela obrigação absurda de continuar a viver, se levantar, se vestir... Seguir um simulacro de existência contra um fundo de normalidade, fingir, fazer de conta. Como se, depois de ter perdido o filho, fosse concebível seguir seu caminho, ter curiosidade de descobrir o que se esconde depois da próxima curva, tentar avançar na medida do possível.

Misturar-se na multidão e interpretar seu papel.

Tiphaine e Sylvain tinham se tornado pais do menino que tinha morrido ao cair da janela de seu quarto. Qualquer um que cruzasse com eles na rua ou no comércio os associava na hora à pior prova pela qual pais podem ser confrontados. Eles personificavam a infelicidade, estampados com a marca da tragédia. O nome deles tinha virado sinônimo de tragédia, como aqueles casos que as pessoas contam à noite ao redor da mesa, encadeando histórias terríveis que só acontecem com os outros, que evocamos trêmulos antes de concluir: "Que horror, coitados, a vida deles está ferrada!". Então, todo mundo concorda com a cabeça, se dando conta de que, apesar da catapora do menorzinho e dos impostos que acabaram de chegar, não temos do que reclamar, não é mesmo? Podia ser muito pior. E, falando nisso, justamente, alguém tem uma outra história para contar, ainda mais terrível: logo, logo, nós espantamos a infelicidade de uns para escutar o que — aparentemente — poderia acontecer conosco, mas que — muito felizmente — só acontece com os outros.

Depois da queda infernal nos confins do inferno, depois da dor insuportável, depois das lágrimas e do torpor imóvel do vazio, era preciso pensar em se reerguer. Tiphaine e Sylvain tiveram que se decidir, cada um deles arruinado em sua própria dor, encurvados sobre si mesmos como para proteger aquele sofrimento cuja percepção tinha desde a ocasião se tornado seu principal motor. Tentar se reerguer em uma realidade que não mais lhes pertencia.

— Me passa o leite...
— Toma... Você ainda quer um pouco de café?
— Não, obrigada.

À mesa, as frases triviais se puseram a quebrar o silêncio bem-estabelecido, o de um acordo tácito para calar o indizível. Eles não falavam exatamente, apenas trocavam algumas palavras. E, depois, para dizer o quê? Sobre o quê? Sobre quem?

— O seguro escolar do Maxime voltou a nos procurar... Você mandou a certidão de óbito para eles?

— ...

— Tiphaine! Você mandou a certidão de óbito do Maxime para o seguro escolar? Eles estão cobrando a parcela trimestral...

— Não, não mandei.
— Você tinha me dito que ia mandar!
— Eu não mandei.
— E você pretende fazer isso quando?
— Se não está rápido o suficiente para o seu gosto, você mesmo pode mandar!

Machucados demais para assumir a dor do outro, ficamos à deriva dos argumentos destinados a pôr um fim na conversa. Para dar um cala-boca. Ou apenas para ter paz.

Às vezes, acontecia de a resposta ser mais virulenta que o ataque.

— Não sou eu que tenho que fazer isso — atacou secamente Sylvain.
— Ah, não? E por que isso cabe a mim, e não a você?

Sylvain fez uma pausa, consciente de estar a ponto de ultrapassar um limite que ele tentava, havia certo tempo, não extrapolar. Mas a carta da manhã o tinha arrasado, aquela mensagem que tinha a ver com Maxime, uma parcela que pagamos para nos proteger dos imprevistos, para nos proteger do pior...

Uma dívida que lhe cobravam, dele, que tinha perdido tudo.

Sylvain ficou machucado, tão machucado que sua resposta tinha o propósito claro de, por sua vez, ferir.

— Porque não fui eu que deixei o Maxime sozinho no quarto com a janela aberta!

Tiphaine congelou o movimento de levar a xícara de café aos lábios. Em sua mente, as palavras se chocaram, ela não devia ter ouvido direito, e no entanto... Quando ergueu os olhos atordoados para Sylvain, a expressão de raiva que tensionava seus traços lhe confirmou que o marido tinha mesmo dito o que ela acabara de ouvir.

— Como?

— Não se faça de desentendida, Tiphaine.

— Você não tem o direito...

— Ah, sim, eu tenho o direito! A gente vai ter que falar disso um dia, não? Só nós dois, cara a cara, olhos nos olhos.

— Falar de quê?

A voz de Tiphaine não passava de um murmúrio, apenas um sopro. O que não comoveu nada Sylvain: havia muito tempo ele tinha ultrapassado toda capacidade de compaixão.

— Falar da sua responsabilidade na morte de Maxime.

Pronto, ele tinha dito! Ainda melhor: tinha dito para ela! O que ele pensava desde o dia do acidente, o que tinha concluído, o que tinha guardado bem no fundo dele, o que continuava trazendo à tona sem parar e que não conseguia digerir. Colocar a culpa em Laetitia, no início, tinha sido uma questão de sobrevivência, tanto para um como para o outro, uma boia à qual os dois tinham se agarrado no meio da tempestade. Só para manter a cabeça para fora da água e não morrer afogados. Mas, agora que a ressaca tinha passado, Sylvain não podia mais mentir, nem para os outros, nem para Tiphaine. E muito menos para si.

— A gente precisa conversar, Tiphaine — acrescentou, sem se preocupar com a pobre coitada que murchava diante dele.

Como única resposta, ela afundou a cabeça entre os ombros como se se retraísse; parecia um caracol quando as pontas de dedos humanos tocam suas antenas.

— Porque você tem responsabilidade na morte do meu filho, não é mesmo? — continuou ele, implacável.

Mais do que a acusação em si, o emprego do possessivo que ele usou para monopolizar a filiação exclusiva de Maxime mutilou um pouco mais o coração de Tiphaine, como se isso ainda fosse possível.

— *Seu* filho? — cuspiu ela, como alguém expectora um germe de doença...

Sylvain cerrou a mandíbula, transferindo para a mulher o doloroso olhar do rancor.

— Nosso filho — admitiu ele depois de um momento.

Tiphaine, que mordia os lábios, tentou com um esforço sobre-humano não mostrar sua agonia, sem saber muito bem se o homem diante dela era um aliado ou um inimigo. Se ele queria o bem ou, ao contrário, procurava destruí-la. Ela foi tentada por um instante a lhe fazer a pergunta...

— A gente não pode continuar assim, Tiphaine... E, principalmente, eu preciso saber...

— Saber o quê?

— Se você se sente responsável pela morte do nosso filho. Se você tem consciência de que, se o Maxime não está aqui hoje, é um pouco por culpa sua.

Um inimigo. Um adversário a combater. Um opositor a abater.

— Eu não fiz nada de errado! — exclamou ela, começando uma defesa que, logo se deu conta, era da pior qualidade.

— Você deixou a janela aberta, Tiphaine! — lançou ele friamente.

Foi o golpe de misericórdia. A punhalada final da qual seu sangue escorreu, deixando-a arquejante, quase moribunda. Ela soluçou, pronta para se deixar apanhar pelo torno frio da culpa, se considerar culpada e subir no cadafalso. Baixar as armas, esperar o veredito. Acabar, de uma vez por todas.

Um resto de instinto de sobrevivência a manteve na batalha, quase à revelia.

— Eu te proíbo! — insurgiu-se ela, lançando um olhar selvagem. — Eu te proíbo de me acusar do que quer que seja. Principalmente você!

— Principalmente eu? — espantou-se ele. — E por quê?

Ela emitiu um riso gutural sarcástico antes de retrucar:

— Mas é o sujo falando do mal-lavado! Sinceramente, Sylvain, você acha mesmo que está na posição de me dar lição de moral?

— Não estou te dando nenhuma lição de moral! Quero apenas colocar as coisas no lugar.

— Tudo bem. Vamos lá!

Seus olhos de repente começaram a reluzir com um brilho feroz. Ela se reergueu e disparou contra o marido um olhar desafiador.

— Que joguinho é esse, Tiphaine? — perguntou ele, desconcertado.

— Você quer jogar? Tudo bem, vamos jogar! Você conhece aquela teoria que diz que podemos mandar para qualquer pessoa uma mensagem anônima do tipo: "Eu sei quem você é, eu sei o que você fez". Absolutamente qualquer pessoa! Qualquer um que receber essa mensagem vai ter alguma coisa de que se envergonhar.

Com as sobrancelhas franzidas, Sylvain encarou Tiphaine com desconfiança e estupefação. Satisfeita com esse pequeno efeito, ela esperou alguns instantes antes de declarar com uma lentidão teatral:

— Eu sei quem você é, Sylvain. Eu sei o que você fez.

— Você sabe o quê?

— O que você fez.

Ela ria! Tirava sarro dele! Do que ela estava falando? Sylvain repassava a pergunta sem parar em sua cabeça, mas sem se questionar realmente. Ele não parava de escrutinar Tiphaine, procurando, na verdade, um jeito de se equiparar a ela. Era uma cilada ou ela sabia alguma coisa? Ela estava colocando sua teoria ao jogar verde para colher maduro? Tinha deixado a situação favorável para ela com o único fim de se esquivar da própria culpa?

Ele escolheu não cair na armadilha e deu de ombros, indiferente.

— Essa discussão ficou absurda — suspirou ele, fingindo irritação.

Então Tiphaine deu sua cartada final.

— Stéphane Legendre — articulou ela, implacável. — A receita falsa. Minha condenação. Minha vida destruída por causa de um erro que não fui eu que cometi...

30

Atordoado, Sylvain ficou sem voz. Em uma confusão de hipóteses e conjecturas, ele tentou entender como Tiphaine ficara sabendo. O estupor o impediu de colocar suas ideias em ordem, e a urgência de encontrar uma explicação o paralisou ainda mais.

Ela sabia! Desde quando? E, principalmente, como? De uma só vez, sua cabeça girou. David!

David tinha contado tudo para ela. Quem mais além dele estava a par?

— Canalha! — soltou ele, com uma violência malcontida.

— Com amigos assim não precisamos de inimigos, não é mesmo? — murmurou Tiphaine.

— Quando ele te contou isso?

— Logo antes de morrer.

Pela segunda vez em menos de dois minutos, sentiu a cabeça rodar. Ele encarou Tiphaine com um olhar incrédulo e achou que seu coração ia parar de bater.

— Da... David? — balbuciou. — O David morreu?

O rosto de Tiphaine mudou de expressão.

— Do que você está falando?

— Você... você acabou de me dizer que...

— Eu não estava falando do David!

Durante uns bons instantes, a incompreensão foi total. Tiphaine não entendia por que seu vizinho tinha acabado de aparecer nessa história, e Sylvain não sabia mais do que ela falava.

— O David está sabendo? — urrou ela, de repente, ao entender a origem do mal-entendido.

— Você contou tudo isso para o David enquanto eu não sabia de nada?

— Eu...

Os traços de Tiphaine se crisparam em uma careta de dor carregada de hostilidade e amargura.

— Cachorro! — rosnou ela entredentes. — Você mentiu para mim desde o começo. Você me traiu e ainda contou tudo isso para o David! Vocês dois devem ter dado umas boas risadas!

— Não! — gritou Sylvain, sem entender como a situação podia ter lhe fugido a tal ponto. — De jeito nenhum! Eu... O David...

— E a Laetitia? Ela também sabe, imagino! Para resumir, só eu não sabia de nada! Como eu pude ser tão idiota?

Atônito, Sylvain esboçou um gesto com a mão em direção a Tiphaine, mas ela o rechaçou violentamente:

— Não encosta a mão em mim! Canalha! Como você pôde? E todos esses anos...

Ela se deteve em um soluço antes de esconder o rosto com as mãos. Sylvain estava na frente dela, os braços caídos, mortificado pelo modo como as coisas estavam se desenrolando. De culpada, Tiphaine tinha virado a vítima e tomou para si o direito de acusá-lo do pior. Ele não estava entendendo mais nada. Se não era David quem tinha lhe contado toda a história, quem então o tinha feito? Laetitia certamente não, já que a própria Tiphaine supunha que ela podia estar sabendo do caso, mas sem ter certeza. Então quem? Ninguém sabia, exceto...

De repente, ele entendeu. A única pessoa que poderia ter revelado a Tiphaine as circunstâncias de seu encontro era o próprio Stéphane Legendre, no dia em que tinha ido visitá-lo. Claramente, Tiphaine estava em casa naquela tarde, quando seu ex-melhor amigo tinha tocado a campainha. Tinha aberto a porta para ele e o deixado entrar.

Pouco a pouco, as ramificações de um possível enredo se elaboravam em sua mente atônita, como volutas e arabescos sinuosos. Stéphane Legendre toca a campainha, Tiphaine abre a porta, pergunta quem é, o que pode fazer por ele. Ele quer saber se Sylvain está, ela informa que o marido está fora, mas que ele pode voltar à noite se quiser... Stéphane Legendre agradeceu, não era necessário, era ela que ele tinha ido encontrar...

Por que ele teria feito uma coisa dessas? Por que, depois de todos aqueles anos, teria tido o trabalho de procurá-los e de se deslocar até Paris com a única finalidade de contar toda a história a Tiphaine? Desde sempre, Stéphane Legendre só se interessava por si mesmo.

Sylvain não entendia mais nada.

— Foi... foi o Stéphane Legendre quem te contou isso? — foi só o que conseguiu perguntar a fim de começar a colocar as ideias em ordem.

— Não foi você, de qualquer modo! — respondeu ela, com ressentimento.

Ele não parava de encará-la, tentando em vão ter uma noção de como as coisas poderiam ter acontecido.

Tiphaine demonstrava-se inabalável.

— O que ele te disse?

— A verdade.

— Me fala o que ele te contou, Tiphaine!

— Tudo. Ele me contou tudo: o erro profissional dele, sua intervenção para não deixar que ele se desse mal, as receitas trocadas... O jeito como a gente se conheceu...

— Por quê? Por que ele te contou isso depois de todos esses anos?

Ela deu de ombros como se aquilo fosse um detalhe sem importância.

— Ele estava doente, ia morrer. Ele queria tirar o peso da consciência...

— Até parece!

Eles ficaram um momento em silêncio, todos os dois arruinados nas trevas de seu ressentimento, entre raiva e tormento, cada um medindo até que ponto, aos olhos do outro, seu próprio erro o privava de seu direito de reclamar justiça. Sylvain tinha a impressão de ter explodido pelos quatro cantos do cômodo. Agoniado, não sabia mais o que dizer, esgotado de toda energia para tentar unir esforços. Já Tiphaine tirava de sua dor a legitimidade de suas exigências. Depois de um momento, ela murmurou com uma voz entrecortada:

— Eu paguei um preço alto pela morte de um bebê mesmo sem ter cometido erro algum!

— De que bebê você está falando?

— Daquele que uma mulher carregava na barriga. Daquele que o seu amigo matou com uma simples receita.

— Isso não tem nada a ver com a gente...

—Ah, tem! A gente sempre acaba pagando, Sylvain! A culpa de Stéphane Legendre o roeu até o câncer, e ele morreu por causa dela.

Sylvain franzia as sobrancelhas sem estar certo de entender bem o que ela estava insinuando. Depois, de repente, as noções de erro e de castigo ecoavam nele como uma acusação sem volta. Ele arregalou os olhos revoltados.

— Se você está tentando me culpar pela morte do Maxime, dizendo que eu teria de pagar de um jeito ou de outro...

— Eu não estou tentando absolutamente nada, Sylvain — interrompeu ela, irritada. — Não pense que sou idiota...

— Então o quê?

Tiphaine manteve silêncio por um breve instante antes de explicar o que estava pensando.

— Você já acabou com a minha vida uma vez. Você não vai fazer isso de novo.

— Sua vida? Que vida? — alardeou Sylvain, sem esconder seu desprezo. — A gente não tem mais vida, Tiphaine. Tudo o que a gente ainda tem é tempo diante de nós. Tempo de sofrimento.

— Você já conseguiu reconstruir a minha vida uma vez...

— O que você quer exatamente?

— Eu quero que tudo volte a ser como era antes.

Sylvain a encarou, pasmo. A simples evocação do passado, o tempo de felicidade para sempre acabado, partiu seu coração. Ele teve a sensação de que uma lâmina congelada o atravessava de um lado ao outro, e a dor era muito maior do que o suportável. Ele explodiu em soluços.

— É impossível — gemeu ele, com a voz entrecortada.

Então Tiphaine se levantou, deu a volta na mesa e se juntou a ele. Depois, com um gesto quase maternal, aproximou-o dela e começou a embalá-lo como a uma criança. Sylvain se agarrou a ela como se ele fosse se afogar.

— É possível, sim, meu amor — murmurou ela, com dor. — Basta apenas começar tudo de novo desde o início.

Para além das lágrimas, ele ergueu para ela um olhar no qual a angústia disputava espaço com a incompreensão.

— Começar tudo de novo desde o início?

— Eu quero outro filho.

A surpresa o paralisou, esgotando na hora suas lágrimas. Eles se olharam por um bom tempo e, pela primeira vez desde o ocorrido, vislumbraram nos olhos um do outro uma faísca de amor que tinha se extinguido com Maxime.

— Você concorda? — perguntou ela, cheia de esperança.

Com a garganta fechada, ele só conseguiu concordar com a cabeça.

Dessa vez, foram as lágrimas de Tiphaine que começaram a correr.

31

Havia pouco, Tiphaine e Sylvain tinham retomado suas ocupações profissionais, para grande alívio de Laetitia, que tinha começado a ficar preocupada com aquela longa apatia. Ela continuou a visitá-los, a visitar Tiphaine mais precisamente, já que Sylvain passava muito tempo no escritório de arquitetura para recuperar o atraso. Pelo menos, essa era a razão oficial.

— Ele está ficando esgotado de trabalhar — queixou-se Tiphaine enquanto as duas falavam do assunto tomando uma xícara de café. Tenho a impressão de que ele sai cada vez mais cedo de manhã e volta cada vez mais tarde à noite.

— É o jeito dele de fugir da ausência de Maxime — analisou Laetitia, com doçura.

— Ou talvez de fugir de mim.

Laetitia registrou o comentário. Ela sabia que a morte de um filho era, com frequência, fatal para um casal, quando cada uma das partes personificava para o outro o tamanho de sua perda.

— Por que você está dizendo isso? — perguntou ela, prudente.

Tiphaine deu de ombros com desenvoltura, como se o assunto fosse trivial. As lágrimas que subiram a seus olhos a contrariaram.

— Ele me considera responsável pela morte de Maxime.

Laetitia mordeu o lábio inferior. Sem chegar a lhe imputar a morte de Maxime, não era possível negar que tinha demonstrado uma imprudência criminosa: não se deixa uma criança de seis anos sozinha em um quarto com a janela aberta, mesmo se ela estiver dormindo. A lembrança de Tiphaine censurando-a por ter deixado os meninos sozinhos no quarto de Milo quando eles estavam pintando o rosto voltou à sua memória.

Laetitia guardou seus pensamentos para si.

— Se ele te considerasse realmente responsável pela morte de Maxime, ele já teria te deixado — continuou ela, com toda a certeza que se sentia capaz de demonstrar. — Acho que é mais você que se sente responsável... pelo acidente.

Um clarão de dor, testemunha do calvário por que ela passava, atravessou a pupila de Tiphaine.

— É claro que me sinto responsável pela morte dele! — irritou-se ela, com a voz cortada por um soluço. — Eu sou, não é? Eu deixei o meu menino sozinho no quarto com a janela aberta! Que mãe digna desse título teria sido capaz de cometer um erro tão grosseiro?

— Foi um acidente! — rebateu Laetitia, abalada pela declaração da amiga. — Ele estava dormindo, nada dava a entender que iria acordar logo depois que você saísse. Você é uma boa mãe, Tiphaine, você sempre foi...

Ela parou, procurando outros argumentos para acalmá-la um pouco.

— Eu teria, sem dúvida, feito a mesma coisa que você — mentiu ela, com uma confiança que estava longe de sentir.

As duas mulheres se calaram, conscientes de que estavam pisando em ovos. Laetitia tentou desviar a conversa com doçura.

— E você, no trabalho, como está?

— Eu não estou nem aí para o meu trabalho — retrucou Tiphaine, com desprezo. — É só para passar o tempo. E é sempre melhor do que ficar aqui sozinha.

Desprevenida, Laetitia não soube o que responder. Então ela ficou em silêncio e, dessa vez, foi Tiphaine que o quebrou.

— Laetitia... — começou ela, com um tom constrangido. — Eu queria muito... Eu queria muito voltar a ver o Milo.

O pedido, tão inesperado quanto repentino, deixou Laetitia pasma.

— Eu ainda sou a madrinha dele — acrescentou Tiphaine, como para justificar seu desejo.

— É claro — murmurou Laetitia, sem especificar se ela confirmava seu status de madrinha ou se estava dando uma resposta positiva à pergunta.

Uma angústia indefinível revirava seu estômago, como se a ideia de confiar o filho a Tiphaine a enchesse de terror. Ao perder o filho, ela perdera toda a confiabilidade? Logo depois de sua admissão de culpa, esse pedido tinha um fundo de ameaça velada, sobretudo porque a própria Laetitia tinha sido levada a reconhecer nela todas as qualidades necessárias para cuidar de uma criança.

"Você é uma boa mãe, Tiphaine, você sempre foi..."

Enquanto isso, ela não pôde deixar de sentir um rechaço violento e instintivo ao pedido de Tiphaine, o que, depois de refletir, lhe parecia injusto: alguns minutos de negligência podiam destruir seis anos de dedicação materna exemplar? Sem dúvida, não. Sempre tinha deixado Milo com ela com toda a confiança. Então, por que aquela ansiedade maldisfarçada?

Desconcertada pelo alarme interior que tocava com toda a força em seu inconsciente, Laetitia encarou a amiga. Claramente, esperava uma reação.

— Voltar a ver o Milo? Sim... é claro. Por que não?

A resposta não tinha entusiasmo; elas não eram bobas, nem uma, nem a outra.

— Você não quer, não é mesmo? — murmurou Tiphaine em um tom que não escondia seu mal-estar.

— De jeito nenhum! — exclamou Laetitia, se esforçando para soar convincente. — É só que...

Essa breve negação soou ainda mais falsa. Consciente de que estava tornando as coisas piores, ela procurou uma desculpa, um argumento para explicar seu ponto de vista para Tiphaine.

— O Milo não anda muito bem ultimamente. O fato de Maxime não estar mais aqui o impactou muito, você não imagina, e... Para dizer a verdade, nós marcamos um horário no psiquiatra infantil na semana que vem.

O bichinho de Milo encontrado no terraço bem debaixo da janela do quarto dele tinha alarmado David e Laetitia. Depois de terem discutido, tinham tomado a decisão de consultar um especialista para ajudar o filho a superar uma situação que, claramente, ele se recusava a confrontar. Laetitia tinha se informado com a professora, que tinha lhe passado o contato de Justine Philippot, psiquiatra infantil, segundo ela, muito competente.

— Ele precisa ver a gente — insistiu Tiphaine. — Você já reparou na algazarra que ele faz assim que vai pro quintal? Está tentando chamar nossa atenção, eu tenho certeza. É o jeito dele de nos chamar.

— É verdade — reconheceu Laetitia.

— Deixa eu ficar com ele sábado à tarde. Tenho certeza de que ele quer tanto quanto eu.

Laetitia concordou com a cabeça, dividida entre a angústia irracional e a falta de argumento racional para responder com uma recusa. Para ela, Tiphaine estava tomada pela tristeza, e a ideia de deixar seu menino ser confrontado com aquela angústia revirava seu estômago.

Vendo que a amiga ainda hesitava, Tiphaine deu uma última cartada.

— Pergunte para ele! — propôs. — Ele é quem decide.

A corda estava estendida ao máximo, no limite da súplica, colocando Laetitia no estranho papel de carrasco.

— Tudo bem — respondeu ela, não sem se sentir encurralada.

32

Milo aceitou o convite de Tiphaine com um entusiasmo que surpreendeu sua mãe, chegando até mesmo a fazê-la repensar seu julgamento. E se fosse isso que ele estivesse reclamando sem parar, rever Tiphaine e Sylvain, pelo menos para não se sentir rejeitado por eles como, sem dúvida, acreditava ter sido desde o dia do acidente e até o do enterro? Laetitia se deu conta de que, toda vez que tentou conversar com ele sobre a morte de Maxime, ela sempre se concentrara na tragédia sem nunca abordar a mais terrível das consequências: a rejeição e as repreensões monstruosas que a madrinha dele tinha direcionado para sua mãe. Mesmo que Milo nunca tivesse sido testemunha da discórdia que tinha colocado os pais de Maxime contra os seus, ele devia ter sentido o mal-estar sem poder defini-lo com clareza, o que, indubitavelmente, fora pior do que tudo. As crianças sentem esse tipo de coisa.

Ao ver a satisfação que seu filho sentia com a ideia de rever a madrinha, David não encontrou nenhum argumento. Ele ficou até impressionado ao saber que Laetitia quase se opusera.

— O que você teme que aconteça com ele? — observou David. — Ele vai na casa da Tiphaine e do Sylvain desde que nasceu...

— Eu sei — admitiu ela. — Eu estava com medo de que ele ficasse exposto à tristeza dos dois.

— Mas e aí? Você não acha normal que pais que acabaram de perder o filho estejam tristes? Isolá-lo desse fato seria completamente absurdo.

Tiphaine e Sylvain são como uma segunda família para ele. Se você não deixar o Milo vê-los, ele vai ter perdido tudo.

— É verdade...

Tranquilizada pelos argumentos de David, Laetitia voltou a ficar confiante. Foi então com certa serenidade e com o sentimento de benevolência que ela levou o filho até a casa dos vizinhos no sábado seguinte, por volta das duas horas da tarde.

Tiphaine recebeu Milo com uma emoção que ela não procurou esconder. Assim que chegou, ajoelhou-se para ficar da altura dele e o abraçou.

— Que felicidade ver você de novo! — disse ela. — Eu fiquei com saudade, sabia?!

— Eu também, Tiatiphaine.

— O que você acha de ir tomar um sorvete no parque? — sugeriu ela.

Milo balançou a cabeça vigorosamente, movimento acompanhado por um "siiiiim!" eloquente.

— Sorvete aprovado! — exclamou Tiphaine, rindo. Depois, voltando-se para Laetitia: — Eu levo ele de volta umas cinco da tarde, tudo bem?

Ela assentiu. Era a primeira vez que via a amiga rir desde a morte de Maxime, e isso lhe fazia bem. Antes que ela saísse, Tiphaine a puxou para junto de si e a agradeceu.

— Por quê? — perguntou Laetitia.

— Por deixar ele comigo — respondeu ela, indicando Milo com o queixo.

Laetitia deu de ombros como para mostrar que aquele reconhecimento era uma besteira. Depois, voltou para casa.

Durante a tarde, ela cuidou de seus afazeres, tudo o que nunca tinha tempo de fazer durante a semana e que era difícil de dar conta enquanto Milo estava atrás dela. Arrumou o quarto do menino de cabo a rabo antes de se debruçar sobre arquivos pendentes que não tinha tido tempo de consultar no trabalho. David estava trabalhando, como acontecia, às vezes, nas tardes de sábado, então ela estava sozinha em casa. Por volta das quatro, ela se concedeu um intervalo muito merecido e foi para a varanda com uma xícara de café e uma revista.

O tempo estava de uma amenidade veranil, quase não tinha vento, e a calma que reinava na casa encheu Laetitia de um bem-estar que a fez suspirar. Ela se permitiu até um cigarro, o que só fazia raramente e sempre que estava sozinha e relaxada.

— Você está fumando, mamãe?

A voz de Milo a arrancou de sua tranquilidade. Laetitia se sobressaltou, surpresa com aquela voz que ela não sabia de onde vinha, já que achava que estava sozinha.

— Oi, mamãe, eu estou aqui! — continuou a voz alegre de Milo.

— Onde? — preocupou-se ela, olhando em volta.

— Aqui no alto!

Laetitia ergueu os olhos e descobriu com horror Milo debruçado na janela do quarto... de Maxime! O menino segurava um pote de água com sabão, do qual bolhinhas escapavam. Ela soltou um berro.

— Milo! Sai daí agora mesmo. Volta nesse minuto para dentro de casa!

Mas o menino continuava lhe fazendo sinal sem se preocupar com as ordens.

Ela achou que estava enlouquecendo. Sem pensar, pegou a cadeira em que estava sentada e correu para a cerca-viva que separava os dois jardins, a qual tentou pular subindo no assento. Como o arbusto media mais de um metro e setenta, quando Laetitia estava com uma perna de cada lado no alto, não teve outra escolha além de pular no vazio para cair do outro lado, o que ela fez sem a menor hesitação. Dois segundos depois, levantou-se no jardim dos vizinhos, com as pernas esfoladas e provavelmente cheias de hematomas. E mesmo assim correu para debaixo da janela do quarto de Maxime sem se preocupar com a dor.

— Volta agora mesmo para dentro de casa! — berrou ela mais uma vez, chamando a atenção do filho.

— Mas... eu estou fazendo bolhinhas, mãe!

— Laetitia... O que deu em você? — perguntou Tiphaine, aparecendo por sua vez na janela.

Esbaforida, Laetitia encarou a amiga com um olhar alucinado.

— Você... você enlouqueceu de vez? — vociferou ela, com uma voz que ressoava sua incompreensão.

— Não se preocupe — Tiphaine se defendeu. — Ele só está fazendo bolhas de sabão na janela, e eu estou aqui do lado dele. Não tem perigo nenhum.

Laetitia ficou sem palavras. Ela se sentia agredida pelo desembaraço inacreditável da amiga, tão pouco tempo depois do acidente com Maxime, no mesmo lugar, nas mesmas circunstâncias e no mesmo período do dia... Tantas similaridades não podiam ser simples coincidências, e o seu pavor virou raiva.

— Qual é o seu problema, hein? Depois de tudo o que aconteceu, não dá pra entender como é que você pôde deixar o Milo chegar perto de uma janela!

Tiphaine se ofendeu, sem conseguir esconder bem a afronta que a acusação mal dissimulada de Laetitia provocava nela.

— Eu estou bem do lado dele! — repetiu ela, sem esconder sua humilhação. — Não o deixei a tarde toda, nem no parque nem depois que nós voltamos. Quem você acha que eu sou?

Ainda ao lado dela, Milo não perdia uma migalha da discussão tempestuosa entre as duas mulheres. Com o semblante preocupado, ele passava de uma à outra sem dizer uma palavra. Laetitia se deu conta e, para não preocupar o filho, voltou a ficar moderada imediatamente.

— Me perdoe... eu fiquei com medo. Achei que fosse reviver o mesmo pesadelo que aquela tarde.

Tiphaine considerou Laetitia, visivelmente na defensiva, como se hesitasse em aceitar suas desculpas. Do alto, na janela, ela baixava os olhos sobre Laetitia que, por sua vez, era obrigada a levantar a cabeça para manter o contato visual. Sem abandonar uma expressão preocupada, os traços de Tiphaine se desfranziram, e ela deu um sorriso triste.

— Sinto muito, Laetitia. A culpa é minha. Eu deveria ter prestado atenção...

A confusão das duas mulheres ficou pairando por alguns instantes, durante os quais elas ficaram caladas. Milo parecia aliviado.

— O que... o que você está fazendo no quarto do Maxime? — perguntou Laetitia depois de um instante.

— Eu falei para o Milo que ele podia ficar com alguns brinquedos se quisesse.

Essa generosidade tão inabitual perturbou Laetitia.

— Você... você tem certeza?

— Eu e o Sylvain pensamos bastante... A gente não quer ficar como aqueles pais que conservam o quarto do filho morto intacto durante anos e que o transformam em um mausoléu... Sylvain concorda comigo: a gente quer lutar pela vida. Nós queremos que outros garotinhos aproveitem os brinquedos do Maxime. Quanto antes, melhor. Eu tenho certeza de que é disso que ele gostaria. De qualquer modo, nós já tiramos daqui tudo o que queremos guardar. A vida continua, Laetitia, eu preciso acreditar. O Milo pode pegar o que ele quiser, ele tem prioridade. A gente está vendo do que ele mais gosta. Quer vir nos ajudar?

Laetitia não acreditava. Pasma com aquela reação impressionante e imprevisível, ela não pôde deixar de admirar a força de Tiphaine tão pouco tempo depois da morte do filho.

— Estou indo! — disse ela, retribuindo a amiga com um sorriso de admiração.

Ela se juntou a eles no quarto de Maxime. Ao entrar no cômodo, reprimiu um calafrio ao ver tudo do mesmo jeito que... Laetitia espantou bem rápido a imagem do menino estendido na varanda antes de abraçar seu filho com alegria e, ela não podia negar, uma pontada de alívio.

Os dois passaram o resto da tarde juntos. Milo tinha escolhido o guindaste com controle remoto com o qual tinha brincado tanto com Maxime. Ele escolheu também um caminhão, dois quebra-cabeças, uma caixa de Lego, alguns livros e um jogo de montar. Depois, desceram para o primeiro andar, onde o menino brincou com as novas aquisições enquanto Tiphaine e Laetitia se renderam à ocupação favorita delas: conversar tomando uma xícara de café.

Milo e Laetitia voltaram para casa por volta das seis da tarde.

Naquela noite, Tiphaine contou para Sylvain a tarde que passara com Milo, o episódio da janela e o pavor de Laetitia.

— E a que conclusão você chegou? — perguntou Sylvain, quando ela terminou o relato.

— Que, para salvar o próprio filho, ela chegou ao nosso jardim em menos de cinco segundos — respondeu ela, sem conseguir segurar as lágrimas.

CADERNETA DE SAÚDE

6-7 anos
É a idade em que nascem os primeiros dentes permanentes. Quantos dentes de seu filho já caíram?
3 dentes: os 2 incisivos superiores, que já começaram a nascer, e o canino inferior. M. tem uma janelinha linda!

Um café da manhã para repor as energias é indispensável antes das atividades do dia. Como é o café da manhã do seu filho?
Cereal de chocolate, 1 tigela, em geral, e, às vezes, uma fatia de pão com mel.
M. come muito bem em todas as refeições do dia.

Anotações do médico:
Peso: 20,100 kg. **Altura:** 119,5 cm.

33

Assim como suas curvas, Justine Philippot era uma mulher generosa. Usando um vestido primaveril florido, ela ostentava sua idade — 53 anos — com um orgulho natural: claramente, sua cabeleira grisalha nunca tinha conhecido o artifício da tintura, assim como seu rosto, o da maquiagem. Seu temperamento correspondia à sua aparência: jovem e calorosa, ela não se apoiava em nenhum subterfúgio e pensava sempre no que dizia. O que não significava, no entanto, que dizia tudo o que pensava. Justine Philippot sabia por experiência que nem toda verdade deve ser dita e, em seu trabalho, algumas dessas verdades levavam muitos anos para vir à tona.

Ela recebeu Milo e os pais em seu consultório, uma sala banhada de sol e dividida em três espaços bem distintos: uma mesa imponente ocupava a parede do fundo enquanto a metade direita era decorada por um divã e uma poltrona, um de frente para o outro, separados por uma mesinha baixa sobre a qual estava uma caixa de lenços de papel prontos para serem usados. À esquerda, um simples tapete delimitava uma área de brincadeira para as crianças, onde caixas de brinquedos tinham sido colocadas à disposição dos pequenos pacientes.

— Estou ouvindo! — ataca ela de uma vez depois de ter convidado David e Laetitia a se sentarem nas duas poltronas que ficavam diante de sua mesa.

Laetitia resumiu a situação: a morte trágica de Maxime, as acusações delirantes da mãe dele, o confronto entre elas, sua reconciliação. Ela continuou falando sobre a reação de Milo, sua aparente falta de tristeza, o episódio com o Coelhico, o escândalo no enterro de Maxime, a compra de um novo bichinho, seu nome, sua queda.

Enquanto ela falava, o menino, que tinha naturalmente se aproximado das caixas cheias de brinquedos, logo se pôs a se divertir no tapete.

— O que Maxime representava para Milo? — perguntou a psiquiatra quando Laetitia terminou seu relato.

Foi David que respondeu:

— Ele era seu melhor amigo. Os dois tinham a mesma idade e praticamente cresceram juntos. Dá pra dizer que eram como irmãos.

— Existia uma rivalidade entre eles?

David e Laetitia negaram juntos com a cabeça.

— Eles se desentendiam de tempos em tempos, é claro, mas nunca me pareceu que tivessem uma rivalidade — acrescentou Laetitia.

— E vocês? O que sentiam por Maxime?

— Nós o amávamos bastante — respondeu Laetitia, como se fosse óbvio.

— Como um filho?

— Não... É claro que não... Eu diria mais como um sobrinho.

Justine Philippot continuou a fazer perguntas que eles respondiam, esboçando assim o quadro do que tinha sido sua existência antes da morte de Maxime. Eles olharam a fundo os sentimentos que tinham provocado neles as acusações de Tiphaine, assim como a intensa amizade que antes os ligava, similar à que os dois meninos dividiam.

— Se eu estou entendendo bem, Maxime era o irmão ideal para Milo: cada um deles tinha a própria casa e os próprios pais, de modo que não invadiam o espaço emocional do outro. Tinham a disponibilidade da brincadeira ideal: brincavam juntos todos os dias, mas, quando acabava, cada um voltava para sua casa com os pais. Nada de ciúme, nenhuma sensação de invasão, nada de competição.

David e Laetitia assentiram.

— Um pouco como um bicho de pelúcia com o qual a gente se diverte o quanto quer, mas que pode guardar numa gaveta quando ele se torna inconveniente — acrescentou Justine Philippot.

O paralelo lançou uma nova luz sobre o comportamento do menino para Laetitia, e ela não pôde deixar de sorrir.

— Pode ser que sim.

— Só que Maxime não é o bichinho de pelúcia do Milo — observou David.

— Não, mas claramente o bichinho do Milo tomou o lugar de Maxime.

— E... isso é bom? — perguntou Laetitia.

A psiquiatra se reservou alguns segundos de reflexão antes de responder.

— Não é preocupante. Pelo menos, não nesse estágio do processo de luto. Os amigos imaginários têm como função preencher um vazio, e o Milo preenche o que foi deixado pelo Maxime com o que está a seu alcance.

— Mas então por que ele jogou o bichinho pela janela?

— Porque vocês lhe pediram para renunciar à identidade do bichinho. Foi a maneira que ele encontrou de devolvê-la ao bichinho de pelúcia: fazê--lo ter o mesmo destino do seu amigo.

Laetitia estremeceu.

— Eu não deveria ter exigido que ele lhe desse outro nome?

— Para ser franca, não. Você não deveria. Mas está feito, e tudo bem. Seu filho tem fibra. Ele já provou isso.

Pensativa, Laetitia concordou com a cabeça, o rosto marcado pela culpa.

Erguendo-se em seu assento, David se inclinou na direção de Justine Philippot e perguntou em voz baixa:

— Por que ele nunca chorou a morte de Maxime?

Claramente, ele procurava não ser ouvido pelo garoto que, de sua parte, parecia brincar sem se preocupar com o que era dito a seu lado.

— Não se engane, senhor, seu filho definitivamente chorou a morte do amigo — respondeu a médica, sem baixar a voz. — Ainda que ele atribua outros motivos para o choro que traduz casualmente por diferentes comportamentos. Mas o que é importante que vocês entendam aqui é que o Milo reclamou, por meio de suas reações e de sua atitude, o direito à despreocupação. Ao continuar a viver como se nada tivesse acontecido, ele simplesmente lhes informou o projeto de dedicar seu tempo e sua energia à vida de criança. O que não significa que há uma negação da morte do amigo.

— Você acha que não precisamos nos preocupar com ele? — perguntou Laetitia.

— Eu não disse isso — retorquiu de pronto Justine Philippot. — Eu disse que o Milo estava fazendo seu trabalho de luto, ao contrário do que vocês possam acreditar. Foi por isso que me procuraram, não é?

David e Laetitia concordaram com a cabeça.

— Por outro lado — acrescentou a psiquiatra —, seria um erro achar que o Milo não precisa de apoio porque ele instintivamente implementou um processo de resiliência. É por isso que proponho, se vocês quiserem, é claro, uma terapiazinha para ajudar todos os três a atravessar esse período um tanto triste da vida.

— Você acha que é necessário? — perguntou Laetitia, mais preocupada que contrária à ideia de começar um trabalho terapêutico.

— O estreitamento do laço que liga vocês três aos seus vizinhos é semelhante a um laço familiar. É bem como me disseram: Maxime e Milo eram como dois irmãos. Vocês o amavam como um sobrinho... Logo, o fato de Maxime não estar mais na vida de seu filho está longe de ser insignificante. Se vocês, como adultos, depois da ruptura que ocorreu com seus amigos logo após a tragédia, conseguiram voltar a dar a eles o lugar que lhes é de direito, sabendo que eles não são, de fato, de sua família, talvez o mesmo não tenha acontecido com Milo. Na cabeça dele, e, principalmente, no coração, ele perdeu um irmão.

David e Laetitia trocaram um olhar.

— Não estou pedindo uma resposta imediata — prosseguiu Justine Philippot. — Voltem para casa, conversem e me digam.

A consulta chegou ao fim. David e Laetitia fizeram o pagamento e saíram da sala acompanhados de Milo.

Durante alguns minutos, eles andaram em silêncio, os dois repassando o que fora dito.

— Ela nem falou com ele — murmurou, de repente, Laetitia, apontando para Milo, que seguia na frente dos dois em direção ao carro.

— Sessenta euros! — resmungou David. — É uma terapia que vai nos sair caro.

— E ainda não vejo como isso vai realmente ajudar o Milo! — acrescentou Laetitia, dando de ombros.

Eles continuaram avançando, cada um perdido em seus pensamentos.

— Agora eu já posso chamar o meu bichinho de "Maxime"? — perguntou Milo, de repente, se virando para o pai com um olhar triunfante.

34

Naquele ano, o aniversário de Milo caía justo num sábado. David e Laetitia tinham organizado uma festinha para a qual tinham convidado um bando de crianças acompanhadas dos pais. A casa e, sobretudo, o jardim tinham sido invadidos. A primavera parecia ter se firmado de vez. Laetitia tinha preparado alguns doces como torta de frutas e de amêndoas e um enorme bolo de chocolate, que foram devorados em dois segundos. David, por sua vez, tinha organizado as atividades obrigatórias: uma dança das cadeiras da qual Milo foi (por acaso?) o vencedor, uma rodada de Imagem e Ação da qual os adultos participaram e uma caça ao tesouro que alegrou os menores. O clima era de festa; os gritos e as risadas corriam sem parar, vinham de todos os lados.

Ernest também estava lá. Enquanto crescia, Milo se apegava cada vez mais a ele, apreciando sua companhia e as histórias de bandidos que o velho homem gostava de lhe contar. Ernest não tinha nada do padrinho ideal que dedica todo seu tempo ao afilhado; na maior parte das vezes, ele era até desajeitado, impaciente, irritável ou descuidado. E, em um a cada dois anos, ele lhe dava presentes claramente duvidosos, como o do ano anterior, quando tinha comprado dois ingressos para levar o garoto para assistir a uma luta livre em Bercy. Laetitia, que não tinha gostado muito daquilo, proibiu Milo de assistir àquele "espetáculo obsceno e violento".

Apesar da distância evidente entre dois universos que pareciam não ter nenhum ponto em comum, Ernest nunca faltava a uma festinha de aniversário do menino. Ele não ficava muito tempo, fazendo uma entrada notável em meio aos espíritos livres de calças curtas que corriam para todo lado e ia embora discretamente assim que Milo apagava as velinhas.

Aquele ano não foi exceção à regra. Tiphaine e Sylvain, é claro, tinham sido convidados. Sem obrigação de ir, Laetitia tinha imediatamente especificado, temendo que a lembrança dos anos anteriores fosse dolorosa demais. Mas eles tinham prometido dar um pulo; por nada no mundo Tiphaine queria perder os sete anos de seu afilhado. A idade da razão. Uma etapa. Era, pelo menos, o que ela afirmara. Então Laetitia tinha esperado para levar o bolo enfeitado com sete velas, mas quando se deu conta de que já eram mais de quatro da tarde e que os vizinhos ainda não tinham dado as caras, decidiu tocar a campainha deles.

Ninguém foi abrir a porta, o que mal a surpreendeu. Ela confirmou suas suspeitas quando, depois de verificar, viu que o carro deles estava estacionado a dois passos da casa. Estavam lá, tinha certeza. Por uma razão que não foi difícil adivinhar, não tinham encontrado forças para se juntar à alegria geral.

Naquele dia, o maior ausente, mais do que qualquer outro, era Maxime.

E, além do mais, Milo estava fazendo sete anos.

Uma idade a que Maxime nunca chegaria.

Em um instante, Laetitia pensou com apreensão na data de aniversário do garotinho morto, em pouco menos de três meses.

Perplexa, decidiu não insistir e voltar para junto de seus convidados, o que ela fez sem mais delongas. Ernest tinha dado sinais de impaciência, querendo ir embora daquele lugar muito agitado para o seu gosto. Era hora de servir o bolo.

Na casa dos Geniot, a festa dos vizinhos ressoava até na cozinha, apesar da porta da varanda e das janelas fechadas. Gritos de crianças, gargalhadas e corridas ecoavam em um alvoroço alegre e levemente difuso, concorrendo com o silêncio pesado que reinava na casa. Em pé diante do balcão, Tiphaine se desesperava com sua atividade, culinária, é claro, misturando e mexendo diversos ingredientes, tentando obter uma massa homogênea. Quando a campainha da porta de entrada tocou, ficou paralisada no lugar e prendeu a respiração.

Era Laetitia, sem dúvida. Laetitia que ia atrás deles, com certeza, para servir o bolo.

Por um breve instante, ela hesitou, esteve a ponto de abrir a porta para lhe explicar, se desculpar, desistir. Aquele clima, aquelas risadas, aqueles sorrisos, aquelas cores, toda aquela alegria... eram demais. Acima de suas forças. A menos que ela passasse cada segundo combatendo a tristeza que a ameaçava, lutando, fazendo um esforço sobre-humano para abrir o menor sorriso e, a cada instante, se arriscar a explodir em soluços no meio da alegria geral, mais valia se esconder dos olhares e das perguntas. Da vergonha.

Longe da felicidade.

Tiphaine continuou paralisada no lugar, congelada, em frangalhos, temendo um novo toque da campainha.

Que não veio.

Depois de um ou dois minutos, ela percebeu um movimento logo atrás da porta de entrada e entendeu que Laetitia tinha voltado para a casa dela para festejar o sétimo ano de seu garotinho.

Lentamente, ela voltou a se movimentar, se agarrando à colher de pau como se fosse colapsar.

Na casa dos Brunelle, eles cantavam em coro. Milo soprou as velas, e todo mundo aplaudiu. A festa tinha sido das melhores.

Como de costume, alguns minutos depois do bolo e dos pedaços distribuídos, Ernest foi discretamente informar a Laetitia que estava indo embora.

— Mas já?! — provocou ela. — Acabamos de servir o bolo!

— Pode dar o meu pedaço para o Milo — sorriu o velho homem.

— De jeito nenhum! Ia atacar com certeza o fígado.

Depois, limpando as mãos num pano de prato, ela reservou um tempo para trocar algumas palavras com ele.

— E você está bem, Ernest?

— Não tenho do que me queixar.

— E sua perna?

— Ah! Já tem um tempo que nós dois fizemos um acordo: nos deixamos em paz. Para resumir, a gente não pega no pé um do outro!

Ele gargalhou. Laetitia sorriu francamente balançando a cabeça com um ar resignado: Ernest adorava jogos de palavras nem sempre muito sutis nos quais, às vezes, ela era o melhor público. Quando terminou de rir, no entanto, voltou a ficar sério.

— Não, o que está me incomodando nesse momento são as costas.

— Ah, é?

— Estou ficando velho. O que você quer...

— Não diga besteira.

— Não, não, sem brincadeira! Eu tenho que fazer sessões de fisioterapia e até nadar duas vezes por semana. Mas não posso exagerar com isso. As piscinas públicas não são a minha praia. Têm micróbios demais.

— Ah, mas elas melhoraram muito em questão de higiene...

— Eu estava falando das crianças.

Dessa vez, foi Laetitia que começou a rir. Depois, ela tomou o braço dele e o acompanhou até a porta de entrada.

— Vem jantar aqui em casa uma noite dessas?

— Não vou recusar. Lentilha com carne de porco?

— É isso que você quer?

Ele concordou com a cabeça, demonstrando claramente a gula.

— Lentilha com carne de porco confirmada — aprovou Laetitia.

Os dois se abraçaram calorosamente e, alguns instantes depois, ela fechou a porta.

35

Os últimos convidados foram embora por volta das sete da noite, e David ainda precisou de uma boa meia hora para arrumar tudo enquanto Laetitia cuidava de Milo. Foi então que ele tirou o lixo.

Uma aglomeração no fim da rua chamou imediatamente sua atenção, sobretudo porque estavam estacionadas por perto uma ambulância e uma viatura policial. Intrigado com tanta comoção em um bairro tranquilo onde, dava para dizer, nunca acontecia nada de mais, David se aproximou. As primeiras filas de curiosos e de espectadores o impediram de descobrir a causa da agitação.

— O que está acontecendo? — perguntou ele ao vizinho que estava mais perto.

— Um homem teve um ataque do coração. Só sei isso.

David esticou o pescoço para tentar enxergar, mas só conseguiu distinguir um pedaço de uma maca com alguém deitado. Ele estava pronto para voltar para casa quando um grupo de três pessoas deixou a multidão, liberando, assim, uma passagem até o centro da tragédia. Sem se dar conta, David se aproximou.

Um corpo, de fato, estava estendido na maca, já coberto com um lençol branco que não deixava nenhuma dúvida sobre o estado da pessoa: alguém tinha claramente falecido. Dois socorristas estavam a ponto de embarcar, cada um em uma ponta da maca.

Então eles a ergueram.

O movimento desequilibrou muito ligeiramente o corpo, e um braço escapou do lençol. O movimento das luzes azuladas dos giroscópios, que se refletiam sobre os carros, as fachadas das casas, os rostos dos espectadores, davam à cena um clima de opressão dramática.

Até então mais ou menos indiferente à cena que se desenrolava diante de si, os olhos de David foram atraídos como um ímã para o braço que balançava ao ritmo dos passos dos socorristas.

— Espera! — gritou ele, abrindo passagem até a maca.

E, sem que tivesse autorização, ele segurou o pulso inerte e observou o relógio que o enfeitava.

Sua respiração ficou acelerada.

Ele voltou para os enfermeiros um olhar assustado e atormentado, as sobrancelhas franzidas, a garganta seca, revelando sua consternação e sua incredulidade.

— Eu acho que conheço este homem. Me deixem ver o rosto dele — mandou com uma voz fraca.

Os dois homens não se opuseram e, com a boca seca, David estendeu a mão para o lençol na altura da cabeça. O suspense durou pouco: ele puxou uma parte do tecido e se deparou com o rosto de Ernest, congelado em uma expressão de dor intensa, os traços marcados e a pele amarelada.

36

Entre pânico, tristeza e incompreensão, David sentiu imediatamente uma incoerência clara em todas as informações que conseguira coletar enquanto o corpo de Ernest era levado. Os sintomas, o horário em que os fatos tinham se desenrolado, nada correspondia ao que a lógica imaginaria.

Um vizinho, que voltava para casa depois de passear com seu cachorro, tinha cruzado com um senhor na rua pouco antes das sete da noite. Ele não parecia bem, ou pelo menos seu caminhar titubeante revelava um problema que o vizinho atribuíra ao consumo abusivo de álcool.

— Ele estava andando como um bêbado — explicou ele a quem quisesse ouvir. — Cambaleava, dava para ver que não estava mais aguentando ficar de pé. E então se apoiou no muro e começou a vomitar. Como um bebum, entende? Eu não quis me envolver e tomei meu rumo.

Dez minutos depois, outros vizinhos que moravam mais à frente em uma rua próxima voltavam para casa de carro. O pai, o sr. Mansion, estacionara perto do lugar onde estava Ernest. Ele estava ajoelhado no chão, dobrado sobre si mesmo com a mão no peito e uma expressão de dor intensa. Depois de sair do carro, o sr. Mansion tinha se precipitado em direção a ele, perguntando se precisava de ajuda, enquanto sua esposa, alertada pela atitude do senhor, pedia ajuda pelo celular.

A ambulância tinha chegado no local alguns minutos mais tarde. Os socorristas logo viram que se tratava de um ataque cardíaco e tentaram salvar Ernest. Não adiantou. O velho morreu pouco depois, exatamente às 19h36.

Arrasado pela tristeza, David tinha armazenado as informações sem dizer nada.

— Você conhece este senhor? — um dos policiais enviados para o local tinha perguntado.

David assentira com a cabeça, atônito.

— Era o padrinho do meu filho...

— Você pode nos acompanhar para a identificação?

— Eu preciso primeiro avisar a minha esposa.

Outro policial tinha se juntado a eles e sussurrado algumas palavras na orelha do primeiro. Este fez um sinal de concordância.

— Vou anotar os seus dados e pedir que você compareça amanhã cedo à delegacia para dar o seu depoimento.

David tinha lhe dado todas as informações de que precisava e depois perguntou sobre o hospital para onde tinham levado Ernest. A ambulância já tinha ido embora, e não havia mais nada a ser feito. Nem a ser visto. Os espectadores já se dispersavam pela rua, sozinhos ou em pequenos grupos, comentando o ocorrido que tinham acabado de testemunhar.

Completamente abatido, David voltava para casa.

Percorrendo os poucos metros que o separavam de sua casa, teve que encarar milhares de pensamentos e perguntas. Como contar aquela notícia dramática a Laetitia? Era preciso contar também para Milo, que, ao que parecia, mal se recuperava da morte de Maxime? Como o garoto ia receber esse novo falecimento em seu círculo próximo? David teve que reunir em si forças sobre-humanas para tentar recobrar a calma. Ele precisava tomar uma decisão imediatamente, já que tinha ficado fora por bem mais tempo do que o necessário para tirar o lixo: Laetitia ia se perguntar — e perguntar a ele — o porquê. Estava certo pelo menos de uma coisa: ia esconder de Milo, pelo menos naquela noite, a morte de Ernest. Deixar o menino se lembrar de um aniversário sem máculas.

Quando ele já estava a poucos metros da casa, viu Laetitia sair, claramente em busca dele.

— O que você está fazendo? — perguntou ela, mais intrigada do que preocupada.

— Está tudo bem — declarou ele, tentando manter uma expressão neutra.

— O que aconteceu lá embaixo? — perguntou Laetitia, avistando ao longe a aglomeração e o giroflex da viatura de polícia.

— Nada... Um pobre coitado que bebeu demais. Vem, vamos entrar.

David decidiu esperar que Milo estivesse na cama para dar a notícia à esposa. A hora seguinte, durante a qual ele teve que fazer os gestos cotidianos como se nada tivesse acontecido, pareceu interminável.

Depois do choque inicial, Laetitia logo abordou a incoerência que lhe parecia a mais inexplicável.

— Eu não entendo — soluçou ela, direcionando o olhar devastado para David. — Se ele saiu daqui quatro e meia da tarde, como é que só o acharam às sete da noite no fim da rua? O que ele fez durante essas duas horas e meia?

— Eu não sei — murmurou David.

— Aconteceu alguma coisa com ele nesse meio-tempo. Não é possível...

David balançou a cabeça para dizer que não sabia.

— Tenho que ir amanhã cedo à delegacia para prestar depoimento... Com certeza vamos saber mais.

Eles passaram uma noite bastante triste. Mesmo remoendo o problema, nenhum deles foi capaz de encontrar uma explicação plausível para esse "buraco" na linha do tempo de Ernest.

Com o coração apertado, Laetitia voltou a pensar nos últimos instantes que passara com o velho...

— Isso não faz sentido! — exclamou ela, subitamente.

— Eu sei...

— Não é isso que eu quero dizer... Ele morreu de ataque cardíaco, não é?

— Foi o que os socorristas disseram.

Laetitia pareceu, de repente, muito perturbada.

— Quando eu o levei até a porta, mais cedo, ele me falou que estava com dor nas costas.

— E daí?

— Quando a gente tem a idade do Ernest e morre de ataque cardíaco, é porque o coração não está bom, não é?

— Sem dúvida...

— É possível ter um ataque fatal sem ter sinais antes?

— Aonde você quer chegar?

Laetitia ficou impaciente.

— Se o Ernest tivesse tido problemas do coração, ele teria me falado, você não acha? Em vez disso, ele só mencionou o problema de coluna.

— O que você está tentando me dizer?

— Para você, nada. Eu só estava pensando que talvez o Ernest não tivesse o coração tão fraco.

David suspirou. Ele não gostava do rumo que a conversa estava tomando.

— Você fala, amanhã, para os policiais? — insistiu Laetitia.

— Falar o quê?

— Que, até onde a gente sabia, o Ernest não tinha problema de coração. E que tem uma lacuna de duas horas e meia no dia dele.

Perdido em considerações dolorosas, David ficou em silêncio por uns bons segundos. Quanto mais pensava, mais tinha que se conformar com o fato de que as circunstâncias da morte de Ernest eram ambíguas. Em que história sórdida seu velho amigo tinha se enfiado? Ainda que ele estivesse aposentado havia mais ou menos cinco anos, David sabia que Ernest não andava com santos.

Ele pensou também que seu próprio status de ex-condenado viciado não trabalharia a seu favor e não tinha certeza se queria voltar a se meter naquele tipo de negócio.

— David! — interpelou Laetitia interrompendo o curso de suas reflexões. — Você vai falar para eles?

Ele ficou tentado por um instante a dividir seus pensamentos com ela... No entanto, absteve-se.

— Se você quiser... — cedeu ele, suspirando.

37

David entendeu muito rápido que, aos olhos dos policiais, a morte de Ernest não tinha, a princípio, nada de suspeito. Nenhuma marca de agressão tinha sido descoberta em seu corpo, e o médico legista tinha confirmado a hipótese de ataque cardíaco. Aos 65 anos, isso não era incomum. Conhecendo o meio judiciário por ter se envolvido com ele do jeito errado, David ficou com o pé atrás ao longo de toda a conversa. Ele se contentou em responder às perguntas que lhe faziam e que diziam respeito à sua relação com a vítima, a razão da presença de Ernest em um bairro tão distante de sua casa e, o que tinha feito nas horas anteriores à sua morte.

David afirmou claramente que Ernest tinha ido embora da festa de aniversário por volta das quatro e meia da tarde.

Ele se exprimia por monossílabos e acompanhava quase sempre suas respostas com um movimento de cabeça. O clima falsamente calmo da delegacia o deixava desconfortável, e David não podia deixar de se lembrar da época em que sua consciência não era tão tranquila quanto naquele dia. Apesar de tudo, adotou uma atitude confiante, sem duvidar de suas informações nem reações. Ao contrário da época de sua juventude miserável, não tinha nada de que se envergonhar.

— Obrigado, isso é tudo — declarou depois de um tempo o policial que tomou seu depoimento.

David não reagiu; lembrava-se de os interrogatórios serem muito mais longos e muito menos gentis.

Surpreso pela falta de reação da testemunha, o policial ergueu a cabeça.

— Isso é tudo — repetiu ele, voltando um olhar enfático.

— Vocês... vocês não vão investigar?

— Não sou eu quem decide — o agente se contentou em responder, com claro desembaraço.

Em um breve instante, David sentiu um alívio instintivo: seu passado doloroso o lembrava de que, quanto menos contato ele tivesse com a polícia, melhor. Ele balançou mais uma vez a cabeça e se preparou para sair, feliz de poder ir embora daquele lugar que o deixava nervoso. Depois se lembrou das dúvidas de Laetitia e da promessa que lhe tinha feito de insistir na natureza de suas suspeitas. Sem conseguir dissimular sua contrariedade, voltou a atenção para o agente que, atrás da mesa, continuava a observá-lo com certa exasperação. David o encarou e leu em seu olhar toda a antipatia que o homem lhe direcionava. Aquela hostilidade o dominou, e ele logo sentiu uma opressão tão desagradável quanto familiar.

Dessa vez, a necessidade de sair foi urgente.

Era mesmo preciso insistir? No fim das contas, a polícia, em geral, fazia bem seu trabalho; ele tinha experiência para saber, tinha sofrido muitas vezes a consequência disso. O sorriso irônico de Ernest voltou à sua memória e, num instante, ele sentiu com mais amargura a falta dele. O que tinha acontecido? Laetitia tinha razão em acreditar em uma morte suspeita? David pensou que tinha dado aos policiais todas as informações de que precisavam para chegar às mesmas conclusões que sua esposa. O que mais ele podia fazer? Sem contar que, com uma reticência natural, ele tinha guardado de seus anos de delinquência um gosto pela discrição: quanto menos se fizesse notar, menos problemas tinha. Além do mais, era um dos conselhos que Ernest havia lhe dado quando ele saíra da prisão.

— Você ainda quer alguma coisa? — perguntou o agente com um tom de quem quer botar um ponto-final na conversa e procura passar a mensagem.

Pego de surpresa, David se voltou para seu interlocutor e ficou aflito. Não, ele não desejava mais nada. Tudo o que queria era sair de lá e voltar para casa.

Ele balançou a cabeça e se levantou. Depois, sem mais, se dirigiu para a saída.

38

A morte de Ernest lançou um novo véu sombrio sobre a existência de David e Laetitia. Como uma maldição. Duas mortes próximas em menos de três meses os deixavam apreensivos em relação a um destino no qual eles não mais se reconheciam. O halo de mistério que envolvia o modo como o velho tinha morrido tornava sua ansiedade ainda maior.

Era preciso contar a notícia para Milo, o que eles fizeram inscrevendo o acontecimento em um contexto natural: as pessoas de idade acabam morrendo, é a ordem das coisas.

Isso não bastou para consolar a criança.

Ao contrário da morte de Maxime, a de Ernest provocou lágrimas abundantes no garotinho. Laetitia ficou quase aliviada, preferindo ver o filho exprimir sua tristeza em vez de guardá-la para si. A lembrança de sua indiferença por ocasião da morte de Maxime gelou seu sangue. Isso não impediu Milo de se acabrunhar ao longo dos dias. Além da falta de interesse nas aulas, da ausência de entusiasmo no pátio do recreio e de uma expressão cada vez mais entristecida, o garotinho logo perdeu o apetite.

David e Laetitia que, num primeiro momento, não tinham dado seguimento à proposta de terapia de Justine Philippot, reconsideraram a decisão, especialmente já que eles próprios começaram a ficar sem recursos para enfrentar o futuro com tranquilidade. Laetitia dormia mal, suas noites eram povoadas de sonhos preocupantes que não paravam de assombrá-la, de imagens absurdas cujo sentido ela tentava acessar quando, de manhã cedo, o sono a abandonava de vez. Em vão. Os dias passavam, e ela se deu conta de que toda a sua visão de mundo tinha se corrompido depois das duas tragédias. Tinha ficado temerosa, estava o tempo todo alerta, sentia um calafrio de angústia sempre que o telefone tocava, convencida de que uma nova catástrofe recairia sobre ela, e se sobressaltava ao menor barulho incomum, fosse em casa, no escritório ou na rua.

Mas foi sobretudo para Milo que ela voltou uma vigilância primeiro invasiva, depois incômoda e, no fim, inoportuna. Sempre em seu encalço, ela não lhe dava nem um minuto de trégua, vigiando seu jeito e seus gestos, advertindo-o contra tudo e qualquer coisa, aterrorizada com a ideia de que pudesse lhe acontecer alguma coisa.

Se David sentia praticamente a mesma coisa, ele exprimia de maneira diferente. Mais interior. E mais agressiva. As defesas instintivas que ele tinha forjado para si quando era criança voltaram a dominar suas reações, assim como as reminiscências de uma época em que cada dia era um combate. Além disso, as suspeitas que ele alimentava sobre o modo como Ernest tinha morrido o deixavam desconfiado. O fato de que tudo aquilo tivesse se desenrolado a apenas alguns metros de sua casa não lhe agradava nada. Ele podia imaginar de tudo, sobretudo o pior. O passado, às vezes, tem uma tendência deplorável de estar presente demais.

Pouco a pouco, os velhos demônios voltaram a assombrá-lo.

Na linha de frente daquela melancolia ambiente estava: Milo, verdadeira esponja de emoções nefastas que devoravam seus pais. Em um primeiro momento, o menino se opôs ferozmente à mãe. A pressão constante que ela fazia pesar sobre ele o deixava avesso a qualquer disciplina. Ele dizia "não" para tudo, ficava insolente e reclamava sem parar. Já David inspirava em Milo uma apreensão taciturna: se Laetitia não lidava bem quando estava sozinha com ele, o menino ficava reticente assim que o pai chegava, mas sem alegria nem cumplicidade.

Eles marcaram então outra consulta com Justine Philippot.

— Se eu entendi bem, da primeira vez, vocês vieram me ver porque achavam que seu filho não expressava sua tristeza o suficiente. Já agora é porque ele a está expressando demais que vocês estão preocupados.

David e Laetitia trocaram um olhar confuso.

— Eu gostaria, nesta sessão, de conversar sozinha com Milo — acrescentou a psiquiatra. — Vocês podem aguardar na sala de espera.

Eles assentiram, se levantaram e saíram da sala.

— Estou com a sensação de ter sido uma má aluna que foi expulsa da sala de aula porque não fiz minhas lições direito — suspirou Laetitia, acomodando-se em uma poltrona da pequena sala de espera.

— É um pouco isso — gemeu David. Ao ver o ar intrigado da esposa, ele acrescentou: — Se a gente tivesse feito direito nosso trabalho como pais, não estaria aqui.

Essa reflexão fez Laetitia entender que ele encarava as sessões como uma derrota. Ficou tentada a refutar o ponto de vista dele, de amenizar a amargura de um insucesso que cheirava a impotência... Mas ela se calou. De que adiantava?

A hora que se seguiu foi monótona e silenciosa. Por fim, a porta se abriu: acenando com a cabeça, Justine Philippot fez sinal para que se juntassem a ela. Milo tinha se acomodado na poltrona que antes sua mãe ocupava e, apoiando-se na mesa, desenhava com dedicação. Colocando mais uma cadeira junto às que já estavam lá, a profissional de saúde convidou os pais a se sentarem ao lado do filho. Assim que isso aconteceu, ela começou a falar.

— Vocês podem me contar exatamente como Ernest morreu?

Se Justine Philippot tinha formulado sua reivindicação em forma de pergunta, estava claro que ela esperava esclarecimentos condizentes com a mais pura verdade. David e Laetitia trocaram um novo olhar, dessa vez preocupado, que a psiquiatra não deixou de perceber.

David contou o modo como as coisas aconteceram no dia do aniversário de Milo: sua presença na festinha, sua partida por volta das quatro e meia da tarde, seu corpo encontrado duas horas e meia depois no fim da rua.

— Do que ele morreu?

— Ataque cardíaco — respondeu Laetitia, de pronto.

— Vocês se sentem responsáveis pela morte do seu amigo?

— De jeito nenhum! — exclamaram os pais juntos.

A psiquiatra se voltou para o garotinho.

— E aí, Milo, isso responde as suas perguntas?

O menino, que durante o breve relato do pai não tinha parado de desenhar, ergueu enfim os olhos da folha. Ele observou Justine Philippot por um instante; depois negou furtivamente com a cabeça.

— Você quer fazer mais alguma pergunta para os seus pais?

O garotinho refletiu alguns segundos antes de perguntar:

— O que é um ataque cardíaco?

Ao entender que a sessão tinha se concentrado naquilo que David e ela tentavam esconder de Milo, Laetitia logo respondeu:

— Às vezes, quando ficamos velhos ou se não estamos bem de saúde, o coração pode parar de bater de repente. É o que a gente chama de ter um ataque cardíaco.

Ela esperou uma reação, quem sabe até outra pergunta; depois, como o menino continuava em silêncio, continuou:

— Milo... Você acha que o papai e eu não explicamos bem o que aconteceu com o Ernest?

Com o olhar baixo como se ele se recusasse a confrontar o da mãe, a criança se contentou em dar de ombros.

— Milo, olha para mim — insistiu ela docemente.

Como única resposta, ele voltou sua atenção para o desenho e, com um gesto decidido, fez quatro traços em forma de X. Depois, estendeu a folha para a psiquiatra. Esta a apanhou e a esmiuçou com atenção. Em seguida, sem dizer uma palavra, ela a pousou diante de David e Laetitia.

O desenho mostrava cinco personagens lado a lado. O primeiro era um garotinho, sem dúvida Maxime, que podia ser reconhecido por seus óculos redondos de armação azul. O segundo era Ernest, identificado pela barba grisalha e os cabelos bagunçados. No meio do desenho, estava David e, bem a seu lado, aparecia Laetitia. Por fim, espremido no canto da folha, outro menininho, claramente Milo, parecia se desculpar por ocupar o pouco de espaço que lhe sobrara.

Dois grandes traços formando um X riscavam as figuras de Maxime e de Ernest.

39

Foi NAQUELA NOITE, quando voltaram da penosa sessão com a psiquiatra infantil, que o primeiro acidente envolvendo Milo aconteceu. Laetitia estava no segundo andar e tirava a roupa do menino para que ele tomasse seu banho, quando a campainha tocou. David foi abrir e se deparou com Tiphaine segurando em uma das mãos um vaso com belas flores vermelhas em forma de sinetas e na outra um presente embrulhado.

— Quanta coisa! — declarou ele, logo depois de cumprimentar a amiga.

— O primeiro, aqui está, é o presente de aniversário do Milo. A gente sente muito mesmo por não ter dado um pulo... Era demais para a gente.

— Eu entendo... — assentiu David, apanhando o presente.

— E isto é para Laetitia — continuou Tiphaine, entregando a planta para David. — É dedaleira, uma planta perene que ela pode replantar no jardim ou deixar no vaso na varanda, como ela quiser... Estamos nos desfazendo no trabalho e não tenho mais espaço no meu jardim. É bonita e floresce o verão inteiro.

— Obrigado...

— E tenho uma proposta indecente para fazer para vocês: fiz um monte de cuscuz marroquino. Tem o bastante para dez. O que vocês acham de vir comer conosco?

Surpreso, David teve o reflexo de se virar, buscando com os olhos o assentimento de Laetitia, mas ela estava no segundo andar.

— A gente gostaria — acrescentou Tiphaine.

— Tudo bem... Assim que o Milo tomar banho, a gente vai para a casa de vocês.

Tiphaine abriu um sorriso de reconhecimento. Ela se preparava para voltar para casa quando David lhe devolveu o embrulho de presente.

— Toma. Você mesma vai entregar para ele.

— Tudo bem.

Cheirando a sabão e xampu, foi um Milo limpo e arrumadinho de pijama do Super-Homem que recebeu das mãos da madrinha um incrível autorama. Presente que logo suscitou a cobiça de Sylvain e David, que se prontificaram a ajudar o garoto a montá-lo.

— Talvez não valha a pena desembrulhar tudo esta noite — interveio Laetitia. — Se você quiser brincar com ele amanhã de manhã, é melhor esperar chegar em casa...

— Ele pode dormir aqui se quiser — sugeriu Tiphaine. — Assim dá para brincar com o autorama enquanto a gente bebe alguma coisa e amanhã cedo, quando ele acordar, vai ter tempo de sobra para aproveitar.

Milo recebeu a proposta da Tiatiphaine com entusiasmo.

— Siiim! Por favor, mamãe, posso dormir aqui?

David e Laetitia trocaram olhares se questionando. O mal-estar de Laetitia em relação a Tiphaine persistia, mesmo que ela sentisse certa culpa ao experimentar uma impressão daquelas.

— Onde é que... ele vai dormir? — perguntou ela, já temendo a resposta.

— No quarto de hóspedes — respondeu Tiphaine, como se fosse óbvio.

— Quarto de hóspedes?

— Nós transformamos o quarto do Maxime em quarto de hóspedes — explicou ela, com simplicidade. Faltam só os hóspedes.

Sylvain bagunçou o cabelo bem penteado do garotinho.

— E o nosso grande Milo pode ser um hóspede, não é mesmo?

— Ele é bem mais do que isso — acrescentou Tiphaine, à meia-voz.

Um silêncio constrangedor recebeu a ideia de imaginar Milo dormindo naquele que tinha sido o quarto de Maxime. Ao pensar nisso, Laetitia reprimiu um calafrio gelado, e seu coração começou a bater mais rápido. Ela estava prestes a negar quando Milo insistiu fervorosamente.

— Estou implorando, mamãe! Posso dormir aqui?

A insistência do filho a perturbou, fazendo-a abandonar o pouco de determinação que ainda tinha. Confusa e indecisa, ela se virou para Tiphaine e Sylvain com a impressão de tentar ganhar tempo.

— Vocês têm certeza?

— Já expliquei o que achamos — assegurou Tiphaine, com uma ponta de irritação na voz.

A situação ficara ridícula: tantas hesitações para o que antes era evidente começavam a criar um verdadeiro mal-estar. David colocou um fim nas procrastinações desajeitadas de Laetitia.

— É claro que você pode dormir aqui, rapazinho! — exclamou ele, dirigindo-se a Milo.

O garotinho exprimiu ruidosamente sua alegria e, sem perder mais tempo, começou a abrir a caixa de seu autorama. O assunto estava encerrado. Já Laetitia estampou um sorriso que pretendia estar de acordo com a decisão geral.

Tiphaine e Sylvain pareciam relaxados. Pelo menos estava claro que eles tinham adotado uma atitude descontraída, tentando, na medida do possível, dar àquela noite uma certa amenidade. Leveza que, no entanto, foi comprometida quando David e Laetitia lhes contaram sobre a morte de Ernest.

Os Geniot não esconderam seu espanto. Eles perguntaram como a tragédia tinha acontecido, comentaram as informações que receberam, questionaram os horários de Ernest como os Brunelle tinham feito antes deles. Depois, ficaram preocupados com o estado de espírito dos amigos e com o modo como Milo tinha recebido a notícia.

— A gente não pode dizer que está nadando em alegria nesse momento — reconheceu Laetitia, baixando a voz para que o garoto não ouvisse. — Digamos que está um pouco...

Ela interrompeu a frase, consciente do caráter singular de suas reclamações: se lamentar de um período sombrio para pais que tinham acabado de perder o único filho era no mínimo impróprio. De repente, envergonhada de sua própria dor, ela ergueu para Tiphaine e Sylvain um olhar confuso para descobrir no deles uma força que a paralisou. Como se, apesar dela, seus papéis tivessem de repente sido invertidos.

Seu transtorno aumentou ainda mais quando Tiphaine estendeu para ela uma amigável mão em sinal de conforto. Um gesto que evidentemente significava "não se preocupe, eu estou aqui. Eu sei o que é sofrer. Eu já passei por isso". Mas lhe parecia que o período de luto estava longe de chegar ao fim, assim como o sofrimento de uma perda tão grande não tivesse, não PUDESSE ter tido tempo de ser mitigado...

— Como é que você faz? — murmurou ela, em um imenso esforço para segurar as lágrimas.

David logo se juntou a ela e a abraçou com comedimento. Mas o que no início era um sinal de apoio foi recebido como uma chamada à ordem e, em um instante, cada um parecia se desculpar: os Brunelle de não estarem muito bem, os Geniot de não estarem muito mal. Foi Milo que, com um tom autoritário, colocou fim àquela situação complicada. Ele pediu a atenção dos adultos e exigiu poder brincar com seu presente. Cada um recebeu a intromissão do menino com alívio, e o tempo, que parecia ter parado, voltou a passar em um ritmo regular.

Enquanto os homens se debruçavam sobre o manual de instruções do autorama, as mulheres preparavam as bebidas e os tira-gostos. Na cozinha, elas falavam de assuntos casuais, Tiphaine contava para Laetitia sobre as tensões que persistiam entre duas de suas colegas e cuja rivalidade ela não suportava mais. Laetitia escutou, distraída, se dando conta depois de um tempo que, inconscientemente, ainda procurava um pretexto para levar Milo embora naquela noite mesmo.

Exasperada com seus próprios temores, ela tentou afastar aquela obsessão ridícula e fez um esforço para relaxar.

— Eu comprei nachos especialmente para o Milo — declarou Tiphaine de repente, apontando para o balcão onde havia uma tigela na qual ela já tinha servido uma porção. — Eu sei que ele adora.

— Que gentileza...

Mas o comentário de Tiphaine espantou Laetitia. Ela não tinha dito para David que tinha feito cuscuz demais, e por isso ela os tinha chamado para jantar com eles? Claramente, aquele convite não tinha sido tão improvisado quanto ela queria que acreditassem.

De volta à sala, cada uma com uma bandeja com copos, garrafas e tigelas cheias de coisinhas para beliscar, elas colocaram tudo na mesinha e serviram as bebidas. A montagem do autorama ia bem, a não ser por Milo, que girava em torno dos dois homens como uma alma penada, exibindo sua ociosidade. Já David e Sylvain pareciam se divertir muito.

— Vocês não poderiam incluí-lo? — observou Tiphaine, não sem repreendê-los.

— Parecem duas crianças — acrescentou Laetitia, bufando.

— Milo, vai buscar os meus óculos na cozinha. Eles devem estar em cima do balcão — pediu Sylvain.

Feliz por ter recebido uma missão, o garotinho saiu correndo da sala.

— Mas o que foi? — defendeu-se Sylvain em resposta ao olhar acusador de Tiphaine. — Estou incluindo o menino!

— Vocês vêm brindar? — sugeriu Laetitia, estendendo uma taça para cada um.

David e Sylvain abandonaram o autorama para se juntar a elas na mesinha. Por costume, eles levantaram as taças, mas nenhum brinde foi feito. Era a primeira vez que os quatro se viam juntos em um momento de descontração desde a morte de Maxime, ainda mais na casa de Tiphaine e Sylvain. Será que cada um deles pensava nisso enquanto bebericava sua taça em golinhos silenciosos?

A volta de Milo perturbou aquele momento ao mesmo tempo inofensivo e marcado por um incômodo difuso. Ele estendeu um par de óculos para Sylvain, que os apanhou e agradeceu ao garotinho.

— Você quer alguma coisa para beber, Milo? — perguntou Tiphaine.

O menino negou com a cabeça.

— Toma, olha só, eu comprei nachos — acrescentou ela, pegando a tigela, que estendeu para o menino. — Só para você!

— Nachos! — exclamou David, fingindo querer comê-los.

Enquanto ele avançava a mão para pegar um monte, Tiphaine o interceptou com um tapinha ruidoso.

— Tira a mão!

Milo começou a rir.

— Vamos lá, pode se servir, rapazinho — declarou ela em seguida, apontando os nachos.

O menino pegou um punhado e voltou para junto do autorama. Os quatro adultos continuavam com suas bebidas, tratando disso e daquilo, temas de conversas que, se não tinham nada de empolgante, tinham pelo menos a vantagem de evitar qualquer tipo de constrangimento. Na realidade, o exercício era dos mais complicados. Enquanto Sylvain evocava os altos e baixos do mercado imobiliário, que Laetitia o escutava analisar com um falso interesse e um tédio certeiro, ela percebeu que Maxime tinha levado consigo o principal interesse comum aos quatro.

Aquela ideia a perturbou, mas ela pensou então que a amizade deles remontava a uma época em que não tinham filhos... Do que eles falavam então? E, mais, quando Maxime estava entre eles, falava-se apenas de crianças? É claro que não. Mas e naquela época? Laetitia entendeu que, antes, havia entre eles uma cumplicidade incontestável que hoje lhes faltava. Essa constatação a entristeceu, mais ainda que seus próprios arrependimentos, e Laetitia se deu conta de que a tragédia que havia atingido seus amigos tinha aberto um abismo irreparável entre eles. Um vazio que nunca mais seria preenchido.

A infelicidade é um fardo que, ao contrário da alegria, não se divide.

Uma queixa dolorosa interrompeu suas divagações, trazendo-a brutalmente de volta para a sala de Tiphaine e Sylvain. David falava agora da proteção das espécies ameaçadas sem que ela entendesse como tinham passado das flutuações dos investimentos imobiliários para a vida animal.

— Milo? Você está bem?

Fora Tiphaine quem fizera a pergunta, e seu tom alarmista apavorou Laetitia na hora. Voltando o rosto para o filho, ela o viu dobrado sobre si mesmo, com a mão na barriga.

— Milo!

Correndo, ela foi até o menino e o abraçou determinadamente. Ele se contraiu em um espasmo que exprimiu todo o seu sofrimento enquanto erguia para a mãe um rosto lívido e coberto de suor. Horrorizada, Laetitia quis abraçá-lo, mas, quando ela voltou a passar os braços ao redor dele, o menino enrijeceu, tomado por convulsões.

— O que ele tem? — berrou ela se entregando ao pânico. — Façam alguma coisa! Mas que droga!

Tiphaine estava de pé no meio do cômodo, paralisada com a cena que se desenrolava diante de seus olhos. David, que tinha se juntado a eles, parecia não entender nada do que acontecia, assim como Sylvain. De repente, Tiphaine saiu da sala correndo e foi para a cozinha. Sua ausência durou apenas poucos segundos. No instante seguinte, ela se precipitou em direção a Laetitia, arrancou o menino de seus braços e enfiou um dedo na boca dele, forçando-o assim a vomitar.

— Chame uma ambulância, rápido! — vociferou ela para Sylvain.

Este, totalmente pasmo, pareceu sair de seu torpor. Ele se lançou para o telefone e ligou para o número da emergência.

Nos braços de Tiphaine, Milo botava as tripas para fora.

40

Na ala da emergência, David e Laetitia esperavam o diagnóstico angustiados. Assim que chegaram ao hospital, Milo fora levado para uma sala em que eles não podiam entrar. Abandonados de uma vez por todas à agitação que os tinha acompanhado até lá, o desconhecimento sobre o destino do filho, assim como o insuportável sentimento de impotência, sofriam mil tormentos. Laetitia continuava prostrada em sua cadeira, David não parava de zanzar no corredor.

A ambulância tinha chegado apenas cinco minutos depois da ligação de Sylvain, e os socorristas tinham enfiado na hora uma sonda gástrica na boca do garoto antes de entrar na ambulância. David e Laetitia tinham se embrenhado imediatamente atrás dele no veículo que tinha dado a partida em alta velocidade. No caminho que os levava ao hospital, com todas as sirenes tocando, o menino não tinha parado de gemer, com os olhos virados e o corpo sacudido por espasmos.

Apavorada, Laetitia acreditara que estava perdendo seu filho.

Agora que não havia outra coisa a fazer a não ser esperar, ela repassava o filme da noite para tentar entender o que tinha acontecido: o que Milo tinha ingerido para passar tão mal? Além dos nachos que Tiphaine preparara especialmente para ele, Laetitia não se lembrava de ele ter comido qualquer coisa que pudesse ser perigosa, nem mesmo suspeita. Mas um detalhe a atormentava: assim que os socorristas entraram na casa, tinha sido Tiphaine quem insistira para que fosse feita uma lavagem estomacal. Um dos socorristas tinha então conversado rapidamente com ela antes de pedir a introdução da sonda gástrica por via oral.

Claramente, Tiphaine sabia de algo que ela mesma desconhecia.

Laetitia cerrou a mandíbula: a desconfiança que ela alimentava em relação à vizinha aumentou.

Foi por isso que, ao vê-la surgir na companhia de Sylvain no fim do corredor e se dirigir em direção a eles com passos rápidos — tinham seguido a ambulância com seu próprio carro —, ela saltou do assento e correu para encontrá-los.

— O que foi que ele comeu? — gritou ela com Tiphaine antes mesmo de ter chegado perto deles, fazendo o eco de sua voz ressoar nas paredes do corredor. — O que foi que você fez com ele?

— Me deixa explicar, Laetitia — se defendeu ela, agitando as mãos diante de si, em sinal de apaziguamento. — Foi um acidente. Um acidente terrível e lamentável.

Ao ouvir aquelas palavras, David foi atrás da esposa e, alguns segundos depois, os dois casais estavam frente a frente. Tiphaine tentou dar uma explicação.

— Você se lembra de quando Sylvain pediu para Milo buscar os óculos dele no balcão da cozinha... Ele deve ter mexido nas infusões e nos cataplasmas que eu faço à base de plantas, algumas são muito tóxicas, pelo menos nesse estágio do preparo... Eu tinha colocado tudo no balcão... Ele deve ter provado, é a única explicação... As que eu preparei hoje são para ser usadas como cataplasma. Elas não podem ser ingeridas de jeito nenhum!

Ela murmurou e parecia muito perturbada, o que não comoveu Laetitia de jeito algum.

— Sua desgraçada! — berrou ela se lançando sobre Tiphaine. — Você tentou matar o meu filho! Você não suporta vê-lo vivo, então você tentou acabar com ele!

Acusando-a dos piores horrores, ela a golpeava com os punhos. David logo a segurou pelos ombros para afastá-la de Tiphaine que, de braços cruzados diante dela como um escudo, sofria o ataque sem esboçar nenhum gesto para se defender. Já Sylvain se interpôs imediatamente entre as duas mulheres, tentando fazer Laetitia voltar à razão.

— Se acalma, droga! Você está falando besteira!

Quando elas foram separadas, Tiphaine explodiu em soluços.

— Foi um acidente — gemeu ela, desabando sobre si mesma. — Eu não fiz nada, eu juro. Foi só um acidente...

Agora David segurava Laetitia pelos ombros tentando virá-la para ele para olhar em seus olhos e acalmá-la, mas ela estava perturbada e embriagada de raiva.

— Eu não acredito em você! — berrou ela, tentando se livrar de David. — Você fez de propósito!

— Como você pode dizer uma coisa dessas? — soluçou Tiphaine, aterrorizada pelo rumo que os acontecimentos tomavam.

— E você? Como pôde deixar esses produtos tóxicos ao alcance dele?

— Eu nunca quis fazer mal para ele! Eu tinha acabado de...

— Não se deixa produtos tóxicos ao alcance de uma criança — vociferou Laetitia sem prestar atenção aos seus argumentos. — Todo mundo sabe disso! Você nunca quis fazer mal a ele? Então me explica como deixou ele ter acesso aos seus venenos!

Tiphaine, parecendo uma boneca de pano, mole e sem sangue nos braços de Sylvain, levantou de uma vez a cabeça e encarou Laetitia com um olhar doloroso.

— Se estou prestando menos atenção ao que eu deixo em cima dos móveis ou a qualquer perigo na casa em geral, é porque não tem mais uma criança lá! — urrou ela, em um grito de grande sofrimento.

Um lampejo de aversão atravessou a pupila de Laetitia. Por sua vez, ela abandonou toda a resistência, e David soltou seu ombro. Agora, livre de seu aperto, ela ficou firme sobre os dois pés e enfrentou Tiphaine com um olhar carregado de desprezo.

— Você está enganada, Tiphaine — corrigiu ela, com uma voz dura. — É justamente porque você não presta atenção aos perigos da casa que não tem mais uma criança lá.

— Já chega! — gritou Sylvain, aterrorizado.

O grito congelou as duas mulheres. Com o rosto deformado pela dor, Sylvain soltou Tiphaine, que caiu de joelhos sem parar de soluçar. Depois, ele seguiu lentamente até Laetitia e, apontando um dedo ameaçador para ela, reiterou sua ordem:

— Já chega, Laetitia. Cala a boca! Cala a boca ou eu vou quebrar essa sua carinha imunda de santa!

Instintivamente, a jovem deu um passo para trás. David aproveitou para passar na frente dela, fazendo assim uma barreira com seu corpo. Um silêncio hostil se instalou então, e eles se observaram com aversão, amargura, malevolência ou dor. Desconfiança, em todo caso.

Um olhar no qual todo o sofrimento dos últimos acontecimentos estava lado a lado da dúvida e da apreensão.

Um olhar que dava a sentença de morte de uma amizade já moribunda.

David suspirou.

— Deixem a gente em paz agora — ordenou ele, com uma voz abafada. — Vão embora!

Só se ouviam os soluços de Tiphaine. Os dois homens ainda estavam um de frente para o outro, e Sylvain baixou a cabeça. Então, lentamente ele deu meia-volta, ajudou sua esposa a se levantar e, apoiando-a pelos braços, os dois se afastaram em direção à saída.

41

A ESPERA FOI RETOMADA, desfiando os segundos em uma procissão de sensações, a louca esperança ao lado do mais impiedoso dos terrores. Quando a certeza de que estamos protegidos da infelicidade se estilhaça inexoravelmente, como um estouro que provoca fissuras na alma que tentamos tapar, porque esse tipo de coisa só acontece com os outros... E então palavras que passam pela cabeça, imagens que surgem e se demoram, impiedosas, insuportáveis. Aí fechamos os olhos para não ver mais, para não sentir mais, para não pensar mais, tentativas irrisórias de escapar do desastre só pela força de vontade...

Laetitia tinha retomado sua posição prostrada na cadeira, David tinha voltado a zanzar. O tempo parecia estar suspenso em uma espécie de deserto, um purgatório cujo braço secular podia ordenar a qualquer momento o anúncio do veredito. Uma sala de tribunal, uma sala de tortura... Uma sala de espera.

Perdida em suas reflexões, Laetitia se deu conta, de repente, de que estava prendendo a respiração, como se daquele modo pudesse desacelerar a passagem do tempo e congelá-la para sempre em um lugar onde tudo ainda seria possível. Seu garotinho ia morrer? A ideia era inconcebível para ela.

E, de repente, o simples fato de ter uma prova do calvário pelo qual Tiphaine e Sylvain passaram lhe deu uma nova perspectiva das coisas.

O que ela tinha dito a Tiphaine, as acusações que tinha feito sem pensar de verdade, só para machucar, como se sua própria dor pudesse ser aplacada ao ferir outra pessoa... Seu inconsciente tinha falado; estava convencida.

Tiphaine tinha tentado matar Milo?

Laetitia começava honestamente a acreditar. E, quanto mais ela pensava, mais a lógica de seu raciocínio lhe aparecia com clareza e lucidez: como Tiphaine podia suportar a visão de Milo?

Era a própria imagem de seu filho desaparecido, o menino que Maxime nunca mais seria, a lembrança eterna do que ela perdera para sempre.

A acusação viva do erro que tinha cometido.

Sem contar que os dois garotos eram inseparáveis e que a lembrança de Maxime estava irremediavelmente ligada à de Milo. Porque Tiphaine, para além da dor, tinha que encarar a realidade: ela era a única responsável pela morte de seu menininho. A partir daí, como sobreviver com aquela lâmina que, a cada instante, a cada milésimo de segundo do dia, rasgava seu coração?

Mas a pior parte do tormento que Tiphaine e Sylvain suportavam no dia a dia era ver florescer diante de seus olhos a felicidade que agora lhes era proibida. A vizinhança que antigamente os deixava nas nuvens tinha se transformado em um suplício cada dia mais cruel: Milo voltando da escola, Milo brincando no jardim, o aniversário de Milo, as risadas de Milo, Milo crescendo... Milo vivendo! Símbolo inconcebível de um regozijo rasgado pela espada da culpa. Seus vizinhos viviam no paraíso quando eles mesmos tinham afundado nos tormentos do inferno.

Como esse paraíso lhes era então proibido, sua única chance de sobrevivência era destruí-lo.

Sim, agora ela estava convencida: Tiphaine tinha tentado matar Milo. Não era um acidente. Além do mais, não se lembrava de ter visto o tal recipiente com uma mistura à base de plantas quando tinha preparado as bebidas na cozinha com Tiphaine. Ela havia lhe dito que eles estavam em cima do balcão... Se esse fosse realmente o caso, ela os teria visto... Como Tiphaine tinha feito para Milo ingerir o veneno?

— Os nachos! — exclamou ela de repente, se endireitando na cadeira.

David voltou para ela um olhar surpreso.
— Os nachos o quê?
— Tiphaine envenenou o Milo!
— O que você está dizendo?
— Lembra! Tiphaine já tinha servido os nachos em uma tigela antes de a gente começar a preparar as bebidas. E, quando você quis pegar alguns, ela te impediu dando um tapa na sua mão. Os nachos eram destinados ao Milo. Ela sabe muito bem que ele adora... Tenho certeza de que colocou veneno.
— Você está delirando!

David não parecia ter a mesma opinião de maneira alguma. Como ele não tinha seguido o fio de suas reflexões, Laetitia não duvidava um segundo sequer de que ele compartilharia de seu ponto de vista assim que se inteirasse delas. Seria obrigado a concordar que seus vizinhos constituíam então uma ameaça para eles. E a proximidade de suas respectivas casas tornava ainda maior o perigo que o filho deles corria.

O que antes constituía sua força agora tinha se tornado a mais preocupante de suas fraquezas.

Laetitia se preparava para explicar para David a lógica de seu raciocínio quando a porta da sala em que Milo estava se abriu. Um médico apareceu e se juntou a eles depois de alguns passos.

— Vocês são os pais do pequeno Milo?

David e Laetitia assentiram em silêncio, a garganta apertada e a respiração presa.

— Sou o dr. Ferreira. Talvez seja ainda um pouco cedo para afirmar com certeza, mas tenho boas razões para acreditar que ele está fora de perigo.

42

No carro que os levava de volta para casa, Tiphaine não parava de gemer. Seus lamentos ressoavam na cabine como os de um animal em agonia. Sylvain, que dirigia, encarava a estrada com um olhar sombrio, sem poder aplacar o sofrimento da esposa.

— Ele vai se recuperar — murmurou ele, quando parou em um sinal vermelho.

— Se ele morrer, eu me mato! — gritou Tiphaine, segurando a cabeça entre as mãos.

— Não diga besteira...

— Se ele morrer, eu me mato! — repetiu ela, com uma voz trágica para mostrar a ele toda a sua determinação.

— Ele não vai morrer.

A chuva começou a cair, riscando o para-brisas com traços finos. Muito rapidamente, o brilho do sinal vermelho se dispersou no interior do carro em um clarão difuso. Com um gesto quase esgotado, Sylvain acionou os limpadores, e seus rangidos acompanharam o ritmo dos soluços de Tiphaine, como um metrônomo um pouco burlesco. Sylvain esteve a ponto de dizer alguma coisa, hesitou e por fim se calou.

O sinal ficou verde.

— Talvez eu seja simplesmente incapaz de cuidar de uma criança — lamentou-se Tiphaine, com uma voz que mal dava para ouvir.

Ela olhava fixo para o nada, o olhar perdido no horror do que o destino podia reservar para Milo.

— Talvez Laetitia tenha razão de desconfiar de mim — acrescentou ela, com uma voz angustiada.

— Ele vai se recuperar, eu prometo.

— Isso não muda nada...

— Você está em choque, Tiphaine. A Laetitia também. Amanhã, vamos todos enxergar com mais clareza.

Por fim, ele engatou a primeira e deu a partida.

43

MILO RECUPEROU A CONSCIÊNCIA algumas horas depois, mas o dr. Ferreira considerou necessário mantê-lo em observação por mais dois dias. O menino tinha ingerido apenas alguns gramas de um preparado à base de açafrão-do--prado, planta muito tóxica, mas excelente remédio contra a gota, que Tiphaine tinha feito para aliviar o pai, que sofria desse mal. Pelo menos era o que ela tivera o cuidado de explicar para os socorristas quando eles chegaram na casa dela para convencê-los a fazer imediatamente uma lavagem estomacal. O açafrão-do-prado contém colquicina, conhecida por suas propriedades diuréticas, analgésicas e anti-inflamatórias, mas ela também é um veneno violento que, mesmo absorvido em pequena quantidade, ocasiona problemas quase sempre muito graves, até mortais. Ainda que o garotinho tivesse engolido apenas uma dose ínfima, a toxicidade da planta tinha lhe provocado um mal-estar virulento.

"Açafrão-do-prado floresce, floresce, açafrão-do-prado é o fim do verão."

Durante dois dias, David e Laetitia ficaram na cabeceira do filho que, ao longo das horas, recuperava a cor e a firmeza. Logo que ficou consciente o bastante para poder falar, Laetitia lhe fez algumas perguntas que estavam na ponta da língua:

— Você engoliu alguma coisa na cozinha da Tiatiphaine quando foi buscar os óculos do Sylvain?

O garotinho se indispôs. Ele continuou quieto por alguns bons segundos antes de balançar negativamente a cabeça. O coração de Laetitia bateu forte no peito. Mesmo assim, a expressão do pequeno plantou uma dúvida em sua mente: ela conhecia bem seu filho e aquele ar de esforço que ele assumia assim que fazia algo errado.

— Milo, meu querido, é importante — continuou ela, docemente. — Eu prometo que não vou ficar brava, mas você tem que dizer a verdade. Você bebeu ou comeu alguma coisa quando estava sozinho na cozinha da Tiatiphaine?

A bondade da mãe pareceu acalmar o menino e, voltando para ela um olhar contrito, ele admitiu:

— Tinha uma tigela na mesa. Parecia que tinha açúcar-mascavo dentro, só que mais amarelo.

— E você comeu?

— Um pouco...

— E tinha gosto de quê?

— Não era gostoso. Aí eu cuspi na pia.

Laetitia suspirou.

— Você fez bem...

A confissão confirmou o que Tiphaine tinha dito, mas Laetitia não conseguia se livrar de suas dúvidas. Se Milo tinha cuspido a mistura na pia, como é que tinha ficado mal daquele jeito?

— Você cuspiu tudo ou chegou a engolir um pouquinho?

— Eu não sei mais...

A partir do dia seguinte, ele comeu com apetite e, no outro, falou que queria ir para casa. Na manhã do terceiro dia, o dr. Ferreira o deixou sair do hospital, não sem cobrir os pais com uma montanha de recomendações: em certos casos e a partir de uma certa dose, a colquicina ainda pode causar estragos até dez dias depois da intoxicação.

— De acordo com os exames, Milo não apresenta mais nenhum vestígio dessa substância, mas, se os menores sinais de problemas digestivos, cardíacos, nervosos ou respiratórios se manifestarem, vocês devem correr na mesma hora para o hospital. Ele também vai ter que fazer um check-up a cada quatro semanas. Nos vemos daqui a um mês.

David e Laetitia concordaram com a cabeça e foram embora com seu garotinho.

Naquela noite, depois de colocar o filho para dormir, Laetitia tentou explicar a David a natureza de suas suspeitas. Tinha ainda pensado um bom tempo ao longo dos dois dias anteriores e, para ela, não havia nenhuma dúvida de que a vizinha tinha violentamente atentado contra a vida de Milo. Desde a morte de Maxime, a dor a distorcia a ponto de fazê-la perder a razão. Prova disso eram as acusações absurdas que ela havia feito contra Laetitia, as de não ter feito de tudo para salvar seu filho, e até incriminá-la de ter uma verdadeira parcela de responsabilidade na morte da criança.

— E aquela reviravolta logo depois do enterro — continuou ela, com rancor. — Você não acha isso bizarro? Eles se recusaram obstinadamente a nos dirigir a palavra, e, de repente, querem que a gente volte a ser os melhores amigos deles.

— A Tiphaine reconheceu seus erros — objetou David.

— Mas que disparate! É o único jeito de eles poderem se aproximar de Milo!

— Você não acha que está exagerando um pouco?

Laetitia arregalou os olhos, estupefata.

— O que mais você quer? Ela só esteve em contato duas vezes com o Milo desde a morte do Maxime e nas duas vezes o colocou em perigo!

— Duas vezes? — espantou-se ele. — E o que aconteceu da primeira vez?

— David, que droga! — irritou-se ela. — Eu o encontrei debruçado na janela do quarto de Maxime! Como se... como se ela quisesse que ele tivesse o mesmo destino!

David continuava reticente, o que deixou Laetitia fora de si.

— Eu não entendo por que você se recusa a acreditar. Milo representa para ela uma tortura permanente: cada vez que ela o vê, cada vez que ela o ouve, isso a faz se lembrar de Maxime e do erro imperdoável que ela cometeu. E tudo isso a apenas alguns metros da casa deles! Se existe uma representação do inferno na terra, deve ser essa!

— Se acalma, Laetitia — ponderou David. — Eu concordo com o fato de que devemos evitar qualquer contato com eles no futuro, mas não acho que a Tiphaine tenha tentado matar o Milo.

— Ah, não? — lançou ela, sufocada pela raiva. — Como você pode ter tanta certeza? Vamos lá, estou escutando!

David refletiu por um tempo antes de responder.

— Primeiro, o próprio Milo reconheceu ter tomado um negócio estranho que parecia açúcar-mascavo.

— Que ele cuspiu imediatamente na pia! — contestou Laetitia na hora.

— Talvez ele tenha engolido um pouco sem querer... E depois, de todo jeito, nada poderia fazer Tiphaine ter certeza de que o Milo ia de fato provar o preparado...

— Mas é claro que sim! Estou convencida de que ela colocou nos nachos. Milo disse: "Açúcar-mascavo, só que mais amarelo!". Isso não te lembra nada?

David olhou intrigado para a esposa.

— É exatamente da cor dos nachos mexicanos com aquele tipo de pó amarelo em volta! — exclamou Laetitia, como se essa fosse uma prova irrefutável. — Bastou salpicar na tigela de nachos, e ninguém viu nada. Isso que ela contou para os socorristas, de que o Milo tinha mexido nos seus preparados, é besteira!

— Só que parece que o Milo fez mesmo isso...

— Sim, mas não foi isso que deixou ele doente.

— Então, me explica por que ela fez de tudo para salvá-lo.

Laetitia soltou uma risada irônica.

— O que ela fez para salvá-lo?

— Foi ela que o fez vomitar, foi ela que gritou para Sylvain pedir socorro e foi ela ainda que pediu para os socorristas fazerem uma lavagem estomacal — enumerou David com calma.

— Mas é claro! Se ela não tivesse feito tudo isso, teria sido a primeira a ser acusada de assassinato e teria terminado seus dias na prisão! Mas, ao agir como ela fez, dá para chamar de acidente doméstico. É o erro travestido de azar.

David se calou, perplexo.

— Eu me informei, David — continuou Laetitia, que não largava o osso. — O açafrão-do-prado é um veneno que provoca vômitos espontâneos e que, apesar disso, leva à morte na maioria dos casos.

— Então como é que o Milo se recuperou?

— Porque ele não ingeriu o suficiente! O plano dela não deu certo. Foi isso!

Mais uma vez, David ficou em silêncio. O raciocínio de Laetitia o perturbava sem convencê-lo. Para completar os argumentos, ela determinou:

— De qualquer jeito, ela não vai se aproximar mais dele de jeito nenhum.

— Eu concordo...

— Mas você não acredita quando eu digo que ela tentou mesmo matar ele.

David suspirou.

— Não. Eu conheço a Tiphaine. Ela seria incapaz de fazer uma coisa dessas.

Laetitia cerrou a mandíbula e, se levantando para dominar David com todo seu rancor, falou:

— Escute bem, David: se um dia o nosso filho se vir de novo em perigo por causa da sua confiança idiota, eu vou te considerar pessoalmente responsável.

Depois ela saiu da sala sem olhar para trás.

"A folha de outono, levada pelo vento, rodando monótona, cai rodopiando."

44

Havia pouco, Tiphaine tinha começado a correr. Sem motivação precisa, fora a de se mexer, correr reto adiante, para lugar nenhum, só correr. Aquela atividade lhe dava a sensação de retomar uma realidade, mesmo desprovida de sabor. Mas a corrida não lhe deixava pensar. Ela alinhava os passos a pequenas pernadas rápidas, fixava o fim da rua como se fosse um objetivo a atingir e deixava seus membros cuidarem do resto. Não esperava nada além disso. Dar a volta no quarteirão e recomeçar. Dilapidar suas forças, gastar sua energia, se exaurir para nada além do esgotamento físico esperando que, em seguida, voltando para a casa, o cansaço do corpo superasse o da mente. Em geral, quando tinha corrido, ela sonhava menos à noite. E isso lhe convinha perfeitamente.

Naquele dia, quando completava sua segunda volta, ela avistou de longe Laetitia saindo do carro, os braços cheios de sacolas, antes de abrir, não sem dificuldade, a porta de trás para Milo. Ela paralisou e, por um instante, a tentação de dar meia-volta quase a tomou. Evitar o confronto, se esconder na esquina e esperar que a via ficasse livre... Mas ao ver Milo saindo do carro, os olhos colados no Nintendo, seu coração começou a bater mais rápido, e não pelo esforço que tinha feito.

Então, sem de fato refletir, ela retomou sua corrida.

Seus passos a levaram dessa vez para um destino e, apesar da curta trajetória para chegar a ele, Tiphaine ainda não sabia o caminho que ia tomar.

Restaurar a relação? Sem dúvida que não. Mas pelo menos convencer Laetitia de sua boa-fé. Pelo menos tentar, sem se iludir demais sobre a linha de chegada.

Quando se aproximou deles, ela ouviu as palavras de Laetitia, claramente dirigidas a Milo.

— E fecha a porta, se não for pedir demais!

O tom era de irritação. Laetitia parecia estar de mau humor. Aquele era um bom momento para tentar alguma coisa? Em todo caso, havia a vantagem de se apresentar, e Tiphaine decidiu não a deixar passar.

— Laetitia! Podemos conversar um instantinho?

Laetitia se virou. O espanto estampava em seus traços o estupor de quem se sente traída e não o admite. O tempo parecia ter sido suspenso, mas, antes que ela tivesse oportunidade de pensar no que dizer, Tiphaine tinha se aproximado de Milo e bagunçado seu cabelo.

— Como é que vai, rapazinho?

O sorriso que ele abriu aqueceu seu coração.

— Oi, Tiatiphaine!

A reação do garoto pareceu ter o efeito de um eletrochoque sobre Laetitia. Enfurecida, ela foi até os dois, agarrou o filho pelo braço e o colocou atrás dela.

— Eu te proíbo de falar com ele! — chiou ela entredentes.

Tiphaine recebeu o ataque sem reagir.

— Laetitia, por favor... Podemos conversar?

— Milo, entra já em casa! — intimou a mãe.

— Mãe...

— Já para dentro, estou mandando! — ordenou, num tom que pôs fim à discussão.

Milo hesitou e depois, de cara feia, seguiu para casa. Assim que ele se afastou, Laetitia se voltou para Tiphaine:

— Estou avisando, sua doente mental, se eu te vir mais uma vez perto dele, vou arrancar os seus olhos!

Aquela abordagem acabou com os últimos vestígios de esperança que ainda persistiam em Tiphaine: Laetitia nunca acreditaria nela, havia sido estúpida o bastante de imaginar que o contrário fosse possível. Mas como elas estavam lá, frente a frente, era preciso dizer alguma coisa.

— Escuta, Laetitia, se você não consegue entender que eu nunca quis...

— Cala a boca! — murmurou ela, fechando os olhos em sinal de forte exasperação. — Me poupe de suas desculpas baratas. Eu não acredito nelas nem por um segundo!

— Ah, não? Então no que é que você acredita?

Laetitia a fulminou com um olhar glacial.

— Já entendi muito bem o que você está tentando fazer, Tiphaine. Mas estou avisando: da próxima vez que acontecer qualquer coisa com o Milo, eu vou chamar a polícia!

Aquele modo de ver as coisas a surpreendeu. Ela não imaginava que Laetitia pudesse delirar a tal ponto. A gravidade de suas acusações a preocupou.

— Eu não sei em que delírio paranoico você está se afundando, Laetitia, mas o que é certo é que você está completamente enganada. Por favor, tente me entender só um pouquinho. E, se não for por mim, que seja pelo Milo. Porque desse jeito você está acabando com ele aos poucos...

Ao ouvir essas palavras, Laetitia ergueu uma sobrancelha debochada enquanto um brilho de crueldade atravessava sua pupila, como um raio cortando um céu de tempestade.

— É verdade que você sabe bem das coisas, quando se trata de destruir uma criança — articulou ela, em um tom quase suave.

Sob a brutalidade da insinuação, Tiphaine foi cegada por uma dor odiosa que a fez perder todo controle: ela deu um tapa em Laetitia. Ela lhe deu um tapa sem se conter. E sem pensar.

Laetitia sentiu o choque, de olhos arregalados. Na extremidade de seus dois braços, as sacolas de compras e o resto das coisas pesavam toneladas, e ela as soltou para levar a mão à bochecha, sem palavras.

— Você não tem o direito de dizer isso! — fulminou Tiphaine, segurando as lágrimas, como que para justificar seu gesto.

Laetitia continuava diante dela, e Tiphaine pressentia, estava pronta para se lançar sobre ela e arrancar seus olhos. E talvez isso, de fato, teria acontecido se um grito não tivesse colocado um fim àquele confronto carregado de ódio.

— Laetitia!

Na entrada de sua casa, David apareceu e se juntou às duas. Segurou na hora Laetitia pelos ombros e a fez ficar atrás dele, num gesto protetor.

— Ela acabou de me dar um tapa!

— Algumas alusões, às vezes, ferem mais do que um tapa — balbuciou Tiphaine, agoniada com o rumo que o conflito tinha tomado.

David lançou um olhar duro em direção a ela, procurando as palavras antes de lhe apontar um dedo ameaçador.

— Dessa vez você foi longe demais, Tiphaine! A gente vai dar queixa.

Naquele instante Tiphaine entendeu que não podia fazer mais nada, e que a ruptura estava consumada a partir de então.

— Como quiser, David. Sabe, a grande diferença entre nós é que eu já não tenho mais nada a perder.

CADERNETA DE SAÚDE

7-8 anos
As atividades extracurriculares são benéficas para seu filho, desde que não o sobrecarreguem.
M. se recusa a fazer uma atividade fora da escola...
Devemos obrigá-lo?
Sugestões: Aikido? Teatro? Desenho? Música?
Utilização abusiva do Nintendo! A observar.

As refeições feitas juntos podem ser um bom meio para conversar e relaxar. E se você desligasse a televisão?
Não há televisão na cozinha. M. come bem. Ele adora contar como foi o dia na escola. Relação muito boa entre nós.

Anotações do médico:
Peso: ____.
Altura: ____.

45

Os dias ficaram mais curtos, no entanto o outono foi ameno naquele ano. Durante a semana seguinte à discussão, os Brunelle e os Geniot não se cruzaram. O que antes fazia parte do charme de morar lado a lado tinha se tornado um perigo constante cuja ameaça tornava qualquer saída desagradável: o risco de se cruzar no quarteirão ou até de vislumbrar a presença dos outros a apenas alguns metros no jardim vizinho dava ao cotidiano um amargor de desconfiança pungente.

No sábado seguinte, Laetitia passou uma boa parte da manhã cuidando da roupa suja pendente: lavar a que se acumulava no cesto e dobrar, passar e guardar a que esperava na secadora. David estava fora, percorrendo as ruas da cidade em seu táxi. Quanto a Milo, depois de ter assistido a um DVD de *Jimmy Neutron* durante a hora autorizada, perguntou para a mãe se podia brincar no jardim.

Laetitia aceitou contrariada. Ela não gostava da ideia de expor o filho aos olhares de Tiphaine que, das janelas do segundo andar de sua casa, tinha uma ampla vista dos dois jardins. Por outro lado, proibir Milo de brincar do lado de fora era totalmente ridículo; ela sabia muito bem. Decidiu então colocar a mesa de passar roupa na sala de jantar, de onde as portas francesas abertas davam acesso direto à varanda e lhe ofereciam assim um panorama completo do jardim.

O humor de Milo continuava amuado, ainda mais depois de sua volta do hospital. O ambiente geral da casa não tinha nada mais em comum com a leveza de antigamente: Laetitia estava no limite na maior parte do tempo, David a repreendia constantemente por isso e não era raro que brigas explodissem entre eles. Não tinham explicado muito ao menino sobre sua estadia no hospital, a não ser que ele não devia ter provado o açúcar-mascavo amarelo. Mas ele tinha entendido perfeitamente que sua mãe considerava Tiphaine responsável pelo acidente e que seu pai não era da mesma opinião que ela. Ele mesmo não sabia o que pensar, ficando dividido entre os dois pontos de vista. Além disso, sentia pelos pais de Maxime uma afeição verdadeira e sofria por não mais vê-los. Por último, mas não menos importante: o autorama, que Milo tinha pedido várias vezes, ficara na casa deles.

— Não dá, meu querido — respondia sua mãe a cada vez.

— Por que não?

— Se você quiser um autorama mesmo, o papai e eu compramos um para você.

Era a única resposta que ele conseguia ter. Mas a razão exata que o impedia de aceitar aquilo que já lhe tinham oferecido permanecia um verdadeiro mistério. Conhecendo a posição de seu pai a esse respeito, ele tentou conseguir uma explicação.

— Sua mãe está muito brava com a Tiatiphaine e não quer mais aceitar nada dela.

— Mas não é ela que vai aceitar — revoltou-se o garoto. — Sou eu!

— Eu sei, rapazinho.

— Elas vão ficar bravas pra sempre?

Depois de ter considerado seu filho com um ar de lamento, David se contentou a dar de ombros mostrando que não sabia.

Naquela noite, através das divisórias de seu quarto, o menino tinha ouvido gritos que vinham do térreo. Claramente, os pais ainda estavam brigando, e o termo "autorama" apareceu diversas vezes na discussão. Afundando o rosto no travesseiro, Milo tinha decidido esquecer o brinquedo.

***

Passando a roupa, Laetitia voltava a pensar na discussão da véspera. David a tinha repreendido por preocupar Milo desnecessariamente e de inculcar-lhe o sentimento nefasto de estar em perigo.

— Ele ESTÁ em perigo! — tinha sustentado, desesperada por não poder convencer o marido da realidade do perigo que rondava, segundo ela, o garoto.

— Mas que droga! Para! — irritou-se David. — Você está ficando completamente paranoica, eu juro! E, além do mais, você quer me dizer como é que Milo correria o menor perigo se ele tivesse seu presente de volta?

— Eu não sei de nada — admitiu ela, contrariada.

David abriu um sorriso triunfante que desapareceu assim que ela acrescentou:

— Mas eu estou convencida de que Tiphaine é perturbada o suficiente para transformar um simples brinquedo em algo perigoso, principalmente um autorama elétrico.

Ele teria gargalhado se a situação não fosse triste de chorar.

— É você que está começando a ficar bastante perturbada! — retorquiu ele, olhando-a com piedade.

Laetitia se sentiu ferida no mais profundo de seu ser e, dando um murro na mesa, descarregou sua raiva:

— Me ouça bem, David Brunelle, que você tente proteger aquela degenerada já é demais para mim. Mas, que além disso você se permita me insultar, eu... eu não vou suportar!

E, escondendo o rosto nas mãos, ela explodiu em soluços.

David não disfarçou sua exasperação: deu um suspiro profundo e teve que segurar a vontade de sair batendo a porta. A obsessão da esposa de ver perigo em toda parte começava a lhe dar nos nervos. Só que mais do que tudo, ele não queria que Milo carregasse o peso de suas angústias. Já bastante abalado pela morte de Maxime, depois pela de Ernest, o menino tinha perdido a alegria de viver assim como a despreocupação a que tinha direito. Será que Laetitia se dava conta de que sua atitude só o perturbava mais, deixando-o mais amuado e melancólico?

Ao vê-la chorar, infeliz e vulnerável, David tomou uma decisão: a de romper o círculo infernal no qual ela mesma tinha se fechado. Como fazer isso? Ele só via uma solução: forçá-la a ir até o fim de sua própria lógica.

— Tudo bem! — declarou ele, com ímpeto. — Você considera então que Milo está em perigo, é isso? Que Tiphaine representa para ele uma ameaça porque ela não suporta a ideia de vê-lo crescer?

— Isso parece evidente para mim — respondeu ela entre dois soluços.

— Então nós temos que nos mudar!

As lágrimas de Laetitia secaram imediatamente. Ela arregalou os olhos atordoados e olhou David estupefata.

— O quê?

— Se você considera que o nosso filho está em perigo aqui, a apenas alguns metros de Tiphaine e Sylvain, então é nosso dever protegê-lo. Vamos nos mudar!

— Isso está fora de questão! — protestou ela.

— E por quê?

— Esta casa era dos meus pais, eu cresci entre essas paredes e quero que meu filho também cresça aqui. Não vejo por que, sob o pretexto de que a minha vizinha ficou completamente maluca, eu tenha que fazer as malas. Se alguém tem que ir embora, é ela!

— Você não pode obrigar as pessoas a se mudarem só porque considera a presença delas nociva para o seu filho... Mas, se tem certeza do que está alegando, é você quem tem que agir.

O argumento era irrefutável, e Laetitia não encontrou nada para replicar. O desejo de ver Tiphaine e Sylvain desaparecer definitivamente de seu universo a tomou com uma força quase desesperada.

— É injusto — gemeu ela enquanto suas lágrimas voltavam a escorrer.

— Talvez, mas é assim que as coisas são.

Ela afundou em uma reflexão dolorosa, pontuada de soluços e fungadas.

Ir embora dali? Deixar aquele lugar que guardava tantas coisas, a começar por sua infância, a do seu filho e a lembrança de seus pais? Tirar Milo de seu bairro e talvez até ter que mudá-lo de escola? E, depois, para ir aonde? No próprio instante em que formulava todas essas questões, Laetitia entendeu que ela estava longe de estar pronta para considerar uma saída tão radical.

— Se você não acha essa uma solução óbvia, então talvez o Milo não esteja tão em perigo quanto acredita... — concluiu David, como se ele seguisse o fio de suas reflexões em um livro aberto.

Laetitia soltou um riso desiludido.

— Você quer me provar que eu estou errada, não é?

— Quero apenas provar que está exagerando e que, no fundo, você sabe. Tudo bem, Tiphaine não está cem por cento, mas, sinceramente, Laetitia, pelo menos nós temos que estar, você não acha? Ela perdeu o filho! Ela nunca vai se recuperar. É claro, eu concordo com você: não tenho mais vontade nenhuma de correr qualquer risco em relação ao Milo. Está acabado com Tiphaine e Sylvain, não vamos mais vê-los, chega. Mas pare de achar que ela quer o mal dele! E, principalmente, evite colocar esse tipo de ideia na cabeça do Milo. Aí é você que está fazendo mal para ele... Então, por favor, pare com essa paranoia e vamos tentar fazer o nosso filho sorrir!

David tinha mais uma vez encontrado as palavras certas. As lágrimas de Laetitia dobraram de intensidade. Depois ela se levantou, contornou a mesa e se enrodilhou nos braços do marido. Por fim, como única resposta, ela o beijou com paixão.

A lembrança do fim dessa discussão acabou bem quando ela terminou de passar as roupas. Laetitia dobrou a última calça, colocou-a sobre a pilha de roupas e tirou o ferro da tomada. Do lado de fora, ela avistou a silhueta de Milo, que corria no fundo do jardim. Depois, pegou o cesto e foi para o segundo andar. Lá, ela se demorou guardando cada roupa no lugar antes de trocar os lençóis da cama do garoto. Isso lhe tomou por volta de dez minutos. Quando voltou para o térreo, passou pela cozinha e encheu um copo de água.

Matava a sede e olhava distraidamente pela janela que dava para o jardim. Perdida em seus pensamentos, não notou nada de anormal. Foi quando ela colocou o copo na pia que, de repente, seu instinto lhe disse que alguma coisa não estava certa.

46

Laetitia deu rapidamente a volta pela sala de jantar e saiu na varanda. Assim que chegou ao lado de fora, passou os olhos pelo jardim.

— Milo?

A passos rápidos, ela foi até os arbustos que enfeitavam o muro do fundo sem parar de chamar o filho. Ela fuçou entre as moitas...

— Milo, se você estiver se escondendo, saia agora! Não é engraçado!

... Virou-se para examinar a extensão de grama do outro lado, varreu com os olhos a varanda...

— Milo, mas que droga! Onde você está?

... Dirigiu-se em seguida rumo ao galpão, do qual abriu a porta...

— Milo?

... Parou, ofegante, percebendo o pânico que a tomava sorrateiramente: no quartinho, ela só encontrou as ferramentas de jardinagem, o cortador de grama e algumas sacas de terra empilhadas num canto, atrás das quais era impossível se esconder. Com o coração disparado, ela se virou e avistou a extremidade da cerca-viva, lá onde Maxime e Milo tinham começado a abrir uma passagem. Sem nem se dar o trabalho de fechar a porta do quartinho, correu até lá e, se ajoelhando para ficar da altura de uma criança, examinou o vão estreito e os arredores.

Nenhum sinal de Milo.

Cada vez mais angustiada, ela se reergueu e ficou na ponta dos pés para enxergar por cima da cerca-viva. Ainda que o jardim de Tiphaine e Sylvain tivesse bem mais plantas que o deles, ela não percebeu nenhum movimento.

Dessa vez, ela teve que reconhecer o óbvio: Milo não estava mais no jardim.

Será que Milo tinha entrado em casa sem ninguém perceber enquanto ela estava no segundo andar? Apertando o passo, ela fez o caminho inverso e entrou na sala de jantar para revistar todos os cômodos do térreo enquanto gritava o nome do menino. Fez o mesmo no segundo andar, mas, enquanto passava de um quarto ao outro sem nem mesmo se dar o trabalho de revistar os cantos, abrir os armários ou olhar debaixo das camas, seu instinto já lhe dizia que não encontraria o filho. Sem saber o que fazer, ou ainda afastando o único pensamento que a enchia de temor, Laetitia voltou a descer a escada, foi para o hall, abriu a porta de entrada e deu alguns passos em direção à rua.

Ela estava deserta, exceto pelos carros que, em intervalos de alguns segundos, passavam indiferentes para desaparecer tão rápido quanto tinham surgido.

Agora, o pânico paralisava seu discernimento e, enquanto ela se virava no meio da calçada, a certeza obsessiva de que alguma coisa tinha acontecido com o garotinho devastava sua cabeça atormentada.

— Desgraçada! — murmurou ela, se dirigindo rapidamente para a casa dos vizinhos.

Laetitia apertou a campainha, repetiu o gesto, esperou mais um pouco e, depois, como ninguém se manifestava, bateu na porta.

— Eu sei que você está aí, Tiphaine! — berrou ela a plenos pulmões. — Abra esta porta ou eu vou chamar a polícia!

Depois, encostando o ouvido no batente, tentou detectar a prova do que tinha acabado de alegar.

Atrás da porta, o silêncio era total.

Laetitia sentiu que ainda lhe restava sangue-frio. Tomada por um terror surdo, ela correu até a própria porta e entrou em casa onde, se lançando literalmente sobre o telefone, ligou para o número de David. Quando ele atendeu, ela estava aos prantos.

David demorou alguns instantes para entender do que se tratava, tamanha era a confusão do discurso de Laetitia. Ela falou do desaparecimento de

Milo sem que ele conseguisse entender as circunstâncias, acusou Tiphaine de sequestro e ameaçou invadir a casa dos vizinhos para salvar o filho.

— Calma, Laetitia, pelo amor de Deus! — tentou David com uma voz que pretendia ao mesmo tempo ser seca e ponderada. — O que te faz acreditar que ele está na casa de Tiphaine e Sylvain?

— Ele estava no jardim, David! O único lugar aonde ele pode ter ido é lá! Ele deve ter passado pelo buraco da cerca-viva, não há outra possibilidade!

— Por que ele teria ido na casa deles?

— Você não entende? — ladrou Laetitia, beirando a histeria. — Foi ela que o atraiu com uma mentira qualquer. Eu tenho que conseguir entrar na casa, senão o Milo está perdido!

— Não faça nada! — gritou David, ficando também nervoso. — Ou melhor: chame a polícia, diga que o Milo desapareceu e me espere. Estou chegando agora mesmo.

Ele desligou, nervoso, e colocou o telefone no banco do passageiro. Depois, parando junto ao meio-fio, estacionou o táxi. Ele se voltou para o passageiro que tinha acabado de pegar e, depois de se desculpar, pediu que saísse do veículo.

— Você está de brincadeira? — protestou ele, sem parecer gostar da gracinha.

— Sinto muito, senhor... Acabei de receber uma ligação da minha esposa, aconteceu alguma coisa com nosso filho. Tenho que ir para casa com urgência!

Como o argumento era de peso, era para o cliente entender na hora. Infelizmente, o sujeito parecia não ter filhos.

— O problema não é meu! — replicou ele, em tom seco. — Me leve ao endereço que lhe indiquei e depois pode ir aonde quiser.

David entendeu que ele era um inconveniente. O tempo estava passando, e cada segundo perdido tentando convencê-lo a sair de seu táxi o deixava com os nervos à flor da pele. Ele suspirou alto, desligou o carro e saiu. Depois, dando a volta, abriu a porta de trás com um gesto firme.

— Saia já, senhor!

— Mas de jeito nenhum! — respondeu o passageiro, se agarrando à sua pasta como se ela assegurasse que ele pudesse permanecer no interior do veículo.

David não pensou duas vezes, o agarrou pelas costas do casaco e o puxou com um golpe seco, tentando tirá-lo do carro. O homem tentou resistir:

dando gritos de protesto, caiu de lado com um baque, o que forçou David a soltá-lo. David perdeu a paciência. Ele fez uma nova tentativa, mas dessa vez com as duas mãos, e foi de quatro que o passageiro acabou arrastado para fora do carro. Assim que estava totalmente do lado de fora, David o soltou e o homem desabou no chão.

Então, sem olhar para trás, ele retomou seu lugar atrás do volante, girou a chave e saiu arrancando.

No retrovisor, ele ainda teve tempo de ver o passageiro se levantar gritando o que pareciam ser os piores insultos. Desde que não fossem ameaças... Cinco minutos depois, David freava na frente de sua casa cantando pneu e corria para dentro. Quando chegou ao hall de entrada, encontrou Laetitia de joelhos no chão, esvaziando com gestos febris e desordenados a gaveta do aparador.

— O que você está fazendo? — perguntou ele, pasmo.

— Estou procurando a merda das chaves! — berrou ela, sem sequer olhá-lo.

— Que chaves?

— As da Tiphaine e do Sylvain!

— Você chamou a polícia?

— Eles vão chegar a qualquer momento.

David ficou alguns segundos sem dizer nada, observando a esposa avançar furiosamente nos objetos que enchiam o móvel, pegar um depois do outro e jogá-los de lado quando não lhe interessavam mais.

— Para, Laetitia! — mandou ele, com um tom seco. — Se acalma e me explica o que aconteceu.

Ela não respondeu. Continuava a revista, apanhava, jogava e recomeçava, praguejava gemendo e enxugava as lágrimas com a manga.

— Que droga, Laetitia, para! — gritou ele, perdendo a paciência.

Laetitia estremeceu e, por fim, olhou-o aflita. Ele a segurou pelos ombros e obrigou-a a se levantar. Ela se deixou guiar pelas mãos fortes do marido. E naquele momento se abandonou em seus braços e chorou todas as lágrimas que tinha.

— Será que você pode me explicar agora? — pediu ele, com delicadeza.

47

Não havia muito o que explicar. Laetitia lhe contou como a manhã tinha se desenrolado, se demorando mais nos dez minutos em que tinha deixado Milo sozinho: a última vez que ela o tinha visto, ele brincava no fundo do jardim... Depois, nada.

— Uma criança não desaparece assim — murmurou David, desconcertado. — Ele tem que estar em algum lugar!

— Ele está lá! — revoltou-se Laetitia, apontando para a casa de Tiphaine e Sylvain. — Deus sabe o que ela está fazendo com ele agora! E você...

Ela se desvencilhou de David, de repente indignada. Como ele tentava mantê-la próxima dele, ela o empurrou com mais força e, diante de seu ar surpreso, lhe apontou um dedo acusador.

— Você se recusou a acreditar em mim quando eu dizia que ela queria o mal dele. E agora... Agora...

Ela se interrompeu em um soluço de dor, direcionando a David um olhar carregado de amargura e raiva; depois, brutalmente, saiu correndo da sala de jantar para a varanda. Lá, ela pegou uma cadeira, colocou-a junto da cerca-viva e, assim como fizera quando vira com horror Milo na janela do quarto de Maxime, começou a subir.

— Mas o que é que você está fazendo? Laetitia!

David, que a seguia de perto, quis agarrá-la pela cintura para que não passasse para o outro lado.

— Me larga! — berrou ela, se debatendo.

Mal se equilibrando na cadeira, ela mesmo assim conseguiu passar uma perna por cima da cerca-viva enquanto, do outro lado, empurrou David para trás com um chute violento na barriga. Embora o golpe não tivesse doído tanto, ele perdeu o equilíbrio e teve que soltá-la a contragosto. Laetitia aproveitou para passar a outra perna por cima da cerca antes de pular para o terraço vizinho.

Sem perder um instante, ela se levantou, correu até a porta francesa que dava para a cozinha dos vizinhos e tentou fazê-la deslizar. Não adiantou: estava fechada à chave. Então, sem se preocupar com os gritos de protesto de David que, do outro lado da cerca-viva, tentava trazê-la de volta à razão, ela pegou um banquinho de madeira que estava no canto da varanda...

— Laetitia, não!

... brandiu acima da cabeça dela...

— Larga essa banqueta!

... e bateu com toda a força no vidro da porta.

Dotada de uma vidraça dupla de qualidade, a porta resistiu ao golpe, e só uma rachadura de mais ou menos um centímetro de diâmetro apareceu no local do impacto.

Dessa vez, foi David quem subiu na cadeira para se juntar a ela, sem parar de gritar ordens e ameaças. Mas Laetitia parecia não dar absolutamente a mínima. Ela se preparou para repetir o gesto, brandindo o banquinho no alto da cabeça quando o som da campainha ressoou na casa deles, chegando até eles pela porta francesa que tinha ficado aberta. Os dois paralisaram, antes de se olharem atordoados.

— A polícia! — exclamou David, se lembrando de que Laetitia a tinha chamado.

O comentário triunfou sobre o furor cego dela ao lhe trazer a esperança de poder entrar bem rápido na casa dos vizinhos. Lá onde, tinha certeza, seu filho estava sequestrado.

Laetitia soltou a banqueta.

Aliviado por um momento, David ordenou que ela voltasse o mais rápido possível para o jardim deles. Então, constatando que ela obedecia, ele pulou a cerca-viva e, sem perder mais tempo, se dirigiu para o hall de entrada.

Dois policiais uniformizados estavam na entrada, um homem e uma mulher. O primeiro apresentava orgulhoso um bigode cerrado que parecia ser objeto de um cuidado todo particular. Ele era grande, de tez bronzeada, mandíbula quadrada, e seus óculos de sol bem assentados sobre o nariz conseguiam lhe dar ares de Tom Selleck, ainda que menos carismático. Já a mulher tinha traços bem menos estereotipados: ela era grande, mas sobretudo encorpada e curvilínea. Seus cabelos curtos e grisalhos revelavam o pouco tempo que ela dedicava à sua vaidade.

— Tenentes Chapuy e Delaunoy — declarou o homem sem que David entendesse quem era quem, o que, a propósito, não o preocupou. — Foi o senhor que telefonou a respeito do desaparecimento de uma criança?

David concordou com a cabeça.

— Entrem.

Os dois policiais pediram licença e entraram no recinto no exato momento em que Laetitia apareceu, vinda da cozinha, com as roupas bagunçadas e os cabelos despenteados.

— Graças a Deus, vocês estão aqui! — exclamou ela, de pronto. — Meu filho foi feito prisioneiro na casa dos vizinhos, ele está em perigo! Vocês têm que derrubar a porta, a vizinha se recusa a abrir!

— Calma, calma! — tranquilizou a mulher, em um tom firme. — Precisamos antes de tudo recolher o maior número de informações, primeiro sobre a própria criança, depois sobre as circunstâncias de seu desaparecimento.

Desapontada pelo que considerava uma perda de tempo, Laetitia estava pronta para reclamar quando David intimou que ela ficasse em silêncio.

— Agora você fica quieta e me deixa explicar a situação! A gente não tem nenhuma prova de que o Milo está mesmo na casa da Tiphaine e do Sylvain.

— Milo é a criança em questão? — perguntou a policial.

— É o meu filho, ele tem sete anos e foi sequestrado pelos vizinhos! — respondeu Laetitia, em um tom que revelava a opinião negativa sobre a eficácia da polícia.

— Pedimos que se acalme, senhora — interveio Tom Selleck. — Não vamos fazer nada sem ter todos os elementos à mão. É, portanto, do seu interesse se recompor e nos explicar detalhadamente o que aconteceu e há quanto tempo seu filho desapareceu. Quanto mais rápido isso acontecer, mais rápido poderemos passar às buscas.

— Vamos ficar mais à vontade na sala de jantar — propôs David.

Ele convidou os dois agentes a se sentarem à mesa.

Laetitia os seguiu, fazendo uma força sobre-humana para se segurar.

Depois que todos se acomodaram, ela contou pela segunda vez como as coisas tinham acontecido. Em seguida, David fez um resumo do histórico das relações deles com os vizinhos assim como das razões por que Laetitia estava convencida da implicação de Tiphaine no caso. Durante seus relatos, os dois policiais tomaram notas alternadamente e pediram detalhes.

— Vocês já procuraram no bairro, perguntaram aos outros vizinhos, aos comerciantes, às pessoas na rua?

David e Laetitia responderam que não.

— Vamos começar por aí — declarou Tom Selleck, se levantando. — Podem nos dar uma foto do filho de vocês?

Com um gesto, a policial o chamou por alguns instantes.

— O senhor compartilha das suspeitas de sua esposa em relação aos vizinhos? — perguntou ela a David.

Ele deu uma olhada em Laetitia que, por sua vez, lhe lançou um olhar cheio de ameaças. Já sabia que, se ele não a apoiasse, ela tomaria o fato como uma traição.

— Digamos que desconfio dela, de fato — respondeu ele, prudentemente. — Agora, é verdade que eu não acredito que ela seja capaz de uma barbaridade dessas.

Laetitia soltou uma risada cheia de ironia e desviou os olhos sem esconder o rancor. Os policiais não fizeram nenhum comentário, se concentrando principalmente nas informações de que precisavam.

— Vocês tocaram a campainha da casa deles?

— Ninguém atende — David se apressou em responder, acreditando que era melhor não mencionar a invasão da esposa no jardim dos Geniot.

— Nada boba, ela! — riu sarcasticamente Laetitia, no cúmulo da exasperação.

Ninguém se levantou.

— Seu filho tem amigos, conhecidos, um lugar particular aonde poderia ter ido por iniciativa própria sem avisá-los?

— Ele só tem sete anos! — exclamou Laetitia, com uma voz entrecortada por um soluço. — Quando vocês vão entender que o tempo está passando e que, enquanto estamos aqui conversando à toa, o Milo está em perigo a apenas alguns metros de nós, atrás desta parede...?

— Acalme-se, senhora — ordenou a policial, dessa vez com delicadeza. — Posso garantir que estamos fazendo tudo para encontrar o seu menino com mais rapidez.

E, como para sustentar o que tinha dito, ela pediu mais uma vez uma foto; então, enquanto seu colega voltava à viatura para passar a descrição de Milo pelo rádio, ela fez uma rápida revista do jardim.

Graças ao testemunho do casal, e levando em conta as circunstâncias, os tenentes Delaunoy e Chapuy puderam rapidamente elaborar duas hipóteses: ou Laetitia tinha razão e Milo tinha, de fato, ido parar no jardim vizinho e se encontrava na casa geminada, ou ele mesmo tinha saído de casa e, por uma razão desconhecida, devia estar passeando em algum lugar pelas ruas da cidade sem ter considerado uma boa ideia avisar seus pais. Claramente, os dois policiais tinham descartado a possibilidade de um sequestro criminal: como não era possível ver nem acessar o jardim da rua, era pouco provável que um desconhecido tivesse entrado na casa justamente quando Laetitia estava no segundo andar, tivesse seguido até o fundo do jardim sem ser notado, capturado o menino e, em seguida, desaparecido com ele.

Como a policial não tinha encontrado nada conclusivo no jardim e seu colega tinha conseguido repassar a descrição do garoto, eles começaram por ir tocar a campainha de Tiphaine e Sylvain com, é claro, David e Laetitia atrás deles.

Depois de apertar insistentemente a campainha, Tom Selleck bateu na porta.

— É a polícia! Abram, por favor! — gritou ele, com uma voz autoritária.

Ninguém se manifestou.

— Podemos passar pelos fundos — informou Laetitia.

— Passar pelos fundos? — espantou-se Tom Selleck. — Para fazer o quê?

— Para entrar na casa e fazer uma busca! — soltou ela, como se fosse algo óbvio.

— Ainda não está em questão entrar na casa, senhora — contentou-se em responder.

E, diante da expressão abismada de Laetitia, ele continuou:

— As buscas em um domicílio particular só podem ser feitas quando há uma investigação preliminar, um flagrante de delito ou um mandado de busca. Este não se enquadra em nenhum desses três casos.

— Vocês não vão fazer nada, então?

— Nós vamos fazer de tudo, senhora... dentro da lei.

Laetitia achou que ia desmaiar. Ela lançou um olhar devastado e acusador para David, claramente o considerando responsável pela conduta da polícia e pelas leis que a governavam. Então, como se esse último entrave à sua necessidade de agir tivesse quebrado alguma coisa nela, Laetitia se jogou contra a porta dos Geniot e se pôs a esmurrá-la enquanto gritava ameaças dirigidas a Tiphaine e palavras de conforto e promessas de libertação para Milo.

De novo, David teve que intervir para tentar acalmar a esposa. Mas ela o rejeitou a partir de então como se fosse qualquer um. Desorientada em sua dor, perdida na mais profunda de suas certezas, as de que seu filho estava mesmo ali, a apenas alguns metros, atrás daquela porta, ela provou a solidão mais terrível e amaldiçoou o mundo inteiro, causa de todas as suas infelicidades.

David, que a havia segurado, a afastava sem dó da porta enquanto ela continuava a se debater com enorme fúria, berrando sem parar. A policial também tentava trazê-la de volta à razão, sem sucesso: como se tomada pela loucura, Laetitia parecia surda a qualquer tentativa de ser tranquilizada.

— Olha! — mandou David, de repente, tentando chamar sua atenção.

Segurando-a firmemente pelos pulsos, ele quis virá-la enquanto a mantinha junto dele para chamar sua atenção... Não adiantou, ela não escutava nada nem ninguém, a tal ponto que ele teve de sacudi-la violentamente para fazê-la se calar.

— Mas que droga, olha! — vociferou ele mais uma vez quando, mais perplexa que machucada, Laetitia por fim se calou.

E, seguindo a direção que David lhe indicava, ela avistou bem no fim da rua a silhueta de Tiphaine que, claramente, estava voltando para casa.

48

SE LAETITIA ESTAVA EMBASBACADA ao avistar Tiphaine avançando tranquila pela calçada, esta ficou ainda mais surpresa ao descobrir os vizinhos junto de dois policiais bem na frente da casa dela. Sua presença teve o efeito de acalmar instantaneamente Laetitia, que, se soltando do domínio de David, correu na hora em direção a ela.

— O que foi que você fez com o meu filho? — atacou, assim que a outra estava a uma distância em que sua voz podia ser ouvida.

David e os dois policiais saíram correndo. Ele a segurou pelo braço, suplicando para que ela deixasse a polícia fazer seu trabalho. Ele a atraiu na direção oposta enquanto Tom Selleck e sua companheira abordavam Tiphaine que, confusa, os olhava sem esconder a surpresa.

De longe, David e Laetitia os viram conversar. Tiphaine fez um gesto de negação diversas vezes, parecendo responder às perguntas por meio de frases curtas, algumas palavras acompanhadas de movimentos de cabeça e dar de ombros. Depois, todos os três seguiram para a casa dos Geniot. Quando Tiphaine colocou a chave na fechadura, David e Laetitia se aproximaram alguns passos.

— Eu deixo vocês revistarem tudo, mas essa louca não vai colocar um pé dentro da minha casa de jeito nenhum — declarou ela, interrompendo seu gesto.

A policial se voltou na hora em direção a Laetitia para não lhe dar tempo de responder:

— A senhora Geniot nos autorizou a entrar na casa dela, o que ela não é obrigada a fazer de forma alguma. O tenente Delaunoy e eu vamos então dar uma olhada, mas peço para que você nos espere do lado de fora.

Assim David entendeu que Tom Selleck era Delaunoy e que a colega dele se chamava Chapuy. Laetitia estava pronta para rebater quando a policial a interrompeu com um gesto autoritário.

— Sem criar caso! — acrescentou ela, secamente.

Laetitia se calou, a agente Chapuy voltou para sua posição inicial e Tiphaine terminou de girar a chave. A porta se abriu, e ela se afastou para deixar os dois policiais entrarem primeiro na casa.

Logo antes de fechar a porta, ela concedeu a Laetitia um olhar marcado por uma insondável pena.

David e sua esposa esperaram uns bons vinte minutos, sentados nos degraus de sua casa. Vinte minutos durante os quais só trocaram umas poucas palavras, cada um machucado pela atitude do outro e corroído por um sentimento de solidão de que eles se consideravam mutuamente responsáveis.

— Ele não está lá... — murmurou David, em um tom de reprimenda.

— Se ele não estiver lá, é porque ela teve tempo de tirá-lo de lá!

Essa última ideia fez David perder a linha.

— Você ficou completamente louca, minha cara! — soltou ele, entredentes. — E fez a gente perder minutos preciosos para procurar o Milo onde ele, de fato, estiver.

— Ah, é? E onde é que ele está, na sua opinião?

A porta dos Geniot se abriu de repente, e os dois policiais apareceram, cumprimentando Tiphaine enquanto a agradeciam com um aperto de mão.

— De qualquer modo, não na casa da Tiphaine e do Sylvain — respondeu David, com amargura.

Ele se levantou e, sem esperar a esposa, foi andando até Chapuy e Delaunoy. Eles contaram rapidamente sobre a revista. Resumindo, Tiphaine tinha sido desconsiderada de ser responsável pelo desaparecimento de Milo, pela simples e boa razão de que tinha saído de casa bem cedo de manhã, com o marido, e que os dois tinham seguido para seus respectivos locais de trabalho. A maioria de seus colegas poderia confirmar a presença deles no lugar durante toda a manhã, o que os agentes iam evidentemente verificar, mas do que não pareciam duvidar. Para ficar com a consciência limpa, fizeram uma revista minuciosa na casa e no jardim e, como já imaginavam, suas buscas tinham sido em vão.

David se voltou para Laetitia, que não tinha saído dos degraus.

— Que tal começarmos a procurar de verdade nosso filho agora? — lançou ele, sem esconder sua exasperação.

Laetitia não reagiu. Ela continuou prostrada, os joelhos juntos do peito, olhando fixamente para um ponto ao longe que parecia só existir para ela.

— Ok! — declarou o tenente Delaunoy, estimando que já tinham perdido tempo suficiente. — Vamos dar uma volta rápida no quarteirão, vamos interrogar as pessoas na rua, os comerciantes e os outros vizinhos.

A porta dos Geniot voltou a se abrir, e Tiphaine, agitada, apareceu.

— Eu quero participar das buscas! — declarou ela, com uma voz febril.

— Todas as ajudas são bem-vindas — respondeu o policial.

Depois, ele olhou no relógio e acrescentou:

— Se o menino não aparecer em quinze minutos, vamos soltar um aviso de busca.

A agente Chapuy concordou com a cabeça e se voltou para Laetitia, ainda sentada no degrau.

— Senhora, se quiser encontrar seu filho o mais rápido possível, nós precisamos de você — murmurou ela com doçura. — Eu sei como é difícil passar por esses momentos, mas ficar sentada sem fazer nada não vai adiantar. O melhor meio de...

O barulho engasgado do walkie-talkie do policial Delaunoy chamou sua atenção. Ele o apanhou, trocou algumas palavras com uma voz abafada e anasalada e depois...

— Acabaram de encontrar uma criança do sexo masculino por volta dos sete anos andando sozinha, na rua do Mercado de Peixes, a um quilômetro daqui! — declarou ele, erguendo a voz.

Laetitia, David e Tiphaine se juntaram a ele em meio segundo. Sem perder um instante, ele se dirigiu ao interlocutor:

— Vocês podem me passar sua identidade?

Em pouco tempo, a resposta saiu do aparelho e todos ouviram muito bem:

— Milo Brunelle! Ele se chama Milo Brunelle.
Quinze minutos depois, Laetitia abraçava seu filho.

49

Hoje as coisas não são mais como antes. *Antes era melhor.*
 Era mais legal.
 Tinha o Maxime, mas não é só isso. A Tiatiphaine e o Sylvain também se davam bem com o papai e a mamãe. E isso era legal. Porque eles davam risada todos juntos e não davam muita bola pra gente.
 Pro Maxime e pra mim.
 Não que a gente pudesse fazer todas as besteiras que a gente queria, mas tem umas coisas que eles nunca ficaram sabendo. Igual na vez em que a gente soltou um monte de pum no travesseiro do papai e da mamãe. A gente riu pra caramba! Estava todo mundo no andar de baixo, e eles achavam que a gente estava no meu quarto brincando bonitinhos... Só que, na verdade, a gente estava no quarto do papai e da mamãe.
 No começo, a gente estava brincando de lutinha na camona, era melhor porque a gente tinha todo o espaço do mundo sem ter perigo de cair no chão... E aí o Maxime soltou uma bufa. A gente deu tanta risada que eu fiz força dentro da minha barriga igual quando a gente tá no troninho pra fazer o número dois e aí fui eu que peidei. Eu tava sentado na cama e tive que levantar um lado da bunda pra dar pra ouvir bem o barulho. O Maxime tava até chorando de tanto rir. E, quando ele ficou mais calmo, ele me explicou que, mais engraçado do que o peido, era que eu tinha acabado de soltar o pum em cima do travesseiro do meu pai. E eu nem tinha percebido e comecei a dar mais risada ainda. Só de

imaginar o meu pai botando a cabeça onde eu tinha acabado de soltar o pum já era engraçado demais. E, como a gente tava se divertindo pra caramba, o Maxime pegou o travesseiro da minha mãe e peidou em cima dele.

A gente continuou fazendo isso um tempinho até a gente não ter mais pum na bunda, mas a gente continuou rindo um tempão, e mais ainda quando a gente teve que descer pra comer: só de ver a cara da minha mãe e do meu pai perguntando pra gente por que que a gente tava rindo tanto, e a Tiatiphaine e o Sylvain falando que a gente era bobo, e eles olhando pra gente rindo que nem bobo sem saber por que que a gente tava rindo...

Pois é, as coisas eram mais legais. Agora não tem mais nada desse jeito.

A minha mãe quase não ri mais, e ela e o meu pai não param de brigar.

E com a Tiatiphaine é igual, só que pior: a minha mãe não quer nem ver ela mais.

E, como ninguém dá risada, todo mundo presta atenção no que eu tô fazendo. Eles não param de me perguntar as coisas, de ficar me olhando, e isso me enche!

E, depois, eu tô sozinho.

E aí, às vezes, eu penso: pelo menos o Maxime não tem que aguentar isso tudo. No começo, eu achava que era um pouco bobo ele ter ido embora, mas agora eu já acho que deve ser melhor ir embora mesmo. Não assim, um tempão, só até a minha mãe e a Tiatiphaine ficarem de bem. Talvez, se eu fosse embora um ou dois dias, elas iam acabar ficando amigas de novo. Porque eu sei direitinho que elas brigaram por minha causa. A minha mãe está brava com a Tiatiphaine porque ela acha que eu fiquei doente por causa dela.

Mas eu sei que não foi.

Foi porque eu comi o açúcar-mascavo amarelo que eu fiquei doente. Eu não devia ter comido, eu sei, mas eu achei mesmo que era açúcar, e eu adoro açúcar.

E, como não tinha ninguém na cozinha pra me vigiar, eu botei uma mãozada na boca. Depois eu cuspi, isso é verdade, porque era nojento, só que eu também engoli um pouco.

E foi isso que me deixou doente. A Tiatiphaine não tem nada a ver com isso.

Então eu resolvi ir embora. Só um ou dois dias. E, quando eu voltar, todo mundo vai ser amigo, e a gente vai voltar a ser como antes.

Só que sem o Maxime, eu sei.

Só que, mesmo assim, um pouco igual a antes.

50

A FUGA DE MILO FEZ SOAR O ALARME. Não o de Laetitia, que já vibrava com toda força, mas o de David. Não se tratava de Milo, nem mesmo de Tiphaine ou de Sylvain, mas de Laetitia, que, segundo ele, era responsável pelo passeio repentino de seu filho.

Na verdade, David estava consumido por uma raiva interior cujos rompantes ele não conseguia controlar. Sem conseguir formular as acusações que imputava à esposa, ele sabia no fundo que o comportamento irritado e desconfiado de Laetitia e sua atitude agressiva, assim como suas reações excessivas, eram as principais causas da fuga de Milo. E, se não despejou sua raiva sobre ela assim que os policiais foram embora, foi apenas por causa da presença do garotinho, que ele queria poupar de uma tensão a mais. Só que uma certeza tinha acabado de se instalar em sua cabeça, em seu coração e em sua consciência: Laetitia estava se tornando nociva para Milo.

A ira o intimidou o resto do dia, que ele dedicou ao filho, para lhe trazer tanto a tranquilidade e o reconforto de que era capaz quanto para não o deixar sozinho com a mãe. Com o estômago revirado e a garganta fechada, ele passou a tarde e o começo da noite evitando ao máximo todo o contato com ela, não exatamente certo de poder se conter se tivesse que lhe dirigir a palavra. Ele temia provocar uma milésima discussão ao dizer a ela o que pensava de verdade e que guardava para si havia vários dias.

Seu delírio paranoico que a fazia acreditar que Tiphaine se dedicava a acabar com Milo.

O clima horrível que suas suspeitas instalavam entre os dois e a família.

O desprezo que ela ostentava quando ele não compartilhava sua opinião, certa de ter razão.

Sem contar as acusações falsas, suas reações descabidas, seu ar obstinado que ele, às vezes, tinha vontade de apagar com um tapa, fazendo uma guerra sem piedade contra os demônios resgatados de um passado que, no presente, mais do que nunca, o atormentavam com uma enorme necessidade de vingança.

David estava nervoso com ela. Ele não a reconhecia mais, não a entendia mais, pior, ele desconfiava dela. E só a ideia de deixar Milo com Laetitia no dia seguinte quando saísse para trabalhar já reforçava a hostilidade que sentia em relação a ela.

— Você está fugindo de mim? — bradou ela, depois que, em um movimento instintivo, David deu um passo para trás para evitar que ela roçasse nele num momento que ela passava ao lado dele na cozinha.

Com a mandíbula cerrada, ele preferiu não responder. Lavou um copo, o encheu de suco de laranja e deu meia-volta para levá-lo para Milo, que estava no segundo andar, em seu quarto.

— David, estou falando com você! — insistiu ela, seguindo-o, com voz dura. — Você está fugindo de mim?

— Me deixa em paz, Laetitia — intimou ele, com um ânimo raivoso.

Ela se revoltou na hora, soltando uma risada melindrada.

— Eu só posso estar sonhando!

Mas, antes que ela tivesse tempo de preparar sua saraivada de palavras, alegar injustiça, exigir ser ouvida, compreendida e apoiada, ele se virou violentamente para ela e a impediu de seguir adiante.

— Não, você não está sonhando! O seu filho acabou de fugir porque a mãe dele está a tal ponto obcecada por uma ameaça que não existe que ela está disposta a destruir tudo ao redor dela.

— É mentira! — urrou ela, com todas as garras de fora. — É você que não quer ver a verdade na sua frente.

Mas David não tinha a intenção de ouvir suas especulações paranoicas.

— Pois então vamos falar dela! — gritou ele mais alto para não a deixar tomar a dianteira. — O que está acontecendo, Laetitia? Vamos lá, estou ouvindo! Me fala o que, na sua opinião, prova de maneira irrefutável que a Tiphaine está tentando matar o Milo!

— Fala mais baixo! — mandou ela, baixando a voz de uma só vez. — O Milo vai te ouvir!

— Ah! Por que agora você está preocupada com o que ele pode ver ou ouvir? Isso é novidade! Só que nos últimos tempos não me pareceu que você estivesse tão angustiada com a ideia de que o Milo pudesse estar sofrendo com os seus delírios.

— Não tem nada de delírio nisso, David. Chega a ser apavorante que você não se dê conta.

O sangue de David subiu à cabeça, e a resposta foi imediata:

— O que é apavorante, Laetitia, é que você não se dá absolutamente conta de que sua viagem paranoica está acabando com o nosso filho pouco a pouco e que você está obstinada a sustentar uma hipótese absurda que não tem fundamento nenhum... E isso, isso é demais para mim!

— O que é que eu teria que fazer então? — troçou ela, com determinação. — Esperar tranquilamente que essa bruxa desse um fim nele para dizer: "Viu só? Eu tinha razão!"?

— Você está ficando ridícula.

— Não estou nem aí em ficar ridícula — berrou ela, perdendo de vez a cabeça. — Eu só quero é proteger o meu filho.

Essa crise de histeria apenas fez David dar um sorriso aflito.

— Olha só pra você... — murmurou ele, com um tom desolado. — Parece uma louca.

Laetitia ficou tão surpresa com essa reação que ficou desconcertada. O silêncio que seguiu permitiu que eles percebessem um movimento vindo da escada. Os dois viraram a cabeça e viram Milo de pé, melancólico e abatido.

David sentiu como se um bloco de concreto tivesse caído em seus ombros: ele tinha acabado de provocar exatamente o que tinha prometido a si mesmo que evitaria para o filho. Com o coração atormentado e a culpa multiplicada, lançou um olhar incendiário para Laetitia. Ela olhava para Milo, e lágrimas escorriam por seu rosto.

— Milo, meu pequeno... — soluçou ela, murmurando.

O queixo do menino começou a tremer, então ele fugiu em direção ao quarto. Laetitia fez menção de segui-lo, mas David a segurou com um gesto rude pelo punho e a forçou a parar.

— Não chega perto dele! — articulou David, encarando-a com uma hostilidade malcontida.

Depois ele relaxou a mão e ficou ainda alguns segundos fixando-a com o olhar, pronto a segurá-la se ela tentasse novamente ir atrás de Milo. Laetitia permaneceu paralisada, o rosto pasmo de pavor e visivelmente incapaz de reagir. Então David lhe lançou um último olhar ameaçador antes de subir os degraus de quatro em quatro até o segundo andar.

Sozinha no térreo, a jovem não se moveu um centímetro, a não ser pelo sobressalto com um calafrio que sentiu quando a porta do quarto de Milo se fechou atrás de David.

O silêncio que se abateu sobre ela em seguida acabou de destruí-la.

51

Ainda que a noite começasse a cair, a temperatura ainda estava amena. E, ainda que fosse possível sentir a leve friagem do outono, Laetitia teria percebido? Ela havia saído de casa como um robô, com a sensação penosa de ter sido abandonada à própria sorte. Rejeitada pelas duas pessoas que mais queria bem no mundo. Como se tivesse sido jogada em um pesadelo do qual tentava em vão se livrar, em que cada segundo que passava parecia uma tortura sem fim e do qual dizemos que vamos acordar, que não pode ser real, que tudo vai voltar à normalidade, com certeza... E a cada segundo é preciso admitir a evidência: não, não vamos acordar, pela simples razão de que não se trata de um pesadelo.

É pior: é a realidade.

Então o pânico volta a tomar conta de nós e, mais uma vez, nossa razão tenta se voltar para outra verdade, encontrar a frequência correta, a de que há alguns instantes nós não duvidávamos. E logo o desespero de não encontrar o meio de dar a marcha à ré nos engloba em seu círculo infernal.

Laetitia andou por muito tempo. Esgotada pela tensão insustentável que não parava de experimentar, tentou mesmo assim recuperar a calma, mas sem deixar de desejar que tudo não estivesse perdido.

Ela nunca tinha visto David naquele estado.

Ele que, em geral, a protegia das angústias que a vida, às vezes, nos impõe. Ele que nunca tinha erguido a voz para ela. Ele que sempre a tinha amparado a cada vez que ela encontrara um obstáculo, uma prova, a começar pela terrível morte de seus pais... E, de repente, ele se tornara o inimigo de quem ela devia se proteger! Só a lembrança do olhar que ele lhe lançara antes de subir a escada já gelava seu sangue.

Tinha se sentido em perigo.

Tinha percebido que ele era capaz de machucá-la.

Aquilo não podia ser real. Tinha que ser um pesadelo.

Mas, no segundo seguinte, logo depois de ter sentido o alívio infinito de ter encontrado uma explicação para o horror da situação, a angústia voltava ainda mais forte, agarrando suas entranhas para torcê-las com a força de sua crueldade.

Ao longo dos minutos, passo após passo, a razão conseguiu superar o pavor.

Lentamente, outra versão dos fatos se insinuou em seu espírito, à qual ela se agarrou: David tinha agido sob a influência de um medo retrospectivo. Ele tinha liberado a tensão e perdido a mão. Não era ele mesmo. Ela mesma não tinha perdido o controle berrando como uma possuída com Milo apenas alguns dias atrás? A reação de David era compreensível, agora ela se dava conta. Ele não acreditava de verdade no que estava dizendo...

Laetitia se agarrou àquela ideia com a força do desespero. Então, quando conseguiu se convencer de que tudo aquilo não passava de uma briga normal, levando em conta as provas que os dois estavam enfrentando, ela se pôs a esperar uma reconciliação, pedindo aos céus que David passasse a enxergar as coisas sob o ângulo que ela própria estava considerando. Uma vez que a raiva passasse, assim que ele reservasse um tempo para pensar, talvez até entender, tudo ficaria em ordem.

Sua caminhada a levou até o centro da cidade, onde as ruas movimentadas a receberam em plena confusão. Ela andou sem rumo e sem pensar e ficou atordoada de se ver tão longe de casa. Como tinha voltado a se acalmar, estava com pressa de voltar para casa e retomar a conversa com David, dividir com ele suas reflexões e talvez até lhe pedir desculpas.

E principalmente para abraçar seu filho, tranquilizá-lo, prometer-lhe dias melhores no futuro, embalá-lo...

Seu relógio marcava sete horas da noite. Já fazia duas horas que ela havia deixado sua casa, e a urgência de voltar a deixava febril, com o coração disparado, a cabeça a mil. Ela quis pegar um táxi, mas tinha saído sem levar nada, sem bolsa nem casaco. Laetitia não estava com um tostão no bolso, nem mesmo o celular: não podia avisar David nem tomar um transporte coletivo sem pagar. Ela ainda estava em condições de voltar a pé. Levando em conta que tinha feito vários desvios sem rumo pelas ruas para chegar onde estava, calculou que ainda teria uma horinha de caminhada.

Praguejando contra si mesma tanto quanto contra a situação, pôs-se a caminho em passos ritmados.

52

DAVID E MILO ACABAVAM DE COMER UMA OMELETE feita às pressas quando a campainha da porta de entrada tocou.

— É a mamãe? — perguntou o menininho, cheio de esperança.

— Sem dúvida... Coloque os pratos na pia, filhote, e me espere aqui.

Ele secou as mãos no pano de prato e seguiu para o saguão. Dividido entre o desejo de ver Laetitia voltar para casa e a raiva que o atormentava sempre, não pôde deixar de sentir certa apreensão: em que estado de espírito ela estava? Tudo o que ele esperava é que ela estivesse suficientemente calma para não ostentar sua discórdia na frente de Milo.

Quando ele abriu a porta, deparou-se com dois homens no patamar, e um deles perguntou com uma voz firme e impostada:

— Senhor David Brunelle?

Os dois tinham mais de quarenta e tantos anos, um estava usando um terno de veludo cotelê, o outro, um colete de couro. O espanto deixou David sem voz por alguns poucos segundos. Ele concordou com a cabeça, franziu as sobrancelhas e engoliu a saliva.

— É a respeito de quê? — perguntou ele a seguir.

— Tenente Petraninchi — apresentou-se o de colete de couro, mostrando sua carteira. — Nós estamos investigando o assassinato de Ernest Wilmot. Poderia nos deixar entrar, senhor?

Ainda que a morte de Ernest tenha lhe parecido suspeita, a confirmação de suas dúvidas o deixou atônito.

— O assassinato?! — exclamou ele, sem esconder seu espanto.

Os dois homens entraram na casa enquanto o segundo, o que ainda não tinha falado, lhe estendeu uma folha de papel, que David, afastando-se para deixá-los entrar, apanhou com um gesto automático.

— Nós temos um mandado de busca para revistar o seu domicílio. Peço para que não crie cas...

A aparição de Milo o pegou desprevenido. O menininho estava junto do batente da porta que levava à cozinha, encarando os dois intrusos com um olhar arisco.

— Olá, rapaz — lançou o tenente Petraninchi. — Como você se chama?

O menino não respondeu e correu para se juntar ao pai.

— Tudo bem, garoto — acrescentou o outro policial. — Fique junto de seu papai, vai ficar tudo bem.

Erguendo para David um olhar cúmplice, ele garantiu e prometeu que a presença do menino evitaria qualquer excesso da parte deles. Então, entraram na cozinha.

David, junto de Milo, foi atrás deles.

A busca foi minuciosa: os armários, as gavetas e a geladeira foram revistados de alto a baixo; cada caixa, cada panela, cada recipiente foi aberto e cheirado, sem esquecer a parte de baixo da pia, o lixo e as estantes.

— Você mora sozinho aqui com o seu filho?

— Não. Minha esposa mora conosco.

— E onde ela está no momento?

— Ela...

David deu uma olhada constrangida em Milo: claramente, ele hesitava sobre que explicação dar.

— Nós discutimos — declarou ele enfim, optando pela verdade. — Ela foi dar uma volta, para se acalmar. Eu até achei que era ela quando... quando vocês tocaram a campainha. Imagino que ela não vá demorar a voltar.

— Sobre o que vocês discutiram? — perguntou o tenente Petraninchi, sem interromper sua revista.

David, pego desprevenido, levou alguns segundos para responder.

— Digamos que não estamos em uma fase muito boa...

O outro oficial encarou David, baixou os olhos para Milo e depois balançou a cabeça com um ar cúmplice.

Em seguida, passaram para a sala e retomaram suas buscas.

— Vocês estão procurando o que exatamente? — perguntou David após um instante.

— Você pode acender a luz do jardim? — pediu o tenente Petraninchi como única resposta.

David foi até o interruptor e o ligou, iluminando na hora a varanda, enquanto o oficial já abria a porta francesa antes de dar alguns passos do lado de fora. Seu colega, por sua vez, começou a revistar a sala de jantar. Os dois homens agiam com método, calma e sem precipitação.

Milo e seu pai ficaram na sala. Logo, David viu Petraninchi apanhar uma lanterna que estava pendurada em seu cinto e, se afastando para o fundo do jardim, varreu a escuridão com o feixe luminoso.

Aproveitando que estavam sozinhos no cômodo, Milo cochichou:

— Papai, por que a polícia está aqui?

— Não se preocupa, camarada. Está tudo bem.

— A mamãe vai voltar quando?

— Logo, logo.

David queria ter sido capaz de tranquilizar o filho, mas a apreensão lhe dava um nó nas tripas, e o esforço que ele empregava para manter a calma ocupava todos os seus pensamentos. Sem contar que um bando de perguntas passava por sua cabeça, e o medo de revelar sua angústia o impedia de procurar uma resposta: do que Ernest tinha morrido de verdade? Por que aquela investigação? Por que na casa dele? Ele estava entre os suspeitos? Seu passado de infrator e usuário de drogas tinha um peso naquilo? Ou era o procedimento normal, dado que ele estava entre as últimas pessoas a ter visto Ernest vivo? Mas, então, por que não tinha sido convocado à delegacia como no dia seguinte à morte do velho? Os policiais procuravam alguma coisa específica, ou a falta de elementos os fazia apostar na sorte?

As reflexões de David logo foram interrompidas pela voz de Petraninchi que, de volta à varanda, interpelou o colega:

— Bonaud! Vem dar uma olhada aqui!

Este irrompeu da sala de jantar e se juntou a Petraninchi. O coração de David começou a martelar no peito. O que ele tinha encontrado? Ele seguiu na hora os passos de Bonaud, mas mandou o filho esperar alguns instantes.

Só que o menino parecia querer segui-lo por toda parte, fazendo David voltar.

— Me espera aqui, cara... Eu já estou voltando!

— Não me deixa sozinho, papai!

A angústia que transparecia na voz do garoto o abalou. Então, virando o rosto para o local onde os dois policiais estavam, decidiu ficar junto do filho. Alguns instantes depois, Petraninchi e Bonaud reapareceram.

— O que está acontecendo? — perguntou ele, com uma voz nervosa demais para o seu gosto.

— Está tudo bem, senhor.

Então, como o assunto estava encerrado, continuaram com a revista, revirando o segundo andar, o porão e até o táxi de David. Isso levou ainda uns bons vinte minutos, no fim dos quais o tenente Petraninchi o chamou de lado.

— O senhor tem que ir conosco até a delegacia, sr. Brunelle. Temos algumas perguntas a fazer.

— Eu já disse tudo ao seu colega no dia seguinte à tragédia... — protestou David sem convicção.

Petraninchi deitou sobre ele um olhar insistente e ligeiramente ameaçador.

— Senhor... Não me obrigue a sacar as algemas na frente do seu filho — sussurrou ele secamente. — Você pode deixá-lo com alguém próximo enquanto sua esposa não volta?

Descontrolado pelo rumo dos acontecimentos, David balançou a cabeça, ainda que incapaz de colocar os pensamentos em ordem.

— Caso contrário, vamos ter que levá-lo conosco — continuou o oficial —, mas eu duvido que essa seja a melhor solução, para ele e para o senhor. Não tem mesmo ninguém?

— Não...

— Pais, amigos, vizinhos?

Os vizinhos... Davi engoliu em seco. É claro, havia sempre a solução de deixar Milo com Tiphaine e Sylvain, mas, dadas as circunstâncias, essa opção era sensata? O tempo estava passando, Petraninchi não tirava os olhos dele, paralisando todos os seus pensamentos.

Não, na casa de Tiphaine e Sylvain, não. Laetitia não o perdoaria nunca.

Restava a outra possibilidade de levar Milo para o departamento da polícia judiciária e fazê-lo esperar em uma das salas impessoais, frias, austeras... apavorantes para um menino de sete anos, sabendo que seu pai se encontra em algum lugar por perto, sendo interrogado. As lembranças insalubres de sua adolescência afundavam David, as horas de interrogatório, a pressão psicológica dos policiais, a dúvida, o ódio... A violência também, às vezes... As imagens oprimiam seu espírito, os sons, os cheiros, tudo o que, em seus piores pesadelos, ele tinha esperado nunca ter que reviver... Abalado pela ideia de impor essa provação a Milo, David soube que ele mesmo não teria força de encará-la sabendo que o filho estava lá, em uma sala próxima. O menino era seu calcanhar de Aquiles. Só sua presença já deixava David vulnerável. Se ele quisesse se recobrar, precisava urgentemente colocar o filho em um lugar seguro. Ou pelo menos optar pela solução menos pior.

— Tem os vizinhos — declarou ele, murmurando.

— Muito bem. Vamos lá.

Sem estar completamente consciente de seus atos, David voltou para junto de Milo e, ajoelhando-se para ficar de sua altura, explicou-lhe em poucas palavras o que esperava dele.

— Escuta, carinha, eu vou ter que ir com os policiais. Não vai demorar. Rapidinho eu vou voltar. Vou te deixar na casa da Tiatiphaine, e você vai esperar a mamãe vir te buscar lá. Tudo bem?

— Eu quero ir com você, papai — suplicou o menino com um nó na garganta.

— Você não pode, coração... Não é lugar pra você... Você vai ficar melhor na casa da Tiatiphaine.

O menino baixou a cabeça, e lágrimas começaram a correr por suas bochechas. David achou que seu coração fosse explodir. Ele pegou o filho no colo e o abraçou.

— Vamos lá, sr. Brunelle — insistiu Bonaud, que estava de pé bem atrás dele.

David voltou a se levantar e segurou a mão do garoto.

Depois, ele o levou para a casa de Tiphaine e Sylvain.

***

Quando abriu a porta, Tiphaine não conseguiu esconder sua surpresa: a presença de David na soleira da porta, ainda mais na companhia de Milo e junto de dois desconhecidos cuja hostilidade ela percebeu, a deixou sem palavras.

— Não tenho tempo de te explicar — começou David, antes que ela pudesse lhe fazer qualquer pergunta. Tenho que me ausentar durante a noite, e Laetitia foi dar uma volta... Ela deve voltar logo. Pelo menos é o que eu espero. Você pode olhar o Milo?

— É claro...

Sylvain apareceu atrás de Tiphaine. David o cumprimentou com a cabeça. Ele hesitou antes de continuar:

— Na verdade, Laetitia e eu discutimos.... Ela saiu batendo a porta. Eu não sei quando ela vai voltar. E ela não está sabendo do que está acontecendo nesse momento.

— Está tudo bem, David? — perguntou Tiphaine, olhando para os dois homens plantados atrás dele.

— Sim, sim... É sobre a morte do Ernest. Nada grave. Eu volto esta noite mesmo. No máximo amanhã de manhã.

Esticou o braço em direção a Tiphaine, obrigando assim Milo, que se agarrava à sua mão, a juntar-se a ela. Ela recebeu o menino com um carinho sincero.

David deu uma última olhada no filho e se forçou a sorrir para ele. Um sorriso de tristeza insondável.

Logo antes de ir embora, ele pegou as chaves de casa e entregou-as para Tiphaine:

— Laetitia saiu sem pensar, ela não levou as chaves... Você pode esperar ela chegar ou deixar um bilhete na porta para dizer que eu deixei a chave com você e que o Milo está na sua casa?

— Duvido que ela vá ficar contente...

— Eu não tenho escolha.

Depois, ele se afastou na rua junto dos policiais que o acompanhavam para levá-lo até o veículo.

Tiphaine continuou na soleira da porta e os seguiu com o olhar até que o carro desaparecesse no fim da rua. Então, baixando os olhos para Milo, passou a mão carinhosamente em sua cabeça.

— Vem, Milo, vamos entrar. Vai pegar friagem. Você comeu?

O menino assentiu com a cabeça.

Tiphaine fechou a porta.

— Então vou te colocar na cama... Vai me esperar lá em cima, eu já estou indo. Pode escolher um livro, se quiser uma história.

O menino seguiu para a escadaria cujos degraus subiu lentamente.

Tiphaine trocou um olhar ao mesmo tempo aturdido e vitorioso com Sylvain.

— É agora ou nunca! — cochichou ela assim que o menino estava longe o suficiente para não ouvir. — A gente nunca vai ter uma oportunidade melhor.

Laetitia chegou em casa vinte minutos depois.

Sem ter de fato levado suas chaves, ela teve que tocar a campainha.

Ninguém veio abrir.

53

— David! Por favor! Abre a porta! A gente tem que conversar...

Pela décima vez, Laetitia se esforçou para girar a maçaneta da porta, tentativa, no entanto, inútil, já que ela estava fechada à chave. Apesar de ter tocado muitas vezes a campainha, apesar de ter batido com força na porta, David parecia fazer ouvidos moucos ao seu suplício. Ele estava bravo a ponto de deixá-la do lado de fora a noite inteira? Ela não podia acreditar. Independentemente das queixas que ele tinha contra ela, mesmo assim, não podia impedi-la de entrar em casa!

Consternada por aquele rancor que ela não conhecia, Laetitia logo parou de bater à porta. A temperatura tinha caído com a noite, e ela começou a tremer de frio e de angústia.

O que estava acontecendo?

Como tinham chegado a esse ponto?

Desde a morte de Maxime, sua vida inteira se decompunha por todo lado em um pesadelo que parecia não ter fim. Como se o garotinho tivesse levado em sua queda todo um universo, aquele em que ela circulava havia tanto tempo, essencial para sua existência.

A perda da amizade de Tiphaine e Sylvain já tinha prejudicado uma alegria cada vez mais precária. Mas sem David, e, sobretudo, sem Milo, ela não era mais nada. Desvairada por uma situação que não entendia mais,

Laetitia sentiu o pânico triturar suas entranhas e, logo, começou a soluçar diante da porta completamente fechada.

— David, eu imploro... Abre para mim!

O silêncio dentro da casa a devastou. Só que não era a primeira vez que eles brigavam, e mesmo que aquela discussão tivesse sido mais grave do que as outras, nada justificava o fato de ela não poder nem conversar com ele...

Fazendo um esforço sobre-humano para controlar sua aflição, Laetitia engoliu as lágrimas e ficou diante da janela que dava para a sala de jantar. Ela fez sombra com as mãos ao lado dos olhos e encostou o nariz no vidro, mas não notou nenhum movimento através das cortinas finas. Que o cômodo estivesse mergulhado na escuridão, não tinha nada de excepcional: quando não estavam com convidados, eles tinham o hábito de fazer as refeições na cozinha, que ficava nos fundos da casa. No entanto, se David se encontrasse lá, o halo tênue de luz que vinha do cômodo teria iluminado o acesso à sala de jantar...

Sem dúvida, não havia ninguém no térreo. Uma vaga esperança invadiu a jovem: a única explicação para o silêncio de David era que ele estivesse no banheiro, quem sabe até tomando uma ducha. E assim ele não conseguia ouvir nada, nem a campainha, nem as batidas na porta e menos ainda seus gritos.

Voltando alguns passos, ela ergueu os olhos para as janelas do segundo andar. A do banheiro, à direita, dava para a rua... Mergulhado na penumbra, ele parecia tão vazio quanto o térreo.

David estava em um dos dois quartos, no de Milo, colocando o menino na cama, ou no quarto deles? Independentemente do cômodo em que estivesse na casa, ele tinha que ouvir!

Laetitia voltou a se afundar no desespero: se seu marido não estava abrindo a porta, era porque se recusava a fazê-lo.

Sozinha na noite, usando só uma malha leve e uma calça de tecido fino que não a protegiam em nada do frio do outono, sem documento de identidade, sem dinheiro nem cartão do banco, ela se sentiu desamparada. Voltou à porta da qual tinha acabado de se afastar e deslizou o corpo encostado nela, dando livre curso ao pavor de se sentir abandonada por todos, perdida, desamparada, rejeitada... Depois, trazendo os joelhos para junto de si e os abraçando, ela explodiu em soluços.

— Laetitia? O que você está fazendo aí?

Ela tremia e, erguendo a cabeça, viu além de suas lágrimas a silhueta de Tiphaine, que se aproximou, se ajoelhou com prudência para ficar da altura da vizinha e lhe perguntou:

— Você não está com as suas chaves?

Esgotada demais por suas emoções para rechaçar aquela que naquele momento considerava sua pior inimiga, Laetitia se contentou em balançar a cabeça.

— Você deve estar morrendo de frio! — continuou Tiphaine, compadecida. — Como é que o David pôde ir embora te deixando assim?

Os soluços de Laetitia pararam na hora. Ela levantou o rosto e encarou Tiphaine aturdida.

— David foi embora? — ela conseguiu murmurar com a voz entrecortada.

— Sim — respondeu Tiphaine, como se fosse óbvio. — Eles saíram já tem uma boa meia hora, talvez até mais...

— Ele... ele foi embora com o Milo?

Diante das perguntas atrapalhadas da jovem, Tiphaine fingiu surpresa.

— Laetitia... O que está acontecendo? Eu vi o David colocar o Milo no táxi e duas bolsas no porta-malas. Eu pensei... Eu tinha certeza de que vocês estavam indo viajar, sem dúvida por minha culpa... Que vocês queriam se afastar de nós... Ao que parece, estou enganada!

Mais do que a recusa obstinada de David de abrir a porta, a ideia de que ele tivesse ido embora levando o filho para separá-lo dela terminou de arrasar Laetitia. Ela soluçava de dor e achou que seu coração ia explodir tamanho era o sofrimento que oprimia seu peito. Se David estava furioso com ela a ponto de querer levar o filho deles embora, era porque tudo estava perdido.

— Não fica aí, Laetitia, você vai morrer de frio! — continuou Tiphaine, com uma doçura afetada.

Morrer de frio? E daí?...

— Por favor, vem! — implorou ela, sem deixar de lado a gentileza. — Vem se esquentar na minha casa. Depois, se a sua porta francesa não estiver trancada, você pode entrar passando pelo jardim.

Laetitia não reagiu. David tinha ido embora, tinha levado Milo. O resto não importava mais nem um pouco.

Vendo que ela continuava sem reação, Tiphaine começou a levantar Laetitia. Ela a segurou debaixo dos braços e a obrigou a se erguer, se apoiando no batente para ajudar. Já de pé, Tiphaine passou rapidamente um braço em volta de sua cintura e, pé ante pé, elas se dirigiram para a casa vizinha.

Uma vez no interior, Tiphaine fechou a porta empurrando-a com o pé.

A porta bateu com um estrondo sinistro.

Na sala dos Brunelle, o telefone tocou alguns minutos depois. Após cinco toques, a secretária eletrônica atendeu e a voz de Milo soou no silêncio da casa.

"Você ligou para a nossa casa, a gente não tá aqui, mas você pode deixar um recado depois do bipe."

Então, a voz enfurecida do chefe da companhia de táxis que empregava David, um tal de Roger Forton, exprimiu livremente sua raiva:

"Brunelle, é o Forton! Vem cá, que modos são esses? Você está achando que eu sou quem, hein? Acabei de receber uma ligação do advogado de um dos seus clientes. Parece que você arrastou o homem para fora do seu táxi no meio da corrida e largou o cara no chão da calçada. Estou avisando: ele vai dar queixa! Então, me escute bem, Brunelle: quero ouvir a sua versão dos acontecimentos, mas se ficar provado que você o botou para fora do seu táxi a pontapés, e ainda por cima sem ter terminado a corrida, vou te colocar no olho da rua! Não quero saber de ralé na minha empresa. Então, me liga depressa!"

54

Desde sua chegada à delegacia, e depois de ter as digitais colhidas e seus direitos lidos, David foi interrogado a respeito da relação que nutria com Ernest. Sabendo como a máquina judiciária funcionava, ele manteve a calma e respondeu às perguntas que lhe faziam. Durante o processo, ele havia se obrigado a analisar a situação e a retomar a compostura: como não tinha nada a ver com a morte de Ernest — nem direta, nem indiretamente —, não havia nada a temer. Era só isso que contava.

Ao longo do interrogatório, ele entendeu bem rápido que o ataque cardíaco de seu velho amigo tinha sido causado por envenenamento. Assim, Laetitia estava certa: a morte de Ernest não tinha sido nada natural.

Claramente, os policiais procuravam um motivo, razão pela qual concentravam as investigações nas relações que antes ligavam os dois homens. Seu passado de infrator e usuário de drogas não o ajudava, isso era fato. Mas o que começava a preocupar David era que eles tinham encontrado em sua casa uma garantia segura em relação às provas de que dispunham e que, visivelmente, o incriminavam de um modo ou de outro.

Um blefe, pensou. Ele tinha certeza de que não havia nenhuma substância ilícita, muito menos qualquer veneno capaz de provocar um ataque cardíaco.

— Você quase conseguiu se dar bem! — desferiu o tenente Bonaud. — O médico-legista quase deixou passar. O que você não sabia é que, com a merda que você fez ele ingerir, ele teve insuficiência renal, e isso não colava com o resto do diagnóstico. Que burrice, hein!

Consciente de sua falta de conhecimento do processo, David exigiu um advogado. Sabia por experiência que, de acordo com a fórmula consagrada, tudo o que dissesse poderia ser usado contra ele, e que sua falta de conhecimento poderia levá-lo a evocar coisas cuja interpretação o prejudicaria.

Como não conhecia nenhum, designaram-lhe um defensor público.

Enquanto o homem da lei não chegava, ele foi confinado em uma cela.

Sozinho, pôde controlar sem pressa sua angústia, que tinha voltado a afligi-lo, e avaliar a situação. Se os policiais o tinham enchido de perguntas, ele mesmo se fazia tantas outras. Quem tinha interesse em assassinar Ernest? O velho tinha se aposentado havia alguns anos, e ele nunca tivera desavenças com qualquer dos ex-detentos que havia acompanhado ao longo de sua carreira. Certamente, Ernest era pouco inclinado a confidências, e desabafar sobre eventuais preocupações sobre sua segurança não era de sua natureza. Mas por que suspeitavam dele, David, e não de um outro? Seria pelo fato de que o amigo tinha passado a tarde em sua casa ou por causa de outros elementos cujo teor ele desconhecia e que o incriminavam mais particularmente?

"O que você não sabia é que, com a merda que você fez ele ingerir, ele teve insuficiência renal, e isso não colava com o resto do diagnóstico."

Ele deduziu que Ernest tinha ingerido um veneno fatal. Portanto, não havia sido vítima de uma agressão durante a qual alguém lhe tivesse injetado... Mas que veneno era aquele que ao mesmo tempo tinha provocado um ataque cardíaco e insuficiência renal? Como os policiais podiam tê-lo encontrado na casa dele quando ele só tinha alguns remédios, e nenhum deles, até onde sabia, podia causar a morte de quem quer que fosse? Sem informações, David estava tendo dificuldade em responder.

Passando e repassando todas essas perguntas em sua cabeça, ele sentiu a calma o abandonar de vez. Queria poder falar com Laetitia, contar a ela o que estava acontecendo, dividir com ela alguns elementos que não tinha conseguido juntar e pedir à esposa que procurasse na internet para saber mais. Quem sabe, se descobrisse a origem do veneno, pudesse saber mais sobre o assassino?

A porta de sua cela se abriu, dando fim a suas divagações. Um homem jovem usando um terno cinza por cima de uma camisa branca com o colarinho aberto entrou e se apresentou:

— Alexis Raposo, advogado. Vou representá-lo durante sua custódia. Pode me chamar de sr. Raposo.

— Está de brincadeira? — David não conseguiu deixar de soltar uma risada abafada, apesar da gravidade da situação.

— É o meu sobrenome de verdade — respondeu na hora o advogado, que parecia acostumado com as piadas sobre seu sobrenome. — Não vamos perder tempo, sim? Se o meu sobrenome o faz rir, fique sabendo que sou tão astuto quanto o animal homônimo da fábula do nosso amigo Jean de la Fontaine. E disso meus clientes nunca se queixaram.

Ele era jovem, sem dúvida, mas sua pronta resposta e sua confiança tranquilizaram um pouco David.

— Temos uma meia hora para conversar a sós antes de retomarem o interrogatório. Dei uma olhada rápida em seu caso — continuou o advogado sem perder tempo, acrescentando assim a eficácia às suas qualidades. — Eu realmente preciso da sua versão dos fatos. Mas já digo que as acusações contra você são fracas, para não dizer inexistentes. Eu achei até que fosse brincadeira! Eles jogaram verde para ver se você confessaria... Você vai sair daqui em uma hora.

— E quais são as acusações?

O sr. Raposo deu um sorriso pesaroso.

— Dizem que você tem dedaleiras em sua varanda.

— Hã?

— O médico legista encontrou traços de digitoxina no organismo da vítima.

— Digitoxina?

— É um cardiotônico forte extraído da dedaleira-vermelha, da qual você aparentemente tem alguns belos espécimes, e cuja ação diurética pode deteriorar o trato renal. De acordo com o legista, a forma de digitoxina encontrada na urina da vítima é pura o suficiente para concluir que houve ingestão direta da planta.

— Mas isso não faz sentido nenhum!

— Nem é preciso dizer... Ele era vegetariano?

— Oi?

— Estou brincando.

David permaneceu indiferente ao humor do advogado. Ao saber que uma planta tinha causado a morte de Ernest, o sangue gelou em suas veias e ele ficou de cabelo em pé. Dedaleiras... Aquele nome não lhe era estranho e, revirando suas lembranças, sentiu que perdia o chão. Tiphaine na soleira da porta, segurando em uma das mãos uma planta ornada de flores avermelhadas em formato de sinetas e, na outra, um embrulho de presente.

"E isto é para Laetitia. É dedaleira, uma planta perene que ela pode replantar no jardim ou deixar no vaso na varanda, como ela quiser... Estamos nos desfazendo no trabalho e não tenho mais espaço no meu jardim. É bonita e floresce o verão inteiro."

Ao lhe dar a planta de presente, Tiphaine tinha lhes oferecido tão somente a prova de que os dois eram os culpados.

Ele só conhecia uma pessoa capaz de transformar uma simples flor em uma perigosa arma.

E era exatamente àquela pessoa que ele tinha confiado seu filho uma hora antes.

55

Enrodilhada no sofá de Tiphaine e Sylvain, Laetitia não parava de soluçar, sem conseguir se recompor.

Como David podia ter feito uma coisa daquelas? Para onde ele tinha levado Milo?

Quais eram suas intenções?

Como ela ia fazer para viver sem o marido e o filho?

Cada minuto que passava sem resposta lhe parecia insuperável, ainda mais quando ela tomava consciência de que, pelo menos naquela noite, era pouco provável que tivesse ao menos notícia deles: se David tinha aproveitado sua ausência para ir embora, não era para retomar contato com ela duas horas depois de sua partida...

Ela estava naquele momento na casa dos vizinhos, os mesmos que estavam na origem de sua descida aos infernos... Tiphaine tinha se acomodado a seu lado e tentava lhe dar esperanças em uma voz doce e tranquilizadora.

"Eles vão voltar, não se preocupe. A raiva faz a gente, às vezes, fazer coisas sem sentido, nós duas estamos em posição de saber bem disso. A noite é boa conselheira, e amanhã pode ter certeza de que eles vão voltar. Pode passar a noite aqui, se você quiser."

Passar a noite lá? Onde?

Na cama de Maxime?

De jeito nenhum!

E depois... E depois outras imagens vieram à mente de Laetitia: a de sua própria cama vazia e fria, sem David para acolhê-la. A de um quarto desocupado, de uma casa deserta. A de uma noite sem fim.

Então Laetitia soube que não teria forças para voltar para casa naquela noite, nem a coragem de enfrentar a ausência de Milo e David. Naquele exato instante, ela abandonou toda resistência, indiferente à sua própria sorte.

"Vou preparar um chá, vai te ajudar a dormir um pouco."

Assim que Tiphaine se levantou para ir à cozinha, Sylvain apareceu no vão da porta. Tiphaine o questionou com um olhar insistente, ao qual ele respondeu com um gesto de cabeça quase imperceptível.

Então ele saiu do cômodo e foi atrás dela.

— O que você está pretendendo fazer? — perguntou ele, com uma voz nervosa, assim que não podiam ser ouvidos.

— O que estava planejado.

Sylvain se retesou, mordiscando o lábio inferior, desconfortável. Sem prestar atenção ao embaraço do marido, Tiphaine se ocupou na cozinha, colocou a água para esquentar, pegou uma xícara, tirou um pacote de chá do armário, abriu uma gaveta e encontrou a colher infusora para chá, que ela encheu generosamente com um preparado à base de hortelã, tília e verbena. Sylvain se concentrava em ficar lá sem se mexer, seguindo com um olhar preocupado as idas e vindas da esposa.

Depois ela abriu outra gaveta e apanhou um frasco de bromazepam, o abriu e tirou três comprimidos. Prestes a fechá-lo, ela hesitou... e tirou um quarto.

— Vá ver o que ela está fazendo! — ordenou para Sylvain, que a irritava ali parado.

— Tiphaine...

— Volte para junto dela!

Ele suspirou e se decidiu. Logo antes de ele deixar a cozinha, ela lhe deu um chamado:

— Não é hora de desabar, Sylvain!

Virou-se para ela e a olhou com gravidade.

— Nós estamos combinados, não é? — insistiu ela, com uma voz seca.

— Não se preocupe.

E ele foi se juntar a Laetitia na sala.

Sozinha na cozinha, Tiphaine começou a esmagar os quatro comprimidos de bromazepam, que depois colocou na xícara. Bem naquele momento, o apito da chaleira indicou que a água estava fervendo. Ela pegou uma luva e segurou a chaleira para verter o líquido fervente na xícara. O bromazepam moído se diluiu na hora.

Depois de ter imerso a colher infusora, ela esperou um bom tempo. Então, no silêncio de sua cozinha, Tiphaine abriu um sorriso. Não um sorriso malvado nem um sorriso triunfante, não... Um sorriso sereno.

Cinco minutos depois, ela tirou a colher infusora. Dois cubos de açúcar.

E tudo estava pronto.

Quando ela entrou na sala, encontrou Sylvain acomodado no sofá, no lugar em que ela mesma estava alguns minutos antes, ao lado de Laetitia. Ela havia parado de chorar e encarava o nada, os olhos vermelhos, com olheiras profundas. Continuavam em silêncio.

Sylvain se contentava em olhar fixamente para os pés, erguendo de vez em quando um olhar confuso para Laetitia, que parecia não notar nada.

Por um instante, Tiphaine achou que Sylvain tinha falado com a vizinha, e o medo de isso ter acontecido a encheu de pavor. Ela se apressou em se juntar aos dois, tentando chamar a atenção do marido com sua presença. Ele ergueu o rosto quando ela chegou, e seus olhos se cruzaram.

Com o olhar que ele lhe lançou, ela entendeu que o marido não tinha revelado nada. E que ele a seguiria até o fim.

— Toma, Laetitia. Beba isso. Vai te ajudar a dormir.

Ela se sobressaltou, parecendo voltar de outra realidade enquanto Tiphaine se ajoelhava para ficar da sua altura e lhe entregava a xícara.

— O que é? — perguntou ela, rouca, quase entorpecida.

— Um chá. Hortelã, tília, verbena. Vai te fazer bem.

Ela apanhou a xícara, a levou à boca e tomou um ínfimo gole. Depois, fez como se fosse pousá-la.

Com um gesto, Tiphaine a incentivou a beber mais.

Laetitia aquiesceu sem fazer objeções, indiferente a tudo o que a cercava. Ela bebeu uma segunda golada, dessa vez maior, depois outra, sempre encorajada por Tiphaine, que a incitava, com a mão doce, mas firme, a levar a xícara aos lábios.

— Tem que beber tudo — murmurou ela, com uma voz tranquilizante.
— Vai se sentir muito melhor depois.

E Laetitia bebeu até a última gota.

Viu o rosto de Tiphaine muito próximo dela, que sorria gentilmente. Ela a viu tomar a xícara vazia de suas mãos e pousá-la delicadamente na mesa da sala. Bem do lado de uma caderneta. A caderneta de saúde de uma criança. Cujo nome era Maxime Geniot.

A presença da caderneta partiu seu coração, e a lembrança de um menininho que ela nunca mais abraçaria, que ela nunca mais veria sorrir, que ela não observaria mais dormir, apertou seu peito com tamanha violência que ela achou que fosse sufocar. Depois, por um momento que lhe pareceu uma eternidade, o rosto de Milo se confundiu com o de Maxime no véu deformador das lágrimas. Ela pensou por um instante que sua razão estava lhe pregando uma peça; depois suas pálpebras passaram a pesar toneladas.

Alguns minutos depois, ela dormia um sono pesado e sem sonhos.

Assim que estava segura de que a jovem não acordaria tão cedo, Tiphaine foi novamente para a cozinha, para voltar alguns instantes depois, com frascos e caixas de comprimidos nas mãos, Zolpidem, Xanax e Efexor, assim como um Tupperware com um pó acinzentado que tinha feito. Uma mistura que, ela sabia, não daria nenhuma chance a Laetitia.

— Venha me ajudar — pediu a Sylvain.

Ficou junto de Laetitia e parecia vigiá-la. Ele se ergueu, se aproximou da esposa e começou a tirar um por um os comprimidos da embalagem. Tiphaine logo os apanhava e os moía na hora. Depois, ela adicionou uma boa dose de metoclopramida, conhecido por suas propriedades antivômito.

— Traga a garrafa de uísque.

Sylvain o fez. Assim que recebeu o que tinha pedido, Tiphaine derramou o líquido em um copo, acrescentou os comprimidos moídos e o pó do Tupperware e misturou tudo.

— Levante-a.

Ela falava com uma voz concentrada, desprovida de violência ou de agressividade. Sylvain se dirigiu a Laetitia, ainda afundada no sofá, segurando-a pelos ombros, e a colocou sentada.

Tiphaine foi até eles.

Com um cuidado imenso, ela fez Laetitia engolir sua bebida fatal em pequenos goles metódicos, movendo sua cabeça para trás entre cada gole para ajudar o líquido a descer garganta abaixo.

Quando o copo ficou vazio, Tiphaine e Sylvain observaram, curiosos, o corpo inerte de Laetitia. Ela parecia dormir profundamente, o rosto de uma palidez assustadora, coberto por uma camada de suor que acentuava ainda mais a lividez de sua tez.

Pouco a pouco sua respiração ficou irregular, erguendo seu peito em movimentos entrecortados enquanto o intervalo entre cada inspiração ficava, ao passar dos segundos, cada vez mais longo.

Depois de uns vinte minutos, ela parou de respirar de vez.

56

Transtornado pelas conjecturas que o apavoravam, David implorou para que o advogado o tirasse de lá, enfatizando a necessidade de buscar o filho o mais rápido possível. O advogado tentava enxergar tudo com clareza, entre os brados de inocência de seu cliente em relação às suspeitas que recaíam sobre ele e suas acusações em relação à vizinha, a mesma em cuja casa ele tinha deixado o filho antes de ser levado pelos policiais...

— Por que deixar seu filho com uma pessoa que você suspeita de assassinato?

— Eu ainda não sabia que Ernest tinha sido envenenado!

— E o que isso muda?

— Tiphaine é especialista em plantas. Ela faz preparados capazes de derrubar um cavalo em alguns minutos...

E David resumiu o incidente que, dez dias antes, quase custou a vida de Milo.

— Espera... Foi o seu filho que engoliu uma coisa em que não devia mexer ou foi a vizinha que o envenenou?

— Minha esposa acredita que foi ela.

— E você?

— Eu estava convencido do contrário. Mas agora, com essa história de digitoxina, eu...

— Vamos lá. Nesse caso, a pergunta é simples: que razões ela teria para matar Ernest Wilmot?

Surpreso por uma questão tão legítima, David ficou em silêncio por uns bons segundos, durante os quais buscou a motivação de Tiphaine.

— Não sei — ele teve que admitir depois de um tempo. — Mas o que sei é que eu tenho que sair daqui de qualquer jeito.

— Vou cuidar disso.

O advogado se levantou e bateu com força na porta da cela. Para o policial que veio abrir, ele disse que seu cliente queria retomar o interrogatório. Eles foram então levados para outra sala, onde esperaram alguns instantes até que os tenentes Petraninchi e Bonaud chegassem.

O sr. Raposo tinha razão: as acusações contra David eram fracas demais para mantê-lo sob custódia, e o simples fato de haver um vaso de flores em seu terraço, ainda que fossem tóxicas, não constituía absolutamente uma prova aceitável.

Quarenta e cinco minutos depois, David saía da delegacia de polícia e corria para casa.

57

Os Geniot não tiveram nenhuma dificuldade para transportar Laetitia até a sala da casa dela: pequena e leve, ela mal pesava nos braços de Sylvain. A única dificuldade que encontraram foi quando precisaram passá-la por sobre a cerca-viva que separava os dois jardins: o risco de ir pela rua e de serem surpreendidos por um vizinho era grande demais.

Tiphaine foi primeiro. Com a ajuda de uma cadeira, passou uma perna sobre a cerca e se reequilibrou com habilidade do outro lado. Sylvain começou então a erguer Laetitia até o alto da cerca-viva, e então Tiphaine se encarregou de segurá-la sem machucar o corpo. Depois foi a vez de Sylvain se juntar a ela.

Como era de se esperar, a porta francesa da sala não estava trancada, o que, caso contrário, não teria sido um problema, já que David tinha deixado o molho de chaves com eles.

Quando entraram, eles hesitaram brevemente sobre onde colocar o corpo. O mais lógico, de acordo com Tiphaine, era o sofá.

Seguindo sua opinião, Sylvain pousou cuidadosamente seu fardo antes de deitá-la ao longo do sofá, então Tiphaine colocou a seu lado algumas caixas e frascos abertos de barbitúricos, assim como a garrafa de uísque vazia.

Por fim, eles reservaram alguns instantes para respirar e observar a cena, com medo de terem deixado algum detalhe para trás que pudesse comprometê-los, ou pelo menos descartar a tese do suicídio.

— Espera! — exclamou de repente Tiphaine.
— O quê?
— Já vou!

Ela saiu correndo até a varanda e fez o caminho inverso até sua casa. Alguns minutos depois, ela estava de volta, com a carteira na mão.

— O que você está fazendo? — perguntou Sylvain, ao mesmo tempo inquieto e intrigado.

Sem responder, ela abriu a carteira de couro de onde tirou uma folha de papel dobrada em dois que estendeu para o marido. Ele a desdobrou antes de ler duas palavras simples, claramente escritas à mão por Laetitia.

"Me desculpe."

— O que é isso? — perguntou ele, bastante surpreso.
— Um bilhete que ela me escreveu há um tempo...
— Por que ela pediu para você desculpá-la?
— Eu te conto mais tarde. Não vamos ficar aqui. David pode chegar a qualquer momento.

Ela colocou o bilhete na mesinha ao lado do sofá, bem à vista, e deu uma última olhada geral no cômodo. Depois eles saíram da casa tendo o cuidado de fechar a porta francesa.

58

Tiphaine estava com razão em não perder tempo na casa dos Brunelle: mal tinham voltado para a deles, e David começou a tocar a campainha e a bater na porta. Mesmo um pouco afobada pela rapidez com que tudo estava acontecendo, ela ainda embebeu uma grande porção de algodão em um sonífero forte — outras de suas preparações —, que, em seguida, entregou a Sylvain antes de seguir para a porta.

— Você tem que pular em cima dele assim que ele entrar no hall — especificou ela, em voz baixa. — Tem que pegá-lo de surpresa, senão não vamos conseguir!

— Está bem, eu sei o que fazer!

Sylvain se posicionou no canto da porta de entrada para ficar escondido quando ela fosse aberta. Eles trocaram um último olhar, se certificando de que estavam prontos, e Tiphaine abriu a porta.

Ela não teve tempo de abrir a boca: David se lançou sobre ela, segurando-a pelo colarinho da camisa e encostando-a na parede do hall. Ele a manteve imprensada e, aproveitando o efeito da surpresa, conseguiu colar seu antebraço na garganta dela para fazer ainda mais pressão. Tiphaine só pôde agarrar com as duas mãos os braços de David, desesperadamente tentando respirar.

— Cadê o Milo? — disparou ele, com o rosto a poucos centímetros do da vizinha.

Sem poder falar, Tiphaine se debateu o máximo que conseguiu, esperando se desvencilhar. David a soltou um pouco, o bastante para deixá-la responder.

— David, qual é o seu problema?

— Cadê o Milo? — repetiu ele, perdendo o pouco de sangue-frio que lhe restava.

— Lá em cima... dormindo! — ela conseguiu articular, com esforço.

David fez mais uma vez pressão com o braço enquanto olhava desconfiado nos olhos de Tiphaine.

— Escuta aqui, sua vaca, eu não sei o que você fez com o Ernest, nem por que você fez isso com ele, mas eu sei que é por sua causa que ele está morto. Então agora...

Ele não teve tempo de completar a frase, pois Sylvain apareceu atrás dele. Agarrando-o com um gesto firme pela nuca, pressionou o algodão embebido com sonífero no nariz de David. Surpreendido, David soltou Tiphaine e tentou derrubar Sylvain girando sobre si mesmo. Conseguiu fazê-lo perder um pouco o equilíbrio, mas não o suficiente para que ele soltasse. Sylvain agarrou seus ombros, o que permitiu que ele acompanhasse seu movimento. Furioso por ter se deixado surpreender como um iniciante, David se debateu com raiva, intimidando seu agressor e se projetando para trás contra a parede. A cada pancada para trás, Sylvain era esmagado entre a parede e o corpo de David, mas continuou segurando.

Tiphaine, que tinha se recuperado da agressão de David, olhava apavorada a briga entre os dois homens. Ela ficou um minuto tentada a apanhar um objeto pesado e ajudar seu marido atingindo David, mas um golpe na cabeça acabaria com o plano deles. Não podia haver de jeito nenhum qualquer marca de agressão.

O sonífero por fim fez efeito: os ataques de David ficaram cada vez menos violentos e, logo, ele cambaleava tanto quanto se debatia. Incentivado pela perspectiva de vencer, Sylvain voltou a pressionar o algodão em seu nariz.

Depois de um bom minuto, David desabou no chão, levando Sylvain com ele.

Tiphaine correu para ajudar o marido a se levantar: ele tinha meio que amortecido a queda da vítima.

— Você está bem?

Sylvain fez que sim com a cabeça, recuperando o fôlego e o ânimo.

— Ele quase mandou tudo pro espaço...

— Não vamos perder tempo! Temos que levá-lo para a casa dele!

Passar David por sobre a cerca-viva do jardim foi menos simples do que com Laetitia, a tal ponto que Tiphaine ficou tentada por um instante a passar pela rua. Mas o risco era grande demais: se ela e Sylvain podiam vigiar as idas e vindas desde a calçada, eles não tinham nenhuma garantia de não serem surpreendidos por um vizinho que os observasse da janela. Merda de vizinhos! A contragosto, Tiphaine entendeu que não tinham escolha. A jovem não tinha força suficiente para apanhar o corpo de David do outro lado da cerca ou, se Sylvain o soltasse para ajudá-la, o corpo ia desmoronar de uma vez na varanda, provocando hematomas suspeitos no corpo dele.

— Vamos precisar de alguma coisa para amortecer a queda — observou Sylvain. — Vamos erguê-lo juntos, depois o soltamos do outro lado.

— Um colchão!

Assim eles o fizeram, o que facilitou a operação. Uma vez na casa dos Brunelle, ainda tiveram que levar David para o outro andar. Eles passaram na frente do corpo de Laetitia deitado no sofá, os barbitúricos espalhados no chão, o bilhete ainda em cima da mesa. Quando estavam no hall de entrada, Sylvain pegou David pelos ombros e Tiphaine o pegou pelos pés.

A subida foi extenuante, mas eles conseguiram chegar no alto das escadas. Lá, enquanto Sylvain voltava para casa para procurar uma corda, Tiphaine recuperou o fôlego. Ela aproveitou para voltar ao térreo e colocar o molho de chaves de David no móvel do hall.

Assim que Sylvain voltou, amarraram bem a corda no guarda-corpo ao longo do corredor que levava aos quartos; depois deram um nó de forca na outra ponta e enfiaram a cabeça de David.

Por fim, reunindo suas últimas forças, içaram o corpo por sobre a balaustrada e o empurraram no vazio.

59

— Acorda, Milo, está na hora de ir para a escola...

O garotinho piscou repetidamente. Ele bocejou e se espreguiçou antes de se levantar de fato.

— Dormiu bem?

O garoto concordou com a cabeça

— O que você quer comer no café da manhã?

— Crepe!

Tiphaine sorriu.

— Crepes então! Quer que eu te ajude a trocar de roupa?

— Eu sei trocar de roupa sozinho! — protestou ele, com a voz ainda sonolenta.

— Tenho certeza de que sim, meu amor. Vamos, levanta. Te espero lá embaixo.

Ela estava saindo do quarto.

— Cadê a mamãe e o papai? — perguntou Milo, recobrando suas lembranças.

Tiphaine se virou para ele e deu um sorriso tranquilizador.

— Eles ainda não voltaram... Mas não se preocupe. Tenho certeza de que não vão demorar.

O olhar do menino se entristeceu, forçando Tiphaine a voltar para junto dele.

— O que foi, querido? — perguntou ela, fazendo um carinho na cabeça dele.

— Eu quero o meu papai e a minha mamãe...

— Eu sei, Milo... Escuta, vamos fazer o seguinte: você troca de roupa, enquanto isso eu faço uns crepes bem gostosos, te levo para a escola e tenho certeza de que, às quatro da tarde, é a mamãe que vai te buscar. Tá bom?

O menino logo recuperou o sorriso.

— E depois, você não está bem aqui, na casa da Tiatiphaine e do Sylvain?

— Sim!

Ela pegou o garoto no colo e o abraçou.

— Vai ficar tudo bem, você vai ver — murmurou, enchendo-o de beijos.

Quando ela entrou na cozinha alguns minutos depois, Sylvain estava preparando o café. Ele logo quis saber como o menino estava.

— Ele dormiu bem — resumiu Tiphaine.

— Ele pediu os pais?

— É claro. O contrário seria estranho. Mas ele vai se acostumar logo.

Aproximou-se do marido, que estava de costas para ela, e se encostou nele, abraçando-o enquanto dava um suspiro de bem-estar.

— Está quase acabando... Só falta passar pela última fase, mas o mais difícil já ficou para trás. Logo tudo vai voltar a ser como antes.

Então, com um sorriso radiante, ela acrescentou:

— Eu te falei, a oportunidade acabaria se apresentando... Bastava ter paciência!

Sylvain se virou e devolveu o abraço.

— É verdade, você tinha razão, mais uma vez. Mas continuo convencido de que a morte de Ernest foi inútil — objetou ele, com uma ponta de censura na voz.

— Errado! Ernest era padrinho do Milo. Se ele quisesse ficar com a guarda dele, poderia ter nos causado problemas.

— Ernest nunca teria pedido a guarda do Milo. Ele detestava crianças!

— Sim, mas essa ele amava. E eu não queria correr riscos.

De fato, ela não tinha corrido muitos: quando Ernest foi embora da festa de aniversário de Milo, ela o abordou na rua, o convidou para tomar uma xícara de café na casa deles, dizendo que precisava conversar com ele. O extrato de dedaleira que ela havia misturado no café do velho tinha cuidado do resto.

— Não é porque você é madrinha do Milo que vai ficar com a guarda dele... — retrucou Sylvain.

— Eu sei. Mas ele só tem a gente. Todo mundo vai poder testemunhar.

— As pessoas sabem que a gente não estava se dando bem há algum tempo...

— As pessoas nos associam aos Brunelle. Para todo mundo, seja do quarteirão ou da escola das crianças, nós somos inseparáveis. Todos os amigos passam por momentos difíceis. E isso vai resolver as coisas para todo mundo, para o juiz e para o serviço social. E depois a gente vai embora, não é?

Sylvain a observou com um ar preocupado. Como ele não respondia, Tiphaine reiterou a pergunta:

— A gente vai embora, não é? Pelo Milo, por nós, para voltar a ser uma família de verdade...

— Sim, amor — murmurou ele por fim, dando um beijo em sua testa.

Depois, se desvencilhando do abraço dela com delicadeza, ele terminou de colocar o pó no filtro da cafeteira.

— A que horas você está pensando em chamar a polícia? — perguntou ele, apertando o botão da máquina.

— Por volta do meio-dia.

— Acha mesmo que eles vão acreditar em suicídio?

Tiphaine fez uma careta, deu de ombros e ergueu as sobrancelhas com um sorriso de obviedade.

— Não sei muito bem a que outras conclusões eles podem chegar...

Sylvain abriu o armário do alto e pegou três pratos e três xícaras.

— Talvez a gente devesse ter tentado com os seus pós de pirlimpimpim.

— Arriscado demais — respondeu Tiphaine, enquanto pegava o leite na geladeira e o colocava na mesa. — Você viu no que isso deu da última vez: o Milo quase morreu!

Tiphaine estremeceu pensando na tragédia que teria acontecido se Milo tivesse sucumbido à mistura que ela, na verdade, tinha preparado para David e Laetitia. Uma mistura das plantas medicinais mais fortes e mais tóxicas que tinha. Que imprudência ter deixado a tigela ao alcance do menino! Preocupada com a eficácia, havia cuidadosamente preparado o veneno que tinha depois deixado por perto, de modo a tê-lo à mão o tempo todo. Não importava que David ou Laetitia o tivessem ou não notado; sempre havia na cozinha de Tiphaine tigelas, potes, recipientes de todos os tipos com pós, plantas secas, chás, cascas, extratos vegetais ou preparados.

Sylvain colocou uma faca ao lado de cada prato.

— Você tem razão — concordou ele. — Só espero que não haja problemas com essa história de suicídio.

— Confie em mim. Eu pensei em tudo.

Dando uma olhada geral na mesa do café da manhã para se certificar de que não faltava nada, Sylvain comentou:

— O crime perfeito não existe.

Ele viu, então, que estava faltando o pão.

— Então digamos que acabamos de inventá-lo — declarou Tiphaine, colocando uma baguete no meio da mesa.

Depois ela se virou e, abrindo a geladeira, suspirou:

— Bom, agora, cadê a massa de crepe?

60

Tiphaine telefonou por volta do meio-dia para a delegacia de polícia.
    Ela não tinha notícias dos vizinhos desde a véspera, amigos muito próximos que haviam deixado o filho com eles. Estava preocupada. O casal não estava bem nos últimos tempos, as brigas se sucediam, ela os ouvia se atacarem com frequência pela parede que as duas casas compartilhavam. No dia anterior, depois da enésima discussão, bastante violenta, Laetitia tinha até saído de casa batendo a porta. Sua amiga estava depressiva havia algumas semanas, tinha reações exageradas, no limite da paranoia, o que o marido suportava cada vez menos. E no dia anterior, justamente, depois dos delírios incessantes da mãe, o menininho de sete anos tinha fugido de casa. Os tenentes Chapuy e Delaunoy podiam comprovar a fragilidade da saúde mental de Laetitia, bem como as relações entre o casal Brunelle. Quando a criança foi encontrada, a discussão tinha piorado e os dois voltaram a brigar, provocando assim a partida de Laetitia. O problema é que, mais tarde naquela noite, dois policiais apareceram na casa deles para tratar da morte de um dos amigos do casal, e David teve que segui-los até a delegacia. Ele tinha então deixado seu filho Milo com ela, com suas chaves, para o caso de a esposa voltar.
    Laetitia tinha voltado por volta das oito e meia da noite e, ao encontrar a porta trancada, tinha naturalmente tocado a campainha dos vizinhos. Quando Tiphaine abriu, ela descobriu a amiga em um estado deplorável: os olhos vermelhos, o semblante abatido, esgotada, o moral mais baixo possível...

Tiphaine então contara que David teve de ir com os dois policiais para falar sobre a morte de Ernest. A informação tinha deixado Laetitia em verdadeiro pânico e ela havia exigido as chaves do marido para entrar em casa. Então Tiphaine as entregara. Depois, ela garantira que Milo dormia no andar de cima. Laetitia preferiu não acordar o filho e deixá-lo dormir tranquilamente até o dia seguinte.

Em seguida, ela voltou para casa...

E nada de notícias desde então. Nem de Laetitia nem de David.

Do outro lado do fio, o policial disse a Tiphaine que, por serem maiores de idade, David e Laetitia não tinham a obrigação de informar todos os seus passos. E que, por algumas horas ainda, não era possível falar de um desaparecimento preocupante.

Tiphaine respondeu que, no entanto, era esperado que um dos dois fosse buscar o filho no dia seguinte de manhã para levá-lo para a escola. Que o táxi de David ainda estava estacionado em uma rua adjacente. E que, quando ela foi tocar a campainha dos vizinhos, ninguém abriu. Além disso, nenhum dos dois atendia ao telefone, nem o fixo nem o celular. Então, se eles ainda não podiam ajudá-la, era pelo menos possível saber se David ainda estava sob custódia e, caso contrário, fazia quanto tempo exatamente que ele tinha ido embora?

Pediram para ela esperar alguns instantes.

Então lhe responderam que David tinha deixado a delegacia no fim da noite da véspera.

Tiphaine fingiu ficar mais uma vez preocupada. Por que ele não teria dado notícias se não estava mais sob custódia, como tinha prometido? E, naquela manhã, por que nenhum dos dois tinha ido buscar o filho?

O policial disse que, se ela desejava prestar queixa de desaparecimento, devia ir a uma delegacia ou ao posto de polícia mais próximo. Tiphaine agradeceu ao interlocutor, desligou e se preparou para sair. Quanto mais rápido descobrissem o caso, mais rápido poderiam esquecer tudo aquilo e seguir com a vida.

O caráter inexplicável do desaparecimento de um casal que deveria ter aparecido por causa do filho alertou na hora os policiais. O estado depressivo de

Laetitia teve bastante peso na reação deles: os agentes Chapuy e Delaunoy confirmaram que ela estava em um estado psicológico vulnerável. Uma equipe de duas pessoas acompanhou, então, Tiphaine até a casa dos Brunelle.

Tiphaine tinha certeza de que vira Laetitia entrar em casa?

Ela confirmou sua declaração sem hesitar em nada: na última vez que tinha visto a vizinha, estava na porta de entrada enquanto Laetitia colocava as chaves na fechadura, logo antes de desaparecer no interior da casa.

Depois de ter tocado a campainha e batido na porta sem resposta, os dois policiais decidiram chamar um chaveiro. Passado um momento, entraram na casa dos Brunelle.

A hipótese do suicídio foi rapidamente confirmada e pareceu até, aos olhos dos agentes Bonaud e Petraninchi, como uma confissão de culpa da parte de David Brunelle.

Quanto a Laetitia Brunelle, ela era cúmplice ou simplesmente testemunha? Tanto em um caso como no outro, ela não poderia ter suportado o peso do erro, fosse o dela ou o do marido. Quando voltou para casa, ao descobrir que ele tinha sido levado pela polícia, e fragilizada pela depressão, ela deve ter se entregado ao pânico antes de cometer o ato irreparável. O bilhete escrito à mão encontrado a seu lado o comprovava.

Quando David, por sua vez, voltou para casa, perdera o chão: claramente tinha encontrado o corpo sem vida da esposa, o bilhete de desculpas dirigido a ele, os barbitúricos espalhados no tapete. A provação da custódia já devia, sem dúvida, ter cruelmente esgotado seus recursos. O medo de ser desmascarado, a angústia de voltar para a prisão... Ao voltar para casa, o pior o esperava: sua esposa tinha tirado a própria vida e seu patrão acabara de demiti-lo, como comprovava a mensagem na secretária eletrônica.

Ele havia perdido tudo.

Então, em vez de tentar superar o insuperável, tinha se matado.

61

Levando em conta a urgência da situação, Justine Philippot liberou rapidamente um horário para receber o quanto antes o jovem Milo, acompanhado da madrinha e do marido dela. Ela soube da tragédia que acometera o menino e, mesmo que tivesse ficado surpresa ao receber a ligação de Tiphaine, ficou tranquila ao saber que a madrinha levava a sério a saúde mental do afilhado. Para uma situação excepcional, medidas excepcionais: a psiquiatra infantil lhe propôs uma breve conversa sem o menino, depois da qual ela receberia todos os três para dar início a uma terapia de longo prazo. Tiphaine aceitou aliviada.

— Para uma criança, o luto de seus pais é um processo muito íntimo — atacou Justine Philippot, assim que Tiphaine e Sylvain se sentaram diante dela. — No caso do Milo, as coisas são bem mais complexas, dado que isso aconteceu após dois outros falecimentos em seu círculo próximo. O fato de os pais dele terem dado cabo da vida não vai facilitar as coisas... O que vai acontecer com ele? Quer dizer: para onde ele vai? Quem vai cuidar dele?

— Por enquanto, ele está na nossa casa — respondeu simplesmente Tiphaine. — Nós decidimos entrar com o pedido de adoção.

— Isso é bom. Arrancá-lo do seu ambiente, seu bairro, sua escola, tudo o que lhe resta de estável e de familiar, poderia ser catastrófico. É preciso saber que, se cada criança aborda o processo de luto do seu modo, ela vai, no entanto, tender a modelar seu modo de viver ao de seu círculo próximo.

Suas reações à morte dos pais vão, portanto, ter uma importância essencial nas próximas semanas. O que vocês disseram para ele?

— Que os pais dele tinham sofrido um acidente — confessou Sylvain.

— Um grande erro! — exclamou a psiquiatra, sem dedos. — É preciso dizer a verdade a ele! É preciso explicar as coisas exatamente como aconteceram, com palavras adaptadas para a idade dele, mas sem mentir. É essencial. O processo de luto não pode ser construído sobre uma mentira!

— Como você quer que um garotinho da idade dele consiga entender que os dois pais tenham decidido se matar? — protestou Tiphaine.

— Mas foi o que aconteceu. E, quanto mais rápido ele absorver isso, mais rápido vai poder seguir em frente. Vai ser preciso tranquilizá-lo: uma criança que acaba de perder os pais desenvolve angústias quanto à própria vida. Quem vai alimentá-lo, quem vai levá-lo para a escola? É preciso obrigatoriamente lhe dar segurança e responder a todas as suas perguntas, assegurar que ele vai continuar sendo amado e que são vocês que vão cuidar dele no futuro.

— Nós fazemos isso todos os dias — garantiu Sylvain.

— Outra coisa — continuou Justine Philippot. — O Milo vai, sem dúvida, sentir medo de morrer: para uma criança da idade dele, confrontada de maneira tão violenta com a morte, ela representa uma doença contagiosa que alguém pode pegar como um resfriado. No caso do Milo, isso é ainda mais verdadeiro porque ele já perdeu pessoas próximas. Então, ele vai se sentir ameaçado. Pode ainda tender a se sentir parecido com os pais e, nesse ponto, vai ser preciso ser muito vigilante: dizer a ele que não pegamos a morte como uma doença e, principalmente, que ele é outra pessoa, que ele não é como seu pai e sua mãe.

Tiphaine e Sylvain assentiram.

— Você acha que ele vai se recuperar? — perguntou Tiphaine, sem esconder a preocupação.

— Se vocês estiverem com ele para ajudá-lo, vai se recuperar. Mas não vou mentir: o processo vai ser demorado e difícil. Ele vai assumir a responsabilidade por todas as mortes que aconteceram ao redor dele em tão pouco tempo, ele vai se sentir diferente das outras crianças da sua idade, e, se cada fase do luto dele não for sustentada por pessoas amorosas e disponíveis, as consequências podem levar a dificuldades psicológicas graves.

— Vamos fazer tudo o que for preciso — declarou Sylvain, segurando com força a mão da esposa. — A gente está pronto para começar a fazer terapia com ele.

— E isso não é um exagero. Mas, com bastante amor, paciência e compreensão, ele vai se recuperar. — Justine Philippot encarou-os com gravidade antes de sorrir com uma tristeza marcada por fatalismo. Depois, ela murmurou: — Esse rapazinho tem sorte de ter vocês.

CADERNETA DE SAÚDE

7-8 anos
Seu filho precisa saber que vocês se interessam por suas atividades e que vocês confiam na escola que escolheram. Não hesitem em conversar com os professores.

M. voltou a se interessar pela escola. A terapia com a psiquiatra infantil vai bem. M. é muito receptivo. Dorme bem. O apetite... podia ser melhor.

Seu filho escolhe os amigos sozinho. Deixe que ele os encontre fora da escola e convide-os para ir à sua casa, mesmo que isso crie um pouco de desordem.

M. parece se entender bem com uma garotinha da sua sala, Lola... Namoradinhos? M. é bastante reservado e foge das minhas perguntas.
M. é convidado com frequência para os aniversários. Exame periódico com o dr. Ferreira: está tudo bem.

Anotações do médico:
Peso: 23,500 kg. **Altura:** 125 cm. Verruga plantar. Carência de vitamina D: tomar D Cure 1x/mês durante 4 meses.
Bom estado de saúde geral.

Este livro, composto na fonte Fairfield,
foi impresso em papel Lux Cream 60g/m² na Coan.
Tubarão, outubro de 2023.